어쩌다
내가
아빠가
돼서

어쩌다 내가 아빠가 돼서

펴 낸 날 | 2014년 1월 20일 초판 1쇄

지 은 이 | 유승준
펴 낸 이 | 이태권
책임편집 | 곽지희
책임미술 | 이슬기
펴 낸 곳 | (주)태일소담
　　　　　서울시 성북구 성북동 178-2 (우)136-020
　　　　　전화 | 745-8566~7　팩스 | 747-3238
　　　　　e-mail | sodam@dreamsodam.co.kr
　　　　　등록번호 | 제2-42호(1979년 11월 14일)
　　　　　홈페이지 | www.dreamsodam.co.kr

ISBN 978-89-7381-733-7　03810
이 도서의 국립중앙도서관 출판시도서목록(CIP)은 서지정보유통지원시스템 홈페이지
(http://seoji.nl.go.kr)와 국가자료공동목록시스템(http://www.nl.go.kr/kolisnet)에서
이용하실 수 있습니다.(CIP제어번호: CIP2014000564)

어쩌다
내가
아빠가
돼서

유승준
지음

소담출판사

※ 일러두기
이 책에 소개된 문학작품의 줄거리는 원작의 생생한 맛과 느낌을 살리기 위해
작가가 쓴 원문에 충실하게 기록했음을 밝힙니다.

어쩌다 보니 아빠가 되어
최고의 아빠가 되기 위해 고군분투하는
이 땅의 모든 보통 아빠들에게
이 책을 바칩니다.

차례

怒

자녀를 분노하게 만드는 아빠들

哀 때로는
아빠도
눈물을 흘린다

樂

힘들어도 웃는다, 나는 아빠니까

슈퍼맨 같은 아빠, 친구 같은 아빠

매스컴은 현실을 반영한다. 유행이나 흥미에 가장 민감한 분야가 바로 매스컴이다. 그중에서도 대표적인 매체가 방송 분야다. PD나 작가들은 시청률에 살고 시청률에 죽는다. 막대한 예산을 쏟아부은 기획물이라 해도 시청률이 좋지 않으면 소리 소문 없이 브라운관에서 사라진다. 반면 전혀 기대하지 않은 작품이거나 어쩔 수 없이 편성한 저예산 기획물이라도 예상 외로 좋은 반응을 얻으면 당초 계획했던 시간을 늘려 재편성하거나 비슷한 기획을 이리저리 끼워 넣어 재탕하는 경우도 비일비재하다.

이런 세태에도 불구하고 최근 방송계의 주된 관심사는 '막장'이나 선정성 혹은 센세이셔널리즘으로부터 점점 가족으로 이동하고 있는 느낌이다. 과거의 시각으로 보자면 전혀 시청률이 나올 것 같지 않은 '행복한 가정'과 '단란한 가족 공동체의 회복'이 어느새 방송 매체의 중요한 화두가 되었다. 이는 매우 바람직한 현상이지만 한편으로 보면 안타까운 마음도 든다. 텔레비전의 앵글이 자꾸만 가정과 가족의 모습을 들춰낸다는 것은, 그만큼 우리의 가정이 병들어가고 가족 관계가 해체되고 있다는 슬픈 현실의 반영이기도 하기 때문이다.

2013년 여름부터 가을까지 KBS 1TV에서는 〈위기의 아이들〉이라는 다큐멘터리가 10부작으로 방영되었다. 제1편 '내 마음이 들리나요?'에서는 우리나라 청소년 사망 원인 1위라는 자살 문제를 정면으로 다루었고, 제2편 '소년, 법정에 서다'에서는 한 해 10여만 건에 달한다는 청소년 범죄에 관해 집중 조명했다. 비슷한 시기에 SBS TV는 여름 캠프 〈아이를 행복하게 하는 부모 혁명〉을 5부작으로 방영했다. 1부 '당신의 아이에게 맞는 길을 찾아라'부터 5부 '아이를 살리는 부모들의 특징'에 이르기까지, 부모들이 어떻게 해야 자녀들을 바르게 양육하고 교육할 수 있는지에 대해 전문가들의 열띤 강의가 이어진 시간이었다.

교육 전문 방송인 EBS TV에서는 연중 기획으로 '학교 및 가족 공동체 회복'이라는 슬로건을 내걸었다. 이에 따라 가출 청소년의 상처를 치유하는 과정을 기록한 다큐멘터리 〈컴백홈〉이 '길 위의 아이들', '길 잃은 아이들의 집', '집으로 가는 길' 3부작으로 만들어져 전파를 탔다. 방송에 따르면 현재 실종 신고된 가출 청소년은 모두 2만 9천여 명에 달하며, 집계되지 않은 거리의 가출 청소년은 무려 20만여 명에 달한다고 한다. 이 밖에도 EBS TV는 〈학교 폭력〉 6부작, 〈10대 자살에 관한 보고서〉 3부작, 〈언어폭력 개선 프로젝트〉 2부작 등을 연달아 제작하여 방송에 내보냈다. 십 대 자녀를 둔 부모들에게는 매우 충격적인 영상이었을 것이다.

이 모든 프로그램을 통해 매스컴에서 공통적으로 던지고 있는 질문은 한 가지다. '어떻게 하면 우리 가정이 좀 더 행복해지고, 모든 가족 간의 관계가 사랑이 넘치는 따뜻한 관계로 발전할 수 있을 것인가' 하는 것이다. 가정이 바로 서야 학교도, 사회도, 국가도 바로 설 수 있다. 가정이 바로 서려면 먼저 부모가 바로 서야 한다. 부모가 부모 역할을 제대로 알고, 부모 노릇을 제대로 해야만 가정이 바로 설 수 있다. 무엇보다 중요한 건 아빠들이다. 세상이 아무리 바뀌었어도 아빠는 여전히 집안의 중심이요 가장인 까닭이다.

전통적으로 우리 사회 가장들의 모습은 가부장적인 아버지였다. 아버지는 가족을 대표하고 생계를 책임지지만 늘 근엄하고 무뚝뚝

하며 무섭기까지 한 존재였다. 일부 아버지들은 가정을 등한시한 채 딴살림을 차리거나 술과 노름에 빠져 그 책무를 소홀히 하는 경우도 있었다. 묵묵히 가정을 지키면서 식솔들을 먹여 살리기 위해 고단한 삶의 무게를 마다하지 않는 아버지들이 훨씬 더 많았지만, 그런 아버지들도 곰살궂은 잔정보다는 선 굵은 침묵의 정이 더 깊었다. 육칠십 년대 보릿고개가 기승을 부리던 시절까지만 해도 우리네 아버지들은 대개 이런 아버지들이었다.

21세기 현대 가정에서 요구하는 아버지는 이제 이런 가부장적인 아버지가 아니다. 아내에게는 속 깊은 이성 친구가 되어주고, 아이들에게는 언제든 놀이 상대가 되어주면서 고민이 있을 때 스스럼없이 다가갈 수 있는 친구 같은 아빠가 최고의 아빠로 평가된다. 이런 아빠들은 가장으로서의 책임감은 갖되 삶의 무게를 혼자서만 짊어지지 않는다. 기쁨도 슬픔도 괴로움도 즐거움도 고난도 환희도 함께 나누고 공유하는 게 요즘 가장들의 모습이다. 아빠는 더 이상 모든 것을 혼자 감당하는 슈퍼맨이 아니다. 가족과 함께 걷는 인생길의 한 동반자일 뿐이다.

지금 우리 사회가 필요로 하는 아빠의 모습 역시 권위적이거나 심판 같은 아버지가 아니라 자상한 아빠, 다정다감한 아빠, 친구 같은 아빠다. 이런 아빠들이 책임감을 갖고 든든하게 가정을 지켜나간다면 매스컴에서 우려하는 가정의 파괴와 가족의 해체로 인한 수많은 문제들을 조금이나마 방지할 수 있지 않을까. 사랑과 행복이 넘쳐나는 아름다운 가정들이 지금보다 더 많아지지 않을까. 이 책은 그런 절실한 바람에서 시작되었다.

내가 주목한 것은 소설과 영화다. 소설과 영화는 인생의 축소판이다. 그 안에는 인생의 희로애락이 무궁무진하게 담겨 있다. 가족 이야기와 아빠 이야기도 차고 넘친다. 작가와 감독들은 자신들의 작품 속에서 현실과 상상의 범주를 넘나들며 인생의 이모저모를 탐구하고 묘사한다. 이를 자세히 들여다보면 아직 살지 않은, 미처 경험하지 못한 우리네 삶의 지혜들을 얻을 수 있다. 소설을 읽고 영화를 보는 또 다른 재미가 여기에 있다. 나는 소설과 영화를 통해 이 시대 아빠들이 고민하는 문제들을 가감 없이 들여다보려고 했다.

이 책에는 한국 소설과 외국 소설 그리고 한국 영화와 외국 영화가 각각 여섯 편씩 소개되고 있다. 요즘 세대의 아빠들이 겪는 대부분의 일상사가 여기에 다 들어 있다고 생각한다. 이를 통해 짧은 시

프롤로그

15

간 안에 다양한 작품을 접하면서 '좋은 아빠란 무엇인가'를 생각해
보고, '나쁜 아빠가 되지 않기 위해 어떻게 해야 될까'를 고민한다
면, 이 한 권의 책이 그 어느 학자나 전문가가 쓴 교육학 책이나 육
아서보다 현실적인 도움이 되리라 믿는다.

특히나 이런 문제를 별로 고민해보지도 않은 채 어느 날 갑자기
덜컥 아빠가 되어버린 신참 가장들, 활화산처럼 뜨겁게 사랑하는데
결혼해서 아빠 되는 일쯤이야 대수겠냐 자만하는 예비 아빠들, 아
이들은 하루가 다르게 자라나는데 아직도 아빠 노릇 하는 게 너무
버겁고 힘겹기만 한 초보 아빠들, 그리고 그런 남편을 바라보며 어
떻게 해야 할지 몰라 애태우는 젊은 엄마들에게 이 책을 권한다. 독
서를 싫어하는 남자에게 교육학 책이나 육아 서적을 읽히는 건 대
단히 어려운 일이지만 영화 한 편을 보고 이야기를 나누는 건 힘든
일이 아닐 것이다. 영화 보듯 이 책을 보게 한다면 남편이 확 달라
질지도 모른다.

"아빠는 참 좋은 아빠야."

영화 〈행복을 찾아서〉에서 아들 크리스토퍼가 가난뱅이 아빠 크
리스에게 했던 말이다.

"아빠, 절 태어나게 해주셔서 감사합니다."

영화 〈7번방의 선물〉에서 딸 예승이 지적장애인 아빠 이용구에게 건넨 고백이다.

크리스와 이용구가 자신의 아이에게 아빠가 들을 수 있는 생애 최고의 찬사를 들은 것은 인생에서 가장 행복했던 순간이 아니라 가장 비참했던 순간이었다.

좋은 아빠에게 자격이 필요하다면 그것은 돈이나 명예, 높은 지위 따위가 아니다. 순전한 사랑이다. 그 당연한 것 같으면서도 놀라운 비밀이 이 책에 등장하는 소설과 영화 속에 고스란히 담겨 있다. 오직 좋은 아빠가 되고 싶은 열정만 있다면, 그 비밀은 의외로 쉽게 발견되고 실천 가능한 것으로 성큼 다가올 것이다.

喜

아빠의
미소가 필요한
순간들

아이는 아빠가
믿는 만큼
자란다

아이큐 60의 물 반장이지만
세상에서 우리 아들이 최고야

-

박규태 감독의 〈날아라 허동구〉

"그럼 때리세요. 그래서 사람 만드는 게 선생 아닙니까?
우리 아들이 제일 좋아하는 게 학교 오는 거예요.
집보다 더 좋아해요. 국어, 수학 못해도 괜찮아요."

그래, 시험 같은 거 안 봐도 돼. 주전자도 하루 쉬어야지

어느 소도시 초등학교 교실. 교탁 위에 주전자와 컵이 놓여 있다.
아이들은 연필을 세워 들고 구도를 잡는다. 동구도 아이들을 따라
연필을 곧추세운다. 그러나 눈을 감은 채다.

"허동구, 한쪽 눈은 뜨는 거야."

선생님의 지적에 동구가 감았던 눈을 뜨자 아이들은 손뼉을 치고
발을 구르면서 웃는다.

이윽고 종이 울리자 동구는 교실 문을 열고 주전자를 든 채 뛰어
간다. 각 반에서 주전자를 든 물 반장들이 몰려나오지만 평소처럼
동구가 1등으로 물을 받아 간다. 점심시간만 되면 동구는 주전자에
물을 받아다가 아이들 책상을 돌며 컵에 물을 따라준다.

동구 아빠 허진규는 '허사장'이라는 통닭집을 운영한다. 근처 사
는 백수 친구 상철은 딸 미나를 데리고 거의 매일 진규 가게에 들러
몰래몰래 닭과 생맥주를 축낸다.

열한 살이나 된 동구는 아이큐가 60밖에 되지 않는다. 아침에 대
청마루에 햇살이 비치면 잠에서 깨어나 학교에 가고, 잘 때면 아빠

가 자장가 대신 닭을 세줘야 잠을 자는 아이다.

조회 시간에 선생님이 전달 사항을 이야기한다.

"허동구, 내일은 시험 날이야. 무슨 말인지 알지?"

다음 날 동구는 학교에 가지 않는다. 진규는 동구에게 괜찮다고
말한다.

"그래, 시험 같은 거 안 봐도 돼. 주전자도 하루 쉬어야지."

동구 짝 김준태는 몰래 주전자 안에 개구리를 집어넣는다. 이를
발견한 여자아이가 비명을 지른다. 선생님이 들어오자마자 반장은
이를 알린다. 진규가 학교에 불려 간다.

"아버님, 동구 학교에서 배울 것도 없고 가르칠 것도 없습니다. 학
교 와서 하는 거라곤 주전자 당번밖에 없다고요. 수업을 따라갈 수
도 없고 방해만 된다니까요."

"그럼 때리세요. 그래서 사람 만드는 게 선생 아닙니까? 우리 아
들이 제일 좋아하는 게 학교 오는 거예요. 집보다 더 좋아해요. 국
어, 수학 못해도 괜찮아요."

"아버님, 동구 특수학교에 보내셔야 돼요."

"특수학교요? 우리 아들이 뭐가 그렇게 특수합니까? 남들하고 똑
같아요. 머리는 나쁘지만 동네에서 제일 착해요. 착해서 누구 해코
지할 줄도 몰라요."

진규와 담임 선생님의 입씨름이 이어진다. 진규는 무릎을 꿇고
애원하지만 소용이 없다.

학교에서는 교실에 있는 주전자를 모두 치우고 정수기를 새로 들
여놓는다. 실의에 빠져 있던 동구는 우연한 기회에 학교 안에서 유

일하게 주전자가 필요한 야구부에 들어간다. 진규는 동구에게 야구 유니폼을 사주고, 동구는 매일 야구 유니폼을 입은 채 등교한다.

한편 준태는 자기를 위해 운동장을 한 바퀴 더 달려준 동구에게 마음을 연다. 동구는 준태 집에 놀러 가 함께 야구 게임을 하며 친해진다. 준태는 동구에게 야구 방망이를 선물한다.

전국 초등학교 야구 대회 날짜가 정해진다. 코치는 입상을 벼르지만 문제는 허동구다. 동구는 타석에 서면 눈을 감고 방망이를 휘두른다. 코치가 아무리 연습을 시켜도 허사다.

준태는 자진해서 동구에게 야구를 가르친다. 그렇지만 아무리 가르쳐도 진전이 없자 고민 끝에 번트 연습을 시킨다. 코치는 다른 학교에서 새로 들어온 동구가 비밀병기일지 몰라 긴장하고 있다며 동구에게 껌을 씹으면서 위협적인 자세를 취하라고 주문한다.

드디어 시합 날. 동구는 야구를 할 생각은 않고 껌을 씹으면서 팔짱을 낀 채 인상을 쓰고 다리를 흔든다. 점수는 7대 6. 진북초등학교가 사동초등학교에 뒤지고 있었다.

6회 말 마지막 공격. 2사 주자 만루 상황. 안타 하나면 역전이다. 타석에 동구가 들어선다. 상대 팀은 이겼다고 확신하며 주저하지 않고 스트라이크 두 개를 던진다.

"허동구, 알지?"

짝 준태가 동구에게 물을 따라준다. 이때 진규가 야구장에 도착한다.

마지막 공이 투수 손끝을 벗어난다. 동구의 방망이가 움직인다. 번트다. 동구는 죽어라 달려 1루 베이스를 밟는다. 그사이 주자 두 명이 들어온다. 8대 7, 역전승이다.

동구는 1, 2, 3루를 돌아 홈으로 들어온다. 아빠도 아들도 함께 야구장을 달린다.

"아빠, 나 집에 왔어. 1점이야!"

"그래, 우리 동구 잘했어. 우리 아들 최고야!"

코치와 아이들은 동구를 얼싸안고 기쁨을 나눈다. 다음 날, 동구는 변함없이 학교를 간다.

괴짜나 예외를 인정하지 않는 우리의 교육 풍토

얼마 전 한 신문에 실린 교육 관련 뉴스가 눈길을 끌었다. 아이들이 얼마나 창의적인 아이디어를 발굴해내는가를 조사한 결과 한국은 OECD 회원국과 중국 등 35개국 가운데 31위에 그쳤다는 것이다. 우리나라 아이들이 학업 성취도는 뛰어나지만 창의력은 형편없는 수준이라는 걸 다시 한 번 드러내준 결과다.

한국의 부모들은 어릴 때부터 아이를 일정한 틀이나 공식에 맞춰 키우려 한다. 유치원에 다니는 어린아이에게조차 영어 학원, 태권도 학원, 피아노 학원을 필수로 보낸다. 국어 · 영어 · 수학에 싹수가 보이면 외고나 과학고를 거쳐 세칭 일류 대학을 보내야만 제대로 부모 노릇을 했다고 생각한다. 성적이 좋으면 당연히 의대나 법대를 보내야 한다고 생각한다. 의사나 판검사가 아니면 적어도 대기업 사원 정도는 돼야 자식 교육에 성공한 부모 축에 낀다.

괴짜나 예외를 인정하지 않는 이런 풍토에서 에디슨이나 빌 게이츠, 스티브 잡스 같은 인물이 나오길 바라는 것은 우물가에서 숭늉을 찾는 격이다. 한국에서 초등학교 졸업이 학력의 전부인 사람이나 고등학교나 대학교 중퇴자는 곧 인생의 실패자로 낙인찍히기 십상이다. 만약 초등학교에 다니는 아이가 장래 희망이 우편배달부나 택시 운전사 혹은 원양어선 선원이라고 하면 부모는 기겁을 하고 아이를 다그칠 것이다. 그런 말 같지도 않은 희망은 당장 접으라고, 제대로 된 꿈을 다시 만들어 꾸라고.

이 신문사에서는 한 가지 실험을 했다. 한국의 초등학교 6학년 학생과 부모, 미국·핀란드·이스라엘의 초등학교 6학년 학생과 부모 등 144명을 대상으로 설문 조사를 실시한 것이다. 그 결과 한국의 어린이들은 다른 나라 어린이들과 마찬가지로 다양한 꿈을 가지고 있었다. 문제는 부모들이었다. 한국의 부모 27명 가운데 아이가 장차 대기업에 취업하길 바라는 사람은 16명이었다. 창업에 반대하는 한국의 부모들은 창업이 불안정하고 힘들기 때문이라고 했다. 반면 미국의 부모 10명 중 7명, 이스라엘의 부모 9명 중 6명이 아이가 고생을 하더라도 나중에 창업을 했으면 좋겠다고 대답했다.

자녀들의 희망 직업에서도 차이는 분명했다. 한국의 부모들이 꼽은 최고 인기 직업은 의사, 검사 같은 전문직이었고 교사나 공무원 등 안정적인 직업이 그 뒤를 이었다. 하지만 핀란드의 부모 21명 중 14명은 아이가 원하는 직업이면 된다고 말했다.

이런 생각을 가진 부모 밑에서 자라난 우리 아이들은 나이를 먹어가면서 똑같은 교육 과정을 거쳐 획일적인 사람으로 만들어지게 된다. 다양한 꿈을 추구하는 개성 있는 삶보다는 튀지 않고 모나지 않으며 안정적인 것을 추구하는 천편일률적인 인간으로 제조되는 것이다.

물론 우리 사회의 복지 제도와 사회 안전망이 서구 선진국에 비해 열악하고 불안정한 만큼, 자식들이 보다 안락한 환경 속에서 살아가기를 바라는 마음은 충분히 이해할 만하다. 그러나 이는 부모의 생각일 뿐이다. 아이들이 자라나 어른이 되었을 때 마주하게 될 세상은 지금과는 너무도 다른 세상일 것이다. 현시대의 잣대로만 아이의 미래를 재단하는 것은 위험천만한 일이다.

아빠가 온전히 믿어주었을 때 아들은 달라졌다

영화의 주인공 허동구는 아이큐 60에 학업 성취도가 현저히 떨어지는 모자란 아이다. 수업 진도를 따라가지 못하는 것은 물론, 시험만 봤다 하면 빵점이라 언제나 꼴찌를 도맡아 한다. 미술이면 미술, 음악이면 음악, 예능도 엉망이다. 한마디로 할 줄 아는 게 전혀 없는 무능한 아이요 지진아다. 담임 선생님은 동구만 보면 골치가 아프다. 동구 때문에 다른 아이들마저 영향을 받을까 봐 학부모들도 전전긍긍이다. 학교에서는 교무 회의를 열어 동구에게 특수학교로 전학을 가라고 권고하기에 이른다. 동구가 사라지면 학교는 천국이 될 것만 같다.

그런데 동구가 늘 1등을 하는 게 있었다. 아침에 첫 번째로 학교에 도착하는 것, 점심시간에 가장 먼저 주전자에 물을 떠다가 아이들에게 따라주는 것, 언제나 앞서서 달리는 것이다. 게다가 동구는 거짓말을 하지 못하고, 아빠 말처럼 동네에서 제일 착한 아이였다. 선생님을 비롯해서 모든 아이들, 심지어는 짝인 준태마저도 자기를 대놓고 싫어하지만 동구는 학교 가는 일이 세상에서 가장 즐겁다. 학교가 집보다 더 좋다. 밤이면 어서 아침 해가 떠서 학교에 갔으면 좋겠다는 생각으로 잠자리에 든다. 이런 동구를 학교에서는 자꾸 쫓아내려고만 한다. 1등인 건 보지도 않고 꼴등하는 것만 보는 까닭이다.

동구 아빠 허진규는 동구가 학습 능력이 떨어지고 학교에서 미운털이 단단히 박힌 아이라는 사실을 잘 알고 있다. 전문가 입장에서 보면 동구는 특수학교를 가는 게 합당할지도 모른다. 하지만 그는 아들이 마음 놓고 즐겁게 학교를 오가는 모습을 보고 싶다. 동구가 가장 행복해하는 일이기 때문이다. 그래서 그는 늘 동구 편이다. 면박을 주거나 야단을 치지도 않는다. 빵점을 맞아도, 꼴찌를 해도, 친구가 없어도, 억울하게 오해를 받아도, 시험 보는 날이면 학교를 가지 않아도, 혼자서는 용변조차 보지 못해도, 그는 언제나 동구 편을 들어준다. 아들의 말에 귀 기울이고, 아들의 속내를 살피며, 아들에게 최고라고 말해준다.

아이들은 아빠가 믿는 만큼 자란다. 내 아이가 조금 부족해도, 뒤떨어지는 면이 있어도, 모자란 부분이 보여도 끝까지 믿어줘야 한다. 아이의 성장 과정이나 교육 문제에서 아내 뒤에 숨어 있지만 말고 아빠가 앞으로 나서야 한다. 아이의 성장과 교육은 엄마만의 몫이 아니다. 아빠도 한 축을 담당해야 한다. 엄마가 보지 못하는 게 있다면 아빠가 그것을 봐야 한다. 부족하고, 뒤떨어지고, 모자란 이면에 남보다 나은 점, 탁월한 것, 풍부한 면이 있다. 이를 칭찬해주고 믿어주고 이끌어줘야 한다. 그게 아빠의 몫이다.

세상엔 많은 아이들이 있다. 이들이 다 공부를 잘하고, 1등을 하고, 일류 대학을 가고, 의사나 판검사가 될 수는 없다. 그렇게 되어서도 안 된다. 건강한 사회는 각 분야에서 묵묵히 자기가 맡은 일을 하며 행복하게 살아가는 사람들이 많은 사회다. 아이가 좋아하는 일, 잘할 수 있는 일, 다른 사람들을 행복하게 만들어줄 수 있는 일을 발견해 그 길을 갈 수 있도록 격려하고 돕는 일, 이게 부모가 할 일이다. 그리고 아빠가 해야 할 일이다. 엄마가 아이에게 경쟁심을 불러일으키고, 출세와 성공이라는 신기루를 목표로 정해놓고 아이를 닦달할 때 브레이크를 밟고 핸들의 방향을 조정해야 하는 존재가 아빠다.

영화 속에서, 아빠의 온전한 믿음을 받으며 아들은 달라졌다. 물반장 외에는 아무것도 할 줄 아는 게 없는 것처럼 보였던 동구, 주전자가 사라진 학교에서 더 이상 마음 둘 곳을 찾지 못할 줄 알았던 동구, 친구 하나 없이 언제나 왕따에 외톨이 신세가 당연한 줄로만 알았던 동구, 특수학교로 전학 가는 일 외에는 탈출구가 없는 듯 보였던 동구가 많은 사람들이 기뻐하고 환호하는 일, 학교의 명예와 위신을 드높이는 일, 친구들의 사랑과 우정을 독차지하는 일, 그 기적 같은 일을 해낸 주인공이 된 것이다. 아빠의 믿음에 대한 보답이었다.

여성학자 박혜란은 자신의 경험을 바탕으로 쓴 책 『믿는 만큼 자라는 아이들』에서 부모가 아이들을 어떻게 바라봐야 하는지에 대해 잘 설명해주고 있다.

"나 역시 아이를 겁도 없이 셋씩이나 낳긴 했지만 아이들을 키운다는 어마어마한 일에 솔직히 자신이 없는 사람이었다. 그럴 바에야 아이들을 '키울' 생각을 하지 말고 아이들이 '커가는' 모습을 바라보는 일이 여러모로 훨씬 이익일 듯싶었다. …… 다행히 아이들이란 얼마나 신비한 존재인지, 내 몸을 통해서 세상에 나온 그들은 그 조그만 몸속에 무한한 가능성을 갖고 있나 보다. 아무리 봐도 그들은 부모들보다 훨씬 아름답고 튼튼한 존재들이다. 만약 부모들이 섣불리 끼어들지만 않는다면 그들은 얼마든지 싱싱하게 커갈 수 있다. …… 아이들은 믿는 만큼 크는 이상한 존재들이다."

아이와 같은
꿈을 꾸는
아빠

권투 선수가 되기를 바라는 아빠와
발레리노를 꿈꾸는 아들의 갈등

-

스티븐 돌드리 감독의 〈빌리 엘리어트〉

"그냥 기분이 좋아요. 내 몸 전체가 변하는 기분이죠.
마치 몸에 불이라도 붙은 느낌이에요.
전 그저 한 마리의 나는 새가 돼요.
마치 전기처럼 말이에요."

어쩌면 빌리는 발레의 천재일지도 몰라

1984년 북동 잉글랜드 더럼 주州의 탄광 마을인 에버링턴 시市. 열한 살 먹은 소년 빌리 엘리어트는 홀로 치매에 걸린 할머니를 돌본다. 광부인 아빠 재키와 형 토니는 파업을 벌이느라 여념이 없다. 희망이라곤 찾아볼 수 없는 집 안에서 빌리에게 위안을 주는 것은 형의 레코드로 음악을 듣는 일과 죽은 엄마가 남겨놓고 간 피아노를 치는 일이다.

재키는 빌리가 훌륭한 권투 선수가 되어 집안의 명예를 드높여주길 원한다. 아빠의 바람대로 빌리는 할아버지가 쓰던 오래된 권투 장갑을 들고 유소년 클럽으로 향한다. 그런데 파업 때문에 발레 교실을 광부들이 사용하게 되면서 권투 교실 한구석에서 발레 수업이 진행된다. 발레복을 차려입은 소녀들이 등장하고 피아노가 들어온다. 빌리는 시합에 나서지만 피아노 소리에 맞춰 주먹보다 발이 먼저 움직인다. 경기를 지켜보던 재키는 빌리에게 어서 한 대 치라며 다그친다. 아빠를 돌아보던 빌리는 상대방 주먹에 맞아 쓰러진다.

"넌 그 글러브랑 네 아빠랑 이 권투 도장의 전통에 먹칠을 한 거다."

링 위에 쓰러진 빌리를 향해 코치의 장탄식이 쏟아진다. 결국 혼자 남아 샌드백을 치게 된 빌리는 윌킨슨 부인의 지도 아래 연습에 몰두하고 있는 소녀들의 발레에 정신을 빼앗기고 만다. 그는 몰래 다가가 소녀들의 동작을 따라 하다가 윌킨슨 부인에게 발각된다. 그녀는 빌리에게 토슈즈를 건네며 다리 선이 좋다고 격려해준다.

이후 빌리는 권투 교실에 가라며 아빠가 준 50센트를 윌킨슨 부인에게 갖다 바치면서 발레 교실을 드나든다. 학교에서도 온통 발레 생각뿐이다. 시립도서관 버스에서 발레 교본을 훔친 빌리는 틈틈이 책을 보며 발레 동작을 익힌다. 부엌에서도 욕실에서도 침실에서도 연습은 계속된다. 한 가지 동작을 익힐 때마다 빌리는 세상을 다 얻은 듯 신이 난다.

그러던 어느 날 시위 현장에서 권투 코치를 만난 재키는 빌리가 몇 달 동안이나 권투 교실에 나오지 않은 사실을 알게 된다. 체육관을 찾은 재키는 권투 대신 발레에 열중하고 있는 빌리를 발견한다. 그는 소리를 지르고 화를 내며 빌리를 집으로 데려온다.

당장 그만두라며 윽박지르기만 하는 아빠에게 대들던 빌리는 집을 뛰쳐나와 윌킨슨 부인을 찾아간다. 밥을 먹이고 빌리를 집으로 데려다주던 윌킨슨 부인은 빌리에게 로열발레학교에 입학하는 게 어떻겠냐고 제안한다. 빌리로서는 전혀 생각지도 못했던 일이다.

한편 우연히 한밤중에 권투 교실을 찾아 친구인 마이클에게 춤을 가르치는 빌리를 보게 된 재키는 신들린 듯 열정적으로 춤추는 아들 앞에서 눈이 휘둥그레진다. 말없이 돌아선 그는 윌킨슨 부인을 찾아가 빌리를 로열발레학교에 보내려면 돈이 얼마나 드느냐고 묻는다.

　파업으로 생계조차 막막했던 그는 돈을 벌기 위해 탄광으로 향하는 버스에 오른다. 시위대는 버스를 둘러싸고 배신자라 외치며 달걀 세례를 퍼붓는다. 토니는 버스에 탄 재키를 발견하고 탄광으로 들어가려던 그를 불러 세운다.

　"여기서 뭐 하시는 거예요? 지금 포기하시면 안 돼요."

　"빌리를 위한 거야. 어쩌면 빌리는 발레의 천재일지도 몰라."

　이때부터 재키는 빌리를 위해 돈을 모으기 시작한다. 소중히 간직해두었던 아내의 패물을 꺼내 전당포로 향하는 그의 얼굴이 착잡하기만 하다.

　마침내 빌리는 아빠와 함께 오디션을 보기 위해 로열발레학교가 있는 런던으로 향한다. 두 사람 다 생전 처음 가보는 도시다. 신체검사를 마친 빌리는 심사위원들 앞에서 자신의 춤을 선보인다. 심사위원들의 표정에 놀라움이 배어난다.

　"춤을 출 때 어떤 기분이니?"

　"모르겠어요. 그냥 기분이 좋아요. 조금은 어색하기도 하지만 한번 시작하면 모든 걸 잊게 되고…… 사라져버려요. 내 몸 전체가 변하는 기분이죠. 마치 몸에 불이라도 붙은 느낌이에요. 전 그저 한 마리의 나는 새가 돼요. 마치 전기처럼 말이에요."

　온 가족이 초조하게 기다린 끝에 드디어 런던에서 편지가 도착한다. 합격이다.

　런던으로 향하는 날, 할머니와 뜨거운 포옹을 나눈 빌리는 정들었던 골목길을 천천히 빠져나간다. 버스 터미널에서 빌리를 떠나보내며 재키와 토니는 오열한다.

빌리가 떠난 후 재키와 토니는 다시 일상으로 돌아간다. 파업은 노조의 항복으로 끝나 있다. 지하 갱도를 향해 두 사람이 탄 엘리베이터가 둔탁한 소리를 내며 하강한다.

몇 년 후, 빌리의 공연을 보기 위해 재키와 토니가 런던에 도착한다. 휘황찬란한 불빛에 휩싸인 웅장한 로열발레 예술의전당. 공연 전부터 울먹이기 시작한 아빠와 형, 친구 마이클이 지켜보는 앞에서 발레리노가 된 건장한 청년 빌리는 차이콥스키의 '백조의 호수' 음악에 맞춰 깃털처럼 가볍게 허공으로 날아오른다.

자녀 한 명당 지출되는 평균 양육비 3억 원 시대

자식 잘되기를 바라지 않는 부모는 없다. 그러나 잘되기를 바라는 마음으로 부모가 자식에게 보이는 태도들 중엔 잘못된 행동이 너무 많다. 그중 하나가 자신의 능력과 현실을 도외시한 채 너무 허황된 꿈을 좇는 경우다. 내 아이가 혹시 천재가 아닐까, 내 아이가 혹시 특별한 재능을 타고난 것은 아닐까, 내 아이가 혹시 몇백 년에 한 명 나올까 말까 한 하늘이 내린 재목이 아닐까, 같은 생각을 하는 부모들이 의외로 많다. 나머지 경우는 일찌감치 자신의 능력과 현실을 깨달아 자식의 재능이나 관심은 살피지도 않은 채 쉽게 포기해버리는 경우다.

요즘 우리나라 부모들은 전자 쪽이 훨씬 더 많은 것 같다. 전통적으로 우리 민족은 시대를 불문하고 어느 나라보다 강한 교육열을 이어왔다. 그 덕분에 오늘날 대한민국이 이만큼 잘살게 된 것은 부인할 수 없는 사실이다. 하지만 요즘의 교육 실태는 해도 해도 너무 한다는 생각이 든다. 온통 자본으로 이루어져, 가정도 학교도 돈이 없으면 양질의 교육을 할 수가 없는 실정이다. 빈부 격차가 갈수록 심해져가는 현대사회에서 경제력의 차이는 고스란히 교육의 질적 차이로 이어지고 있다.

한국보건사회연구원이 2012년 전국의 월평균 양육비를 조사한 결과 자녀 한 명을 낳아 결혼을 시키기까지 지출되는 평균 양육비는 약 3억 원에 달한다고 했다. 자녀의 연령대가 높아질수록 사교육비가 늘어나면서 양육비 지출이 크게 증가한 것으로 나타났다. 이는 10년 전에 비해 1억 원가량이 늘어난 것이라고 한다. 심각한 저출산의 원인이 바로 여기에 있다. 자녀를 둘만 낳아도 약 6억 원의 돈이 있어야만 제대로 기를 수 있는 것이다. 그러니 평범한 샐러리맨 가정에서 자녀를 서너 명 이상 낳아 기른다는 건 보통 일이 아니다.

이 같은 분위기 속에서 가장 곤혹스러운 입장은 가장인 아빠다. 일반적으로 아이를 낳아 사랑과 정성으로 양육하는 것이 엄마의 몫이라면, 그에 필요한 비용, 즉 돈을 벌어다 대는 것은 아빠의 몫이기 때문이다. 부모를 봉양하면서 아내에게 최선을 다하고 자녀를 둘만 낳아 기르려면 아빠는 그야말로 철인이나 슈퍼맨이 되어야만 한다. 우리 주변에 기러기 아빠로 불리는 사람이 의외로 많은 것은 이런 사회현상을 잘 대변해주고 있다.

이에 반해 우리 아버지 세대는 후자 쪽에 가까웠다. 그들은 일제 강점기와 6·25전쟁을 겪으며 질곡의 역사를 온몸으로 살아낸 분들이다. 그때는 보통 한 가정에 대여섯 명 이상의 자녀를 낳아 길렀다. 자기 밥그릇은 스스로 가지고 태어난다고 믿던 시절이었다. 그러다 보니 자식들 중에 가장 똑똑한 아들 한 명 혹은 장남에게 모든 혜택이 집중되었다. 온 가족이 힘을 모아 한 사람을 위해 희생하고, 이를 바탕으로 선택받은 한 사람은 죽어라 공부해서 출세해야 했다. 그가 마침내 일류 대학에 합격하고 판검사나 의사가 되는 날엔 온 동네에 잔치가 벌어졌고, 평생 희생으로 일관했던 가족들은 눈물로 위안과 보상을 받았다.

개천에서 용 난다는 속담은 그 시절 이야기다. 가난이 늘 입고 다니는 외투처럼 당연한 숙명으로 여겨지던 시절 우리네 누나, 오빠, 형, 언니들은 동생들을 공부시키고 가사를 책임지기 위해 공장에 들어가 철야로 미싱을 돌리거나 프레스 앞에서 졸음을 참아내야 했다. 그 당시 아버지들은 알면서도 모르는 척 남몰래 쓰디쓴 눈물을 삼켜야 하는 존재였다. 만약 대여섯씩 되는 자녀 모두 여러 분야에 출중한 인재들이었다면 매일 피눈물을 흘려야만 했을 것이다. 그 무렵엔 재주가 박약한 것도 일종의 효도였다.

개천에서 용 나는 시대는 아직 지나지 않았다

〈빌리 엘리어트〉는 한 가난한 집안의 재주 많은 아이 이야기다.

매일 분진을 뒤집어쓴 채 깊디깊은 갱도에 들어가 석탄을 캐내는 아빠 재키. 아내가 일찍 세상을 떠난 뒤 가사까지 책임지며 홀로 두 아들을 키워야 하는 중년 사내의 어깨가 한없이 무겁기만 하다. 게다가 치매에 걸린 어머니까지 돌봐드려야 한다. 큰아들은 일찌감치 희망을 접고 광부의 길을 걷게 한다. 둘째 아들은 어머니와 아내를 닮아 음악을 좋아하는 게 마음에 걸리기는 하지만 현실적으로 탄광촌에서 음악이라니 있을 수 없는 일이라 생각하며 권투 선수의 길을 가게 한다. 가난, 탄광촌, 권투, 이는 더 이상 잘 어울릴 게 없는 완벽한 조합이었다.

그런데 돌연 빌리가 발레를 한다고 한다. 발레라니. 아빠의 가슴은 무너져 내린다. 가난, 탄광촌, 발레, 이는 도무지 어울리지가 않는 사상 최악의 조합이다. 재키는 빌리에게 화도 내보고, 설득도 해보고, 달래도 보지만 빌리는 요지부동이다. 가뜩이나 탄광은 파업 중이라 월급이 나오지 않으니 먹고사는 것 자체가 막막한 형편이다. 설상가상으로 윌킨슨 부인은 빌리에게 런던에 있는 로열발레학교에 진학하라며 부추긴다. 피아노를 부서뜨려 벽난로 속으로 집어던지지만 그러는 자신이 한심스러워 눈물만 흐른다.

아들이 원하는 것을 들어줄 수 없는 아빠. 아들의 재능과 소질을 알면서도 이를 뒷바라지할 능력이 없는 아빠. 그런 아빠의 찢어지는 가슴을 누군들 짐작이나 하겠는가. 영화를 보는 내내 재키 역할을 기막히게 소화해내는 영국 배우 게리 루이스의 얼굴을 바라보며 마음이 너무나 아팠다. 그 옛날 우리들의 아버지 마음이 이랬을 것이다. 요즘도 자식들 교육시키느라 자존심을 저당 잡힌 채 허리가 휘도록 일하면서도 한 푼이 아까워 제대로 된 식사 한 끼 하지 못하는 이 땅의 많은 아빠들 심정이 이와 같을 것이다.

나 역시 가난한 집안에서 태어나 어려운 유년기를 보내야 했다. 아버지는 사 남매를 낳았지만 그중 대학을 나온 건 나뿐이고 누나들이나 형은 대학을 가지 못했다. 가난 때문이었다. 아버지는 돌아가실 때까지 자식들 앞에서 떳떳해하지 못하셨다. 특히 누나들이나 형에게는 더욱더 그랬다. 지금도 나는 누나들이나 형을 보면 마음 한구석이 짠하고 아리다. 대학을 나왔다고 해서 그들보다 더 잘사는 것도, 보람된 일을 많이 하며 사는 것도 아닌데 말이다. 아버지는 속내를 드러내시지 않았지만 영화를 보며 그 마음을 이해할 수 있을 것 같았다.

뒤늦게 빌리의 재능을 확인한 재키는 아들을 발레리노로 만들기 위해 발 벗고 나선다. 배신자 소리도 감수하며 일을 하러 나가고, 아내의 유품으로 소중히 간직했던 보석들을 전당포에 맡긴다. 비로소 아들과 시선을 마주치고, 아들이 바라보는 곳을 함께 바라보며, 같은 꿈을 꾸게 된 것이다. 이때 아빠와 아들은 처음으로 환한 미소를 주고받는다. 쉽지 않은 과정이었지만 온 가족이 한마음으로 뭉치자 길은 자연스럽게 열린다. 아빠가 아들의 손을 잡아주었을 때 아들은 자신의 끼를 마음껏 발산하며 한 마리 백조가 된다.

빌리의 형 토니에게도 주목할 필요가 있다. 처음 그는 동생을 귀찮은 존재로 여겼지만 아빠의 마음을 알게 된 후 가장 열렬한 지지자 겸 후원자로 변한다. 학교 입학을 위해 동생 혼자 런던으로 떠날 때, 무대 위에서 동생이 주인공이 되어 화려한 날개를 펴고 등장할 때 그의 눈엔 진한 눈물이 맺힌다. 그가 아빠와 함께 협력하지 않았더라면 빌리의 성공 또한 요원했을지 모른다. 아마도 그는 틀림없이 좋은 아빠가 되었을 것이다.

가장 인상적인 것은 난생처음 넥타이를 매고 그 위에 가죽점퍼를 걸친 채 아들의 손을 잡고 오디션을 보기 위해 로열발레학교를 찾아갔던 재키의 표정이다. 신기한 듯, 어색한 듯, 초조한 듯, 겸연쩍은 듯, 그러면서도 설레고, 기쁘고, 뭔가 확신에 찬 것 같은 그 얼굴에서 나는 아빠의 진정한 표정을 보았다. 그것이 바로 아빠의 얼굴이었다. 가난하더라도, 비록 능력이 조금 부족하더라도, 해줄 수 있는 게 변변치 않다손 치더라도, 아들의 손을 잡고 같은 길 위에 서 있는 것, 그것이 아빠가 있어야 할 자리다. 그러면 아들은 두 배, 세 배 더 힘을 내며 꿋꿋하게 그 길을 걸어가 끝내 목적지에 다다르고 말 것이다.

개천에서 용 나는 시대는 지났다고들 말한다. 빈부 격차는 교육 격차로 이어져 계급 차이로 굳어질 거라고도 한다. 그러나 이 시대의 아빠들이 재키처럼 빌리의 손을 잡고 같은 꿈을 꾸며 한곳을 바라본다면, 용은 어디서든 하늘을 향해 날아오르게 될 거라고 나는 믿는다.

사랑보다
더 좋은
유산은 없다

흉악범이 모인 교도소에서
바보 아빠가 벌이는
딸과의 아름다운 러브 스토리

-

이환경 감독의 〈7번방의 선물〉

"저는 오늘 피고인 이용구,
아니 내가 세상에서 가장 사랑했던 우리 아빠,
천사 같은 우리 아빠를 위해 마지막 변론을 하겠습니다.
정의의 이름으로 아빠를 용서하겠습니다."

아빠와 딸이 주고받는 생애 최고의 선물

함박눈이 내리는 겨울 어느 교도소 안. 나이 지긋한 교도관이 젊은 여성에게 노란색 보자기 하나를 건넨다. 그 속에는 1997년도 형사 제1심 공판 기록이 들어 있다. 제목은 '이용구 유아 유괴 및 강간 살인 사건'. 공판 기록을 건네받은 그녀는 사법연수원생 이예승이다. 사법연수원 모의법정에서는 15년 만에 이용구 살인 사건이 다시 다뤄지고, 그녀는 변호사로 재판에 임한다.

1997년 2월, 여섯 살 지능을 가진 지적장애인 이용구는 딸 예승과 함께 옥탑 방에서 어렵게 살고 있다. 초등학교 입학을 앞둔 예승의 소원은 세일러문 책가방을 갖는 것이다. 매일 가게 앞에서 가방을 들여다보던 어느 날 마지막 남은 가방마저 누군가에게 팔려나간다. 내일 월급 받으면 가방을 사주겠다고 딸에게 약속한 용구는 가게로 들어가 그 가방은 예승의 거라고 우긴다. 그러다가 가방을 산 소녀의 아빠에게 몇 차례 따귀를 맞는다.

주차 요원으로 일하는 용구는 딸이 준 물병을 메고 아침마다 일을 나간다. 점심을 먹고 있는 용구에게 어제 가방 가게에서 만났던 소녀가 나타난다. 그 아이는 다른 데서도 세일러문 가방을 판다고 알려준다. 용구는 소녀를 따라나선다. 골목을 돌아가는 순간 앞서 가던 여자아이가 갑자기 쓰러져 있다. 용구는 소녀를 살리기 위해 아이의 바지 벨트를 끌러 느슨하게 한 다음 인공호흡을 한다. 이때 어떤 중년 여자가 나타나 비명을 지르면서 도망간다.

아빠가 밤늦도록 돌아오지 않자 예승은 버스 정류장까지 나와 기다리지만 용구는 소녀를 죽인 범인으로 지목되어 경찰서에 잡혀 있다. 죽은 소녀의 아빠가 경찰청장인 만큼 수사는 속전속결로 진행된다. 비 내리는 날, 현장 검증을 위해 소녀가 죽은 곳을 다시 찾은 용구는 경찰이 시키는 대로 자신이 하지도 않은 동작까지 재현한다.

교도소에 수감된 이용구는 흉악범들이 모인 7번방에 배정된다. 소매치기 봉식, 사기꾼 춘호, 간통죄를 지은 강만범, 자해공갈범 서노인, 조폭 출신 소양호가 7번방 식구들이다.

자신을 대신해서 칼에 찔린 용구에게 소양호는 뭐 필요한 게 없느냐고 묻고 용구는 예승이라고 대답한다. 이에 7번방 사람들은 예승을 교도소로 들여오기 위해 작전을 벌인다.

교도소에서 성가대 공연이 펼쳐지는 사이 성가대원으로 잠입한 예승을 강만범이 빵 상자에 담아 7번방으로 들여오고, 드디어 용구와 예승의 눈물 어린 재회가 이루어진다.

그러나 꼬리가 길면 밟히는 법. 결국 보안과장에게 예승의 존재가 발각되고 만다. 예승은 다시 보육원으로 보내지고, 용구는 온몸을 포승줄로 묶인 채 독방에 갇히는 신세가 된다.

이때 교도소에 불이 난다. 보안과장이 불을 낸 죄수와 한 방에서 실랑이를 벌일 때 밖으로 대피하던 용구는 위험하다고 소리치며 불길이 가득한 방으로 뛰어들어 보안과장을 구해낸다. 장민환 과장은 이용구를 관찰하며 그가 소녀를 추행하고 살해한 범인이 아닐지도 모른다는 생각을 갖게 된다. 그는 자신이 아끼던 재소자에게 하나뿐인 아들을 잃은 아픈 과거를 가지고 있었다. 억울하게 자식과 이별하게 될 또 다른 아빠를 보고 싶지 않았던 것이다.

장민환 과장은 떡 상자에 예승을 넣어 몰래 7번방으로 들여보낸다. 그사이 1심에서 사형을 선고받은 용구의 최종 선고 공판 날짜가 다가온다. 7번방 재소자들은 용구의 설명을 들으며 그가 소녀를 살해한 것이 아니라 소녀가 언 바닥에 미끄러져 넘어지면서 머리를 땅에 찧은 데다 떨어진 벽돌에 맞아 죽은 거라는 사실을 알게 된다.

마침내 최종 선고가 있는 날, 경찰청장은 용구를 찾아와 폭력을 행사하며 협박한다.

"죗값 달게 받아. 그렇지 않으면 네 딸 내가 똑같이 만들어준다."

재판이 시작되자 용구는 딸을 위해 순순히 범행을 자백하고, 원심대로 사형이 선고된다.

성탄절을 앞둔 12월 23일, 이용구의 사형 집행일 아침이 밝는다. 용구는 예승과 마지막 식사를 하고, 동료들은 케이크와 함께 예승에게 선물을 건넨다. 세일러문 가방이다.

"아빠, 절 태어나게 해주셔서 감사합니다."

"아빠 딸로 태어나서 고맙습니다."

예승은 아빠에게 큰절을 하고, 용구는 딸에게 무릎을 꿇고 고백한다.

공손히 인사를 하고 방을 나서는 이용구. 그는 그렇게 돌아올 수 없는 형장으로 향한다.

다시 15년 후 모의재판정. 변호사 이예승이 눈물을 흘리며 항변한다.

"저는 오늘 피고인 이용구, 아니 내가 세상에서 가장 사랑했던 우리 아빠, 천사 같은 우리 아빠를 위해 마지막 변론을 하겠습니다. 정의의 이름으로 아빠를 용서하겠습니다."

잠시 후 검찰의 재수사와 피고인 이용구의 무죄를 선고하는 재판장의 판결이 내려진다.

재판정에 박수 소리가 울려 퍼지는 가운데 예승의 두 뺨에 뜨거운 눈물이 흘러내린다.

바보 아빠, 못난 아빠, 좋은 아빠

어디선가 본 듯한 이야기에 상당히 낯익은 인물들이 등장하는 영화지만, 익숙한 맛이 사람들의 구미를 자극하듯 2013년 초부터 극장가를 뜨겁게 달구며 개봉 한 달 만에 1천만 명 관객을 돌파하더니 그 기세를 이어 역대 한국 영화 흥행 순위 3위에 오른 작품이다. 이 영화가 이처럼 성공할 수 있었던 데는 구름처럼 몰려든 아빠 관객들의 호응에 힘입은 바가 크다는 게 일반적인 평가다. 소위 '아빠 신드롬'을 불러일으킨 영화로 손꼽히곤 한다.

한국 영화에서 아빠는 참 묘한 존재다. 한편으로는 가족을 부양하면서 험한 세상을 힘들게 살아가는 가장으로서의 모습이 충실히 그려지는가 하면 다른 한편에서는 가족을 불행으로 빠뜨리는 원흉이자 술, 도박, 불륜, 범죄 등 온갖 나쁜 짓은 다 도맡아 하는 파렴치한 존재로 그려진다. 그래서 아빠를 내세운 영화에는 범죄자와 경찰관이 등장하고, 유치장과 교도소가 단골 메뉴로 나오는 경우가 많다. 이 영화에는 이 모든 요소가 다 들어가 있다.

스크린에 비치는 아빠는 모두 세 명이다. 유아 유괴는 물론 강간 살인이라는 죄명과는 전혀 어울리지 않는 바보 아빠 이용구, 딸의 죽음을 누구보다 슬퍼하지만 자신의 지위를 악용해 무고한 사람에게 한풀이를 함으로써 자기 위안을 삼는 못난 아빠 경찰청장, 이미 아들을 잃은 경험이 있음에도 불구하고 사람에 대한 믿음을 잃지 않고 불의와 맞서 싸운 결과 가슴으로 낳은 딸을 얻는 좋은 아빠 장민환.

극장을 찾은 수많은 아빠들은 이들 중 어떤 아빠에게 공감하며 박수를 보냈을까?

여섯 살 지능을 가진 지적장애인 이용구는 사랑의 화신이다. 그가 지은 죄라고는 사람들을 사랑한 것밖에 없다. 영화에는 소개되지 않았지만 그는 불이 난 집에서 딸을 구하려다 아내를 잃는다. 쓰러진 소녀를 살리기 위해 배운 대로 인공호흡을 하다가 살인자 누명을 쓴다. 자신을 괴롭히는 방장을 칼로 찌르려던 조폭 출신 재소자를 막아서며 대신 죽을 고비를 넘긴다. 온몸을 포승줄로 묶어 독방에 가둔 보안과장이 위험에 처하자 목숨을 걸고 불길 속으로 뛰어든다. 그는 사람을 살리는 일에만 관심이 있었지만 법과 권력, 아니 세상은 어리숙하다는 이유 하나만으로 그에게 모진 굴레를 씌워 사형대에 세운다.

경찰청장은 영화 속 아빠들 중 가장 막강한 권력을 쥔 사람이다. 그다지 나이가 많이 들어 보이지도 않고 어린 딸을 두었음에도 경찰 총수 자리까지 오른 걸 보면 대단한 사람임에 틀림없다. 일류 대학을 나오고 고시에도 합격한 사람일 것이다. 세칭 남부러울 게 없는 잘난 아빠다. 하지만 그는 가장 못난 아빠 역할에 충실하다. 7번 방 재소자 중 딸을 낳고 기뻐하는 부부 소매치기 전과자 봉식이만도 못한 아빠다. 아무에게나 손찌검을 하고, 권력을 마구 휘두르며, 실수를 인정하지 않고, 자기 확신을 선이라 믿는 사람이다. 그는 이용구를 협박해 형장으로 보냄으로써 딸도 자신도 죽음으로 몰아넣는 최악의 수를 두었다.

아들을 먼저 앞세운 아빠의 심정은 어떨까? 당해보지 않은 사람은 그 누구도 헤아릴 수 없는 참담한 마음일 것이다. 그랬기에 보안과장 장민환은 교도소에서 이용구를 처음 봤을 때 수화기로 정신없이 그를 두들겨 팼다. 유아 유괴에 강간 살인이라니 사람도 아니라고 여겼을 게다. 그런데 그가 불길 속에서 자신을 구해냈다. 그러고는 천연덕스럽게 코를 골며 자고 있다. 아무리 봐도 유아 유괴에 강간 살인을 저지른 사람의 얼굴이 아니다. 이후 그는 경찰과 법원이라는 막강한 권력에 대항하며 이용구를 지켜내려 하지만 역부족이다. 이용구가 떠난 뒤 예승은 자연스럽게 장민환의 딸이 된다.

장민환은 예승을 친딸 이상으로 잘 키웠다. 이용구가 죽고 나서 장민환이 거두지 않았더라면 예승은 어떻게 됐을까? 보육원을 전전하다 잘못된 길로 빠졌을 수도 있고, 겨우 제 밥벌이 정도만 하는 아이로 자랐을 수도 있다. 부모도, 가진 것도 없는 여자아이가 무럭무럭 성장해서 훌륭한 사람이 되기엔 이 세상은 너무 험하다. 우리는 세상이 그리 녹록한 곳이 아니라는 사실을 잘 알고 있다. 장민환은 예승을 몰래 교도소에 살게 하면서 자신의 직위를 건다. 발각되어 상부에 보고되면 그날로 옷을 벗어야 함에도 이를 기꺼이 감수한다. 죽은 아들에게 못다 한 사랑을 예승에게 쏟아준 것이다.

사랑이야말로 사람과 사람을 온전히 지탱해주는 유일한 원천

15년 후, 예승은 사법연수원생이 된다. 사법고시에 합격한 사람들이 본격적으로 법조인이 되기 위해 훈련을 받는 곳이다. 사법고시에 합격하려면 대개 법대를 졸업했거나 재학 중이어야 한다. 예승은 장민환의 보살핌 속에 제대로 된 교육을 받으며 그 자리에까지 이를 수 있었던 것이다. 그리고 마침내 그녀는 합법적으로 아빠의 누명을 벗기는 데 성공한다. 그녀의 노력도 대단하지만 장민환의 헌신적인 돌봄이 없었다면 불가능했을 일이다. 봉식의 딸 신봉선이 껌을 짝짝 씹으며 아빠에게 돈 달라고 들이대는 장면과 대조적이다.

이용구가 재판에서 정의로운 판사들에 의해 누명이 벗겨져 일찍 감치 풀려났더라면 어떻게 됐을까? 좋은 일이긴 하지만 영화는 완성되지 못했을 것이다. 이예승이 사법고시는커녕 대학조차 가지 못하게 되었더라면 어떻게 됐을까? 이용구의 누명은 벗겨지지 못했을뿐더러 예승은 아빠의 억울함을 풀어드리지 못했다는 자괴감을 평생 끌어안고 살아가야 했을 것이다. 그런 의미에서 장민환은 정의로운 아빠, 다정한 아빠, 좋은 아빠의 표상이다.

감독이 이 영화를 통해 말하고자 한 것은 무엇이었을까? 아마도 사랑이 아니었을까? 가난도 억울함도 범죄도 원한도 권력도 법도 폭력도 모두 녹여내는 위대한 힘, 이게 바로 사랑이며, 이 사랑의 힘이야말로 부모와 자식, 가족과 가족, 사람과 사람을 온전히 지탱해주는 유일한 원천임을 보여주고자 함이 아니었을까?

영화의 하이라이트는 사형 집행일 아침 7번방 안에서 아빠와 딸이 나누는 대화다.

"아빠, 절 태어나게 해주셔서 감사합니다."

"아빠 딸로 태어나서 고맙습니다."

재벌인 아빠와 상속자인 딸이 이런 대화를 나누었다면 아주 잘 어울렸을 것이다. 그런데 무대는 교도소 안이다. 지적장애인에 가난하고 무능하며 살인자 누명까지 쓴 채 교도소에 갇혀 죽을 날만 기다리는 아빠에게 태어나게 해주셔서 고맙다니, 가당키나 한 인사인가. 호강은커녕 죽어라 고생만 하다가 그토록 원하던 세일러문 가방 하나 얻지 못한 채 죄수복을 입고 교도소에서 살고 있는 딸에게 자기 딸로 태어나줘서 고맙다니, 말이나 되는 소린가.

이들 부녀가 이런 인사를 나눌 수 있었던 건 서로에 대한 믿음과 사랑이 충만했기 때문일 것이다. 아마도 자식에게 이런 인사를 받는 아빠라면, 그리고 아버지에게 이런 인사를 드릴 수 있는 자식이라면 그 부자지간은 믿음과 사랑이 넘쳐나는 최상의 관계라 할 수 있을 것이다.

어른이 된 예승은 어릴 때 그랬던 것처럼 장민환에게 인사를 건넨다.

"고마워요, 아빠!"

그는 인사받을 자격이 충분한 아빠였다. 이처럼 사랑은 이용구에게서 이예승으로, 이예승에게서 장민환으로 전이되었다. 이용구는 아무것도 남기지 않고 떠난 것처럼 보였지만 그가 두고 간 커다란 사랑은 많은 이들의 가슴속에 불씨처럼 남았다. 이로써 모든 아빠들은 알게 되었을 것이다. 이 세상에 사랑보다 더 좋은 유산은 없다는 것을.

밤하늘의 별처럼
많은 이야기를
들려줘라

입만 열면 모험담을 늘어놓는
허풍쟁이 아빠와
견딜 수 없도록 지겨운 아들

-

팀 버턴 감독의 〈빅 피쉬〉

"내가 어릴 때 아빠는 집에 안 계신 날이 많았어.
딴살림이라도 차리신 게 아닐까 의심하기도 했어.
다른 집에서 다른 가족과 지내는 아빠를 상상하곤 했지."

창피한 건 아빠 자신이에요, 아빠만 못 볼 뿐이죠

아이들이 모닥불 사이에 둘러앉아 귀를 쫑긋 세운 채 한 남자의 이야기를 듣고 있다.

"난 반지를 튼튼한 줄에다 묶었지. 다리라도 들어 올릴 만큼 아주 튼튼한 줄이었어. 그걸 상류 쪽으로 던졌지. 놈은 수면에 반지가 닿기도 전에 재빨리 뛰어올라서 그걸 낚아채 가고 말았어. 곧 엄마가 될 내 아내에게 바친 정절의 표시였거든."

결혼식 준비가 한창이다. 신랑은 정신없이 바쁘다. 그런데 신랑의 아빠는 여느 때처럼 신부 앞에서 이야기만 늘어놓고 있다. 피로연에서도 하객들 앞에서 이야기를 이어간다.

결국 아들은 폭발하고 만다. 밖으로 나간 아빠와 아들이 언쟁을 벌인다.

연합통신사에서 기자로 일하는 아들 윌리엄 블룸은 아빠의 허풍이 싫다. 입만 열면 귀에 딱지가 앉을 정도로 들었던 모험담을 한없이 되뇐다. 아빠가 창피해죽을 지경이다.

"널 창피하게 했다면 미안하구나."

"창피한 건 아빠 자신이에요. 아빠만 못 볼 뿐이죠."

그날 이후 아빠와 아들은 3년 동안이나 대화를 나누지 않는다.

결혼한 다음 독립해서 살던 윌리엄은 아빠가 위독하다는 전갈을 받고 아내와 함께 고향 집으로 돌아간다. 그는 비행기 안에서 아빠와 함께했던 추억을 떠올린다.

어린 시절 윌리엄은 침대에 누워 아빠가 들려주는 이야기를 들으며 자랐다. 아빠는 어렸을 때 아이들과 같이 마녀가 사는 곳을 찾아갔다고 했다. 혼자 집 안으로 들어간 아빠 앞에 애꾸눈의 마녀가 나타난다. 그는 마녀 할머니의 눈 속에서 자신의 죽음과 운명을 본다.

이후 에드워드 블룸은 애쉬톤의 영웅으로 성장한다. 야구와 농구, 미식축구에서 발군의 실력을 발휘하는 것은 물론 과학 박람회에서도 두각을 나타낸다. 그리고 어느 날 마을에 나타난 엄청난 거구의 남자 칼의 친구가 되어 더 큰 세상으로 나가기 위해 마을을 떠난다.

애쉬톤에서 밖으로 나가는 길은 두 갈래다. 에드워드는 오래된 숲길을, 칼은 포장된 새 도로를 택한다. 그는 잔디가 깔린 아름다운 마을을 발견한다. 지상낙원처럼 보이는 스펙터 마을에서 꿈같은 시간을 보내던 그는 거기서 안주하지 않고 더 큰 세상을 향해 출발한다.

그는 칼로웨이 서커스 공연을 보다가 한 아름다운 아가씨를 만난다. 그런데 그녀는 공연이 끝나자 사라져버리고 만다. 에드워드는 단장에게서 매달 그녀에 관한 정보를 하나씩 받기로 하고 무보수로 일하게 된다. 그러다가 서커스 단장 칼로웨이가 늑대 인간이라는 사실과 그녀의 이름이 샌드라 템플턴이며, 어번 대학에 다니고 있다는 사실을 알아낸다.

그는 샌드라를 찾아가 사랑을 고백하지만 그녀는 이미 약혼을 한 상태다. 그러나 그는 포기하지 않는다. 비행기를 타고 하늘에 하트를 그리고, 집 앞 마당을 수선화 밭으로 만들면서 집요하게 애정을 표시한다. 그녀는 파혼을 하고 에드워드의 청혼을 받아들인다.

윌리엄은 아빠가 사무실로 쓰던 낡은 창고를 구경한다. 엄마는 거기서 아빠가 전쟁 중에 자신에게 보내온 편지를 발견하고 감격스러워한다. 그는 창고에 있는 편지와 문서들을 보고 나서 그것이 사실인지를 확인하기 위해 길을 나선다. 서류에 있는 주소를 찾아가 사람들을 만나 이야기를 나누다 보니 아빠가 입만 열면 늘어놓던 허풍들이 하나씩 사실임이 밝혀진다. 에드워드는 사람들에게 많은 도움을 주고, 꿈과 행복을 나눠주며, 첫사랑이었던 아내를 죽는 날까지 사랑했던 그런 남자였다.

그즈음 에드워드는 더 위독해진다. 윌리엄은 혼자 병원에 남아 아빠 곁을 지킨다.

한밤중에 에드워드가 살며시 눈을 뜬다. 그는 간호사를 부르려는 아들에게 말한다.

"강…… 어떻게 되는 건지 이야기해봐. 내가 어떻게 죽는지…….'"

"마녀 눈에서 본 그거요? 알았어요, 한번 해볼게요. 어디서부터 시작할까요?"

아들은 아빠와 함께 병원을 탈출해서 강으로 가는 이야기를 꾸며내 들려준다.

"내 인생의 이야기들…….'"

"슬픈 얼굴은 한 명도 없었어요. 아빠를 만난 걸 다들 기뻐했죠. 작별 인사를 했어요."

아빠는 아들 품에 안겨 강으로 들어간다. 그러고는 큰 물고기가 되어 헤엄쳐 간다.

아들이 눈물을 흘리며 이야기를 이어가는 동안 아빠는 편안한 얼굴로 세상을 떠난다.

교회에서 열린 장례식. 늑대 인간 서커스 단장 칼로웨이, 거인 칼, 샴쌍둥이 자매, 시인 노더 윈슬로 등이 차례로 나타난다. 아들은 비로소 아빠 말이 거짓이 아니었음을 알게 된다. 사람들은 장례식이 끝난 후 삼삼오오 모여 즐거운 표정으로 이야기꽃을 피운다.

시간이 한참 흐른 어느 날, 고향 집 실내 수영장에서 아이들이 물놀이를 즐기고 있다.

"우리 할아버지가 4미터도 넘는 거인이랑 싸웠대. 그치, 아빠?"
"그럼."

인생은 이야기다

"노인은 위대한 스토리텔러다."

텔레비전에 등장했던 어느 공익광고 카피다. 많은 사람들이 기억하는 좋은 광고였다. 예전 같으면 이 말이 카피로 쓰일 수 없었을 것이다. 너무도 당연한 말이었기 때문이다. 지금의 중장년층이 어렸을 때만 해도 할아버지, 할머니가 들려주는 옛날이야기, 즉 호랑이 담배 피우던 시절 이야기를 들으며 자랐다. 삼대가 모여 사는 집이 많아 조부모와 대화를 나눌 기회가 많았을 뿐 아니라 고향 집에 내려가면 마당에 모닥불을 피워놓고 옥수수나 감자를 구워 먹으며 할아버지, 할머니가 들려주는 이야기를 듣다가 잠이 들 때가 많았다.

반면 요즘 아이들은 할아버지, 할머니가 들려주는 옛날이야기를 들을 기회가 많지 않다. 삼대가 함께 사는 집도 드물뿐더러 모처럼 고향 집에 내려가도 아이들은 텔레비전이나 게임기, 스마트폰에서 눈을 떼지 않는다. 할아버지, 할머니가 들려주는 따분한 이야기보다는 스마트폰 속에 담겨 있는 이야기보따리가 훨씬 더 흥미진진하고 재미있는 까닭이다. 똑똑해진 젊은 엄마들은 그편이 오히려 아이 교육에 더 좋다고 생각해 말릴 의사가 없다.

인생은 이야기다. 이야기는 세대와 세대를 넘어 입에서 입으로 전해진다. 그것이 모여 문화가 되고, 풍속이 되고, 전통이 된다. 오늘날 우리 사회가 이토록 세대 갈등이 심해진 것은 세대와 세대 간에 이야기가 전해 내려오지 않았기 때문이다. 아빠는 할아버지가 어떻게 살아왔는지를 모르고, 아들은 아빠 인생에 어떤 이야기들이 숨겨져 있는지를 모른다. 그러니 삼대가 오랜만에 한자리에 모여도 서로 할 말이 없다. 어색한 분위기만 흐른다. 하는 수 없이 겨우 치워놨던 텔레비전과 게임기, 스마트폰이 다시 등장한다.

타고난 이야기꾼이었던 에드워드 블룸은 말 그대로 위대한 스토리텔러다. 그는 자신이 살아온 인생 이야기에 맛있는 조미료를 뿌려 사람들에게 들려준다. 많은 사람들이 그의 이야기에 귀 기울이며 즐거워하지만, 아들 윌리엄만은 그의 이야기에 귀 기울이지 않는다. 모두 다 허풍이요 거짓말이라고 생각했다. 아빠가 싫고 창피한 그는 결혼식을 망쳐버린 아빠와 3년 동안이나 말을 하지 않고 지낸다.

하지만 그의 아내 조세핀은 다르다. 시아버지 머리맡에서 그의 이야기에 빠져든다.

"전 아버님 이야기가 좋아요."

"나도 네가 좋단다."

조세핀은 남편을 이해할 수가 없다. 왜 아빠와 아들이 대화를 나누지 않는 걸까?

"아버지를 사랑해?"

"모두 좋아하잖아. 재미있으신 분이야."

"정말 사랑하느냐고."

"내가 어릴 때 아빠는 집에 안 계신 날이 많았어. 딴살림이라도 차리신 게 아닐까 의심하기도 했어. 다른 집에서 다른 가족과 지내는 아빠를 상상하곤 했지. 아니면 가족 자체를 원하지 않으셨는지도 몰라. 그런 이야기를 하시는 것도 여기가 따분해서일 거야."

"그건 사실이 아냐."

"사실이 뭔데? 아빠가 솔직하게 이야기하시는 걸 못 봤어."

"당신이 아버님이랑 이야기를 했으면 좋겠어."

그는 기자였다. 기자는 사실만을 근거로 글을 쓴다. 이야기를 만들어내는 소설가가 아니다. 사실과 허풍은 천국과 지옥만큼이나 거리가 멀다. 따라서 그에게 아빠의 이야기는 전부 허풍에 불과했다.

사실이라고 받아들일 수 없는 풍자와 해학들이 쉬지 않고 튀어나오는 이야기였던 까닭이다. 그러나 그가 기자가 된 것도 알고 보면 아빠가 가진 그 풍부한 스토리텔러 기질을 물려받았기 때문이라는 사실을 아빠가 세상을 떠난 후에야 알게 된다.

아빠의 친구이자 의사인 베넷이 윌리엄에게 다가가 말한다.

"아버지가 너 태어나던 날 이야기 해줬니?"

"네, 천 번쯤이요. 그 물고기 잡은 거 말씀이죠?"

"그거 말고 진짜 이야기 말이야. 네 엄마가 병원에 왔을 땐 오후 3시 쯤이었어. 아빠가 출장 중이라서 옆집 차를 타고 왔었지. 넌 예정일보다 한 주 빨리 나왔어. 분만은 완벽하게 잘됐지만 아빠는 자기가 없어서 미안했나 봐. 하지만 당시엔 남편이 분만실에 못 들어오게 돼 있었지. 그게 네가 태어나던 날의 진짜 이야기야. 지금 말한 진짜 이야기와 물고기랑 반지 같은 꾸며낸 이야기, 둘 중 하나를 고른다면 나는 꾸며낸 이야기를 택하겠어."

아빠는 한 집안을 이끌어가는 가장 위대한 스토리텔러다

삶은 사실로만 구성되지 않는다. 이를 보다 풍성하고 윤기 있고 아름답게 꾸며주는 많은 장치들이 필요하다. 그것들이 모여 이야기가 만들어진다. 그 이야기를 글로 쓰면 소설이 되고, 영상으로 만들면 영화나 드라마가 된다. 많은 사람들이 소설을 읽고 영화나 드라마를 보는 이유는 그 이야기 속에 우리 삶이 반영되어 있고, 그 이야기가 바로 인생의 축약이라고 느끼기 때문이다. 이야기가 많은 나라가 강한 나라이고, 이야기가 많은 민족이 우수한 민족이다.

이야기가 없는 가정은 어떨까? 삭막하기 그지없을 것이다. 가정 역시 이야기가 많아야 한다. 아빠가 아들에게 할아버지, 할머니 이야기를 들려줄 수 있어야 하고, 자신과 아내의 인생을 말해줄 수 있어야 한다. 그런 이야기를 듣고 자란 아이들이 커서 어른이 되면 또 자신의 아이들에게 조상에 관한 이야기와 아빠, 엄마에 대한 이야기를 전해줄 것이다.

스토리텔러의 자리를 텔레비전이나 게임기, 스마트폰에 내줘서는 안 된다. 그 자리는 아빠의 자리다. 아빠가 아이들에게 이야기를 들려줘야 한다. 아빠는 언제나 위대한 스토리텔러다. 자녀들에게 들려줄 이야기는 무수히 많다. 밤하늘의 별처럼 많은 게 인생 보따리에 담긴 이야기들이다.

윌리엄은 기자답게 스스로 현장 확인을 거친 뒤에야 아빠의 인생이 허풍으로 일관된 것이 아니었음을 알게 된다. 그는 아빠의 임종을 지키며 마침내 스토리텔러로 거듭난다.

"마녀 눈에서 본 그거요? 알았어요, 한번 해볼게요. 어디서부터 시작할까요?"

그가 지어낸 이야기는 아빠에게 후한 점수를 받을 정도로 훌륭했다. 자신의 인생을 집대성한 재미있는 이야기를 들으며 에드워드 블룸은 행복한 표정으로 세상을 떠난다. 윌리엄이 처음이자 마지막으로 아빠에게 효도를 다한 것은 이야기를 들려주는 것이었다.

에드워드 블룸의 이야기들은 아들을 거쳐 그대로 손자에게 전달

된다.

윌리엄의 아들은 물놀이를 하며 아이들에게 할아버지 이야기를 들려준다.

"우리 할아버지가 4미터도 넘는 거인이랑 싸웠대. 그치, 아빠?"

아빠는 너무도 당연하다는 듯 큰 소리로 아들에게 대답한다.

"그럼."

이로써 에드워드 블룸의 인생은 한 집안의 위대한 이야기로 남게 되었다.

안타깝지만 나는 아버지에게 많은 이야기를 듣지 못했다. 먹고사는 일이 버거웠던 아버지는 젊은 시절 우리 사 남매와 정다운 이야기를 나눌 시간이 별로 없었다. 그러다 보니 노인이 되어서도 보따리에서 꺼낼 추억이 많지 않았다. 할아버지의 인생은 손자, 손녀들에게까지 전해지지 못했다. 이야기는 꺼내지 않으면 소멸하지만 꺼내면 꺼낼수록 자꾸만 생겨난다.

'할아버지'라고 부르면 떠오르는 이야기가 있는가? '아버지'라고 되뇌면 생각나는 이야기가 무엇인가? 그 이야기를 자녀들에게 들려주자. 기억을 더듬으면 몇 가지는 떠오를 것이다. 정 없으면 자신의 인생 이야기를 들려줘라. 에드워드 블룸이 아들에게 했던 것처럼. 미루지 말고 오늘 저녁 당장 한번 해보자. 노인이 되었을 때 아이들과 함께 나눌 추억이 훨씬 더 많아질 것이다. 누가 뭐래도 아빠는 한 집안을 이끌어가는 가장 위대한 스토리텔러다.

열등감과
자신감은
종이 한 장 차이다

자유를 꿈꾸는 뚱뚱한 소녀의
달콤 쌉싸름한 다이어트 일기

–

미리암 프레슬러의 『씁쓸한 초콜릿』

"제가 갑자기 날씬해질 거라고 생각하진 않아요.
하지만 더 이상 몰래 먹고, 몰래 배고파하지 않을 거예요.
아니, 절대로 더 이상 배고파하지 않을 거예요."

비곗살은 조롱과 두려움, 창피함을 뜻했다

에바는 자신이 뚱뚱하다는 것을 잘 알고 있다. 아무도 에바를 거들떠보지 않는다. 열한 살인가 열두 살쯤 되었을 무렵부터 에바는 늘 배가 고프고 아무리 먹어도 배가 부르지 않다. 열다섯 살이 된 지금 에바는 그리 크지도 않은 키에 몸무게가 67킬로그램이다.

방과 후에는 항상 배가 고프고, 바깥은 여전히 덥다. 사람들이 햇볕을 받으며 여기저기 벤치에 앉아 있다. 남자들은 셔츠를 벗고 있고, 여자들은 다리를 보기 좋게 태우려고 치마를 무릎 한참 위쪽까지 걷어 올린 채 앉아 있다. 에바는 천천히 벤치들을 지나쳐간다.

'사람들이 나를 보고 있을까? 어린 여자애가 어쩌면 저렇게 뚱뚱하냐며 비웃고 있을까?'

에바는 자기 방으로 들어가 레너드 코헨의 음반을 틀어놓고서 볼륨을 최대한 높인다. 침대 옆에 있는 탁자의 서랍을 연다. 초콜릿 한 개가 남아 있다. 에바는 초콜릿 한 조각을 떼어 입속에 넣는다. 다정한 손길처럼 부드럽고 슬픈 흐느낌처럼 씁쓸하다.

'초콜릿을 먹으면 안 되는데. 안 그래도 너무 뚱뚱하잖아.'

"너 정말 뚱뚱하구나! 계속 그렇게 나가다가는 조만간 맞는 사이즈가 없겠어."

얼마 전에 엄마가 이렇게 말했을 때 아빠가 빈정거리며 웃었다.

"그냥 놔둬요. 손에 뭔가 집히는 걸 아주 좋아하는 남자들도 있으니까."

그러면서 아빠는 점잖지 못한 손짓을 해 보였다. 에바는 얼굴이 빨개져서 일어섰다.

심란해진 에바는 수영장에 가기 위해 공원을 지나다가 누군가와 부딪혀 넘어진다.

같은 또래쯤 되어 보이는 남자아이가 바로 앞에 서서 손을 내밀고 있다. 까진 무릎이 화끈거린다. 에바는 절뚝거리며 남자아이 손을 잡고 분수대로 따라간다.

"난 미헬이야. 원래 이름은 미하엘인데, 모두들 미헬이라고 불러. 너는?"

에바는 자기 이름을 말하면서 곁눈으로 미헬을 바라본다. 그가 마음에 든다.

둘은 카페에 가서 에바가 가진 돈으로 콜라 두 잔을 사 마신다. 에바로서는 남자애와 같이 카페에 가는 게 처음이다. 에바와 미헬은 열다섯 살 동갑내기다.

그날 밤 에바는 스스로가 정말 대견하고 자랑스럽다. 저녁때 아빠와 엄마의 잔소리를 무사히 흘려듣고, 요구르트 한 병만 먹는 데 성공했기 때문이다. 2~3주만 이렇게 해나간다면 분명 살이 5킬로그램쯤은 빠질 것 같다.

에바는 미헬과 함께 디스코텍에 가서 땀이 나도록 춤을 춘다. 미헬이 에바를 잘 이끌어준다. 9시 반이 지나 에바는 조용히 현관문을 열고 집에 들어간다. 아빠는 에바를 머리끝에서 발끝까지 살펴보더니 팔을 쳐들어 에바의 뺨을 때린다.

에바는 울고, 또 울고, 계속 운다. 아무것도, 정말 아무것도 이해하지 못하는 아빠, 무언가를 이해하려 든 적이 단 한 번도 없는 아빠가 야속하다.

'열여덟 살이 되면 따로 나가 살 거야. 물이랑 빵만 먹고 살게 되는 한이 있어도 반드시!'

에바는 미헬과 약속한 대로 청소년 쉼터에 춤을 추러 간다. 그곳에서 많은 사람들과 어울려 춤을 추는 도중 시비가 붙어 미헬이 프랑크를 때려눕힌다. 무서워 울고 있는 에바 앞에 아빠가 나타난다. 딸을 데리러 온 것이다. 에바는 슬픔을 달래기 위해 또 먹는다.

> 문제는 바로 비곗살이었다. 에바와 주변 세계 사이에 가로놓인 이 역겹고 물컹물컹한 지방층이 문제였다. 비곗살은 에바에게 완충지대이자 고치였다. 비곗살은 비참, 소외, 냉대를 의미했으며 조롱과 두려움, 창피함을 뜻했다. 비곗살에 파묻혀 에바는 가려졌다.

금요일, 미헬이 에바 앞에 나타난다. 뺨이 푸르스름한 보랏빛 피멍으로 퉁퉁 부어올라 있다. 아빠에게 맞은 것이다. 그러면서 7월 31일에 떠날 거라고 한다. 미헬이 한쪽 팔로 에바를 감싼다. 에바는 웃음을 지으며 지나가는 사람들의 얼굴을 똑바로 쳐다본다.

'모두들 여길 좀 보라고! 나도 누군가가 있어. 뚱뚱한 에바에게도 남자 친구가 있다고.'

미헬은 함부르크로 떠난다. 에바는 미헬에게 작별 선물로 작은 목걸이를 준다. 'M' 자를 새긴 가느다란 은 목걸이다. 미헬은 함부르크에 도착하자마자 에바에게 엽서를 보낸다.

에바는 엄마에게 살을 뺄 수 있도록 음식을 좀 다르게 만들어달라고 부탁한다.

"저도 제가 갑자기 날씬해질 거라고 생각하진 않아요. 하지만 한 번 시도해보고 싶은데, 그걸 몰래 하고 싶진 않거든요. 더 이상 몰래 먹고, 몰래 배고파하지 않을 거예요. 아니, 절대로 더 이상 배고파하지 않을 거예요. 하지만 먹는 걸 약간 달리 해볼 순 있잖아요."

에바는 단짝인 프란치스카와 함께 시내로 옷을 사러 나간다. 새 옷을 입은 에바가 거울을 바라본다. 뚱뚱한 가슴과 뚱뚱한 배, 뚱뚱한 다리를 가진 뚱뚱한 소녀가 보인다. 하지만 정말로 그 소녀는 못생겨 보이지 않는다. 눈에 보이는 변화는 아무것도 없음에도, 에바는 갑자기, 자신이 원했던 에바가 되어 있다. 에바는 웃음을 멈출수가 없다.

"내가 여름날 같아 보여. 내가, 여름날 같아."

성형 권하는 사회

아이들이 자신의 외모에 관심을 갖는 건 자연스러운 일이다. 요즘은 초등학생만 돼도 얼굴과 몸매 관리에 무척 신경을 쓴다. 아름답고 멋진 모습으로 당당하게 살아가고 싶고, 이성에게 좀 더 잘 보이고 싶은 마음은 당연한 욕망이다. 그런데 이런 외모에 대한 관심이 자기 자신에 대한 사랑으로 이어져야 함에도 불구하고 자칫 잘못하면 지나친 열등감에 빠지거나 외모 지상주의에 몰입하게 되는 결과를 가져오기도 한다.

국제미용성형협회 조사에 따르면 한국은 2011년 기준으로 약 65만 건의 성형수술이 이루어진 것으로 나타났다. 이는 인구 1천 명당 13건을 웃도는 수준이다. 2013년 7월 현재 서울 강남의 압구정역 일대에는 강남구에 등록된 성형의원 359개 가운데 250여 개가 밀집해 있다. 이들 병원에 모여든 환자들 중에는 중·고등학생들의 모습도 적지 않다고 한다. 방학만 되면 청소년을 대상으로 한 성형의원들의 판촉 경쟁이 대단하다는 것이다.

아직 신체 발육이 완성되지 않은 청소년들의 성형은 부작용을 동반할 수 있어 위험하다. 이런 이유로 독일은 지난 2007년, 이탈리아는 2008년부터 청소년 미용 성형수술 금지법을 시행하고 있다. 중국 광둥 성 광저우 시도 청소년의 성형을 금지하는 법령을 마련했으며, 타이완 정부 역시 만 18세 미만 청소년의 경우 미용을 위한 성형수술을 원칙적으로 금지하기로 했다. 청소년들의 성형 열풍과 이에 대한 대책이 전 세계적인 문제로 떠오른 것이다.

미국 시사 주간지 『타임』에 따르면 2012년 미국에서 성형수술을 받은 13~19세 청소년은 23만 명으로 10년 사이 30퍼센트나 늘어났다고 한다. 십 대들의 성형이 이토록 급증한 배경으로 전문가들은 학교 안에서의 왕따 현상을 지목했다. 남들보다 못생긴 아이, 살이 찐 아이, 키가 작은 아이, 특정 신체 부위가 정상적이지 않은 아이들에게 가해지는 왕따 현상 때문에 이를 견디지 못한 아이들이 성형외과로 몰려든다는 것이다.

매스컴이 조장하는 외모 지상주의는 정말 심각하다. 텔레비전만 틀면 바비 인형 같은 이목구비의 '얼짱'들과 초콜릿 복근을 자랑하는 '몸짱'들이 넘쳐난다. 사회에서도 마찬가지다. 온라인 취업 포털 '사람인'이 기업 인사 담당자 776명을 대상으로 '채용과 외모의 관계'에 대해 설문한 결과, 66.1퍼센트의 기업이 '외모가 채용 평가에 영향을 미친다'라고 답했다는 것이다. 특히 스펙이 조금 부족해도 외모가 뛰어나 가점을 주거나 합격시킨 경험이 있는 기업은 64.9퍼센트나 됐다.

외모 때문에 자신감을 잃고 외톨이가 되어가는 딸

독일의 대표적인 청소년문학 작가인 미리암 프레슬러가 쓴 『씁쓸한 초콜릿』은 뚱뚱한 외모 때문에 스스로 왕따가 된 열다섯 살 소녀 에바에 관한 이야기다.

에바는 모든 면에서 자신이 없다. 앞에 나서는 것도, 친구들과 어울리는 것도 꺼린다. 그저 혼자서 음악을 듣거나, 서랍 속에 든 초콜릿을 먹거나, 아니면 거대한 냉장고가 되어 폭식에 몰입한다. 수학 시간에 선생님이 이름을 부르면 칠판 앞으로 나가는 대신 고개를 숙여버린다. 뚱뚱한 몸매를 아이들에게 보이기 싫어서다. 체육 시간에 팀을 짤 때가 되면 신발 끈을 괜히 풀었다 다시 맨다. 체육 활동을 하면 뚱뚱한 몸이 드러나기 때문이다. 샤워실로 향하는 발 걸음도 유난히 느리다. 아이들과 섞여서 샤워하는 게 부끄러워서 다. 학교 교정엔 자기만의 자리가 따로 있다. 방과 후 집으로 가는 길에 먹을 것을 사서 아무도 보지 않는 곳에 들어가 꾸역꾸역 먹는 다. 에바는 아무도 자신을 좋아하지 않을 거라고 생각한다.

외모 때문에 자신감을 잃고 외톨이가 되어가는 딸에게 엄마, 아 빠는 별다른 관심을 보이지 않는다. 먹을 걸 조절해주지도 않고, 함 께 운동을 하지도 않으며, 자신감을 불러일으키는 조언이나 따뜻한 격려도 해주지 않는다.

에바가 학교에서 돌아오면 엄마는 레인지를 켜서 점심 식사를 데 운다. 메뉴가 팬케이크일 경우 즉석에서 만들어준다. 에바는 살이 찔까 두려워 먹지 않으려고 한다.

"왜? 어디 아프니?"

"아뇨. 그냥 오늘은 먹고 싶지가 않아서요."

"이 더위에 불 앞에 서서 기껏 음식을 만들었는데 아무것도 안 먹 겠다니!"

엄마는 화를 내며 접시 위에 팬케이크를 집어던진다. 에바의 결 심은 여지없이 무너진다. 팬케이크가 에바 입을 거쳐 온몸으로 전 달되어 살로 만들어진다.

아빠는 더 심하다. 아이 입장에서 진지하게 고민하는 법이 없다.

"그렇게 공부를 안 해서 나중에 어떻게 성공할 셈이냐?"

"장거리 화물 트럭 운전사가 될 거예요. 그러면 김나지움에 갈 필요가 없잖아요."

"에바야, 넌 왜 안 먹니?"

"아빠가 잔소리를 그렇게 하는데 어떻게 입맛이 나겠어요."

"아, 젊은 숙녀께서 반항이시군, 그렇지? 하지만 지금껏 네가 식욕을 잃어버린 걸 본 적이 없어. 어떤 경우에도 너는 그렇게 보이지 않았거든."

아빠는 아이들에게 잔소리를 하고, 간섭하고, 통제하고, 윽박지르고, 말을 안 들으면 뺨을 때리고, 비난을 퍼붓는 게 전부다. 심지어 이런 말까지 할 정도다.

"그냥 놔둬요. 손에 뭔가 집히는 걸 아주 좋아하는 남자들도 있으니까."

아이가 외모 때문에 심한 열등감에 빠져 있을 때, 다른 친구들에게 놀림을 당해 괴로워할 때, 지나친 외모 지상주의에 사로잡혀 성형이나 미용, 몸매 관리와 치장에만 집착할 때, 이럴 때 아빠는 어떻게 해야 할까? 어떤 말과 행동으로 아이에게 자신감을 심어줄 수 있을까?

아름다운 외모는 성공으로 이어지고 이는 곧 행복이라는 등식이 잘못된 가치관이라는 걸 깨닫도록 해야 한다. 아름다움은 좋은 것이지만 이는 외모에 국한된 것이 아니라 인격이나 교양, 성품, 지식 등 내면적인 것과 어우러져야 진정한 아름다움이라는 걸 알게 해야 한다. 비록 외모가 남들보다 조금 못한 면이 있다 하더라도 이는 내면의 아름다움으로 충분히 극복할 수 있으며, 찾아보면 남들이 갖지 못한 외모의 장점 하나쯤은 갖고 있다는 걸 발견하게 해야 한다. 열등감과 자신감은 종이 한 장 차이다. 아이가 자신의 외모에 자신감을 갖고 자존감 높은 아이로 자라나는 데는 아빠의 역할이 무엇보다 중요하다.

"에바는 수학을 참 잘하는구나. 수학만큼은 학교에서 가장 월등한 아이야."

"에바야, 내일 아침부터 아빠랑 같이 운동할까? 운동 열심히 하면 훨씬 더 예뻐질 거야."

"우리 모두 에바 식단에 맞춰 밥을 먹기로 했다. 앞으로 저칼로리 식사를 하도록 하자."

"에바에게 멋진 남자 친구가 생겼다니 축하한다. 역시 에바는 매력이 넘치는 소녀야."

아빠가 이렇게 말해주었더라면 에바는 좀 더 일찍 열등감을 극복하고 자신감을 되찾을 수 있었을 것이다. 하지만 에바의 아빠는 그러지 못했고, 그 역할은 남자 친구에게로 넘어갔다. 미헬은 에바에게 뚱뚱하다고 말하지도, 놀리지도 않는다. 진심으로 애정을 표현하고, 에바의 몸을 사랑한다. 그러는 사이 에바는 자신감을 회복하고 적극적인 아이로 변한다. 친구들 앞에서 당당하게 이야기를 하고, 교장 선생님을 설득하는 일에 대표로 나서기도 한다. 주는 대로 먹기만 하던 아이가 엄마에게 다이어트 음식을 만들어달라고 요구한다. 프란치스카와 함께 옷을 사러 가서 새 옷을 입고 태연하게 거울 앞에 선다. 에바는 만족스러운 웃음을 짓는다. 여전히 뚱뚱한 몸이지만 비로소 자신이 원했던 에바를 볼 수 있게 된 것이다.

"내가 여름날 같아 보여. 내가, 여름날 같아."

에바는 열등감을 날려버리고 맑고 환한 여름날 같은 청춘을 되찾았다. 변한 건 아무것도 없었다. 미헬의 사랑을 통해 자기 자신을 사랑할 수 있게 된 것이 유일한 변화였다. 자식을 사랑하는 아빠라면 모두 미헬이 되어야 한다. 역할을 빼앗기거나 남에게 넘겨서는 안 된다. 자녀가 열등감을 이겨내고 자신감을 되찾게 만드는 것, 아빠에게 주어진 가장 즐거운 특권이 아닐까.

행복을
누릴 줄 아는
지혜를 가르쳐라

사업에 실패하고 집에서 쫓겨난
아빠에게 남은 건 아들과
21달러 33센트뿐

-

가브리엘 무치노 감독의 〈행복을 찾아서〉

"나는 스물여덟 살 때까지 아버지의 존재를
모르고 살아왔다. 그래서 내 아들만큼은
절대 애비 없는 자식으로 키우고 싶지 않았다."

아빠는 참 좋은 아빠야

1981년 미국 샌프란시스코. 무수한 사람들이 도시의 거리를 분주히 오간다. 그 속에 콧수염을 기른 채 정장 차림으로 네모난 상자를 들고 가는 남자가 보인다. 스물여덟 살 때까지 아버지의 존재를 모르고 살아왔기에 자신의 아들만큼은 절대 애비 없는 자식으로 키우지 않겠다고 다짐한 크리스 가드너다. 그가 들고 다니는 것은 평생 모은 돈으로 사들인 휴대용 골밀도 스캐너다. 한 달에 두 개는 팔아야 간신히 생활할 수 있는데, 꽤 오랜 시간 동안 단 한 개도 팔지 못했다.

어린 아들 크리스토퍼는 아빠가 일을 나갈 때 놀이방에 맡긴 후 집에 갈 때 다시 들러 데리고 간다. 아이 엄마 린다는 공장에 다니며 일하느라 정신이 없고 늘 피곤에 지쳐 있다. 크리스와 린다는 만나기만 하면 세금, 이자, 연체금 등 돈 문제로 입씨름을 벌인다. 집세는 두 달이나 밀려 있고, 린다는 넉 달째 야근을 하고 있다. 짜증이 안 날 수가 없다.

여느 때와 마찬가지로 스캐너를 팔기 위해 집을 나선 크리스. 길가에 멋진 오픈카를 세워두고 내리는 신사에게 다가가 뭘 하는 사람인지, 성공의 비결이 뭔지를 묻는다. 신사는 자신은 주식 중개인이며, 그 일은 숫자에 밝고 사교성이 좋으면 누구나 할 수 있다고 일러준다. 크리스는 주식중개인이 되기로 결심한다. 학교 다닐 때 수학을 잘했었기 때문이다.

다음 날 그는 딘 워터 증권사를 찾아간다. 입구에 '주식 중개인 교육 프로그램 접수중'이라는 안내문이 붙어 있다. 6개월 동안 스무 명을 교육시켜 단 한 명만 채용하는 프로그램이다. 고등학교 졸업 이후로 학력을 적는 칸만 세 개. 그에게는 필요 없는 칸이었다. 그는 신청서를 써서 인사 담당자를 만나 자신이 얼마나 숫자에 밝고 사교성이 좋은지를 설명한다.

크리스는 증권사에서 연락이 오지 않자 회사 앞에서 기다린다. 인사 담당자인 트위슬 씨를 만난다. 자리를 피하려는 그에게 같은 방향이라고 말하며 함께 택시를 타고 간다. 퍼즐 맞추기에 빠져 있는 트위슬 씨에게 자신이 맞출 수 있다면서 퍼즐을 넘겨받는다. 택시가 목적지에 도착할 때쯤 그가 퍼즐 색깔을 다 맞추자 트위슬 씨는 놀라움을 감추지 못한다.

택시 요금이 없어 도망을 치느라 스캐너를 잃어버린 채 아들을 데리러 놀이방에 갈 시간까지 놓쳐버린 그는 공중전화로 아내에게 대신 놀이방에 가달라고 부탁한다.

"난 떠날 거야, 크리스. 짐 챙겨서 애 데리고 당장 떠날 거라고."

아내의 말을 듣는 순간 크리스는 토머스 제퍼슨이 쓴 독립선언문을 생각한다. 삶과 자유 그리고 행복추구권에 대해. 그리고 '행복을 추구한다'라고 써놓은 것은 행복을 성취하려고 아무리 애를 써도 가질 수 없다는 걸 토머스 제퍼슨도 이미 알았다는 뜻이라고 이해한다. 그는 정신없이 집으로 달려오지만 이미 아내도 아들도 옷가지도 사라진 뒤다.

이때 전화벨이 울린다. 이틀 뒤 인턴십 면접을 보러 오라는 제이 트위슬 씨의 전화다.

그는 아들을 다시 데려오지만 집주인으로부터 나가달라는 통보를 받는다. 페인트칠을 해주기로 하고 일주일이라는 시간을 벌지만 세금 체납으로 유치장에 갇히는 신세가 된다. 전 재산을 털어 세금을 낸 후 간신히 풀려난 그는 집에 들를 시간이 없어 머리와 얼굴에 페인트 자국을 묻히고 더러운 옷을 입은 채 인턴십 면접을 보기 위해 증권사로 달려간다.

그는 말끔하게 양복을 차려입은 중역들에게 다가가 악수를 나눈 뒤 특유의 익살과 임기응변으로 그들을 사로잡는다. 합격이었다. 집에서 쫓겨난 그는 아들과 함께 모텔에서 생활하며 인턴십 교육을 받는다. 교육은 무지막지하다. 교육생들은 전화기를 붙잡고 고객 유치에 혈안이 된다. 그러다가 우연히 알게 된 연금 펀드 CEO 월터 리본 씨와 가까워지게 된다.

4개월 후 스캐너를 모두 팔아치운 그에게 편지 한 통이 날아든다. 세금 납부 통지서다. 그의 통장에 있던 돈이 하루아침에 세금으로 몽땅 빠져나가고, 계좌에는 달랑 21달러 33센트만 남는다. 다시 빈털터리가 된 크리스는 모텔에서도 쫓겨나 지하철역 안에 있는 화장실에 들어가 바닥에 화장지를 깐 채 잠을 청한다. 아빠는 잠든 아들을 바라보며 눈물짓는다.

다음 날 여러 곳을 전전한 끝에 무료로 재워주는 복지 시설을 찾아 겨우 방 하나를 얻는다. 그는 아들을 재운 뒤에 밤새 고장 난 스캐너를 고친다.

5시까지 허겁지겁 달려가 줄을 섰지만 방을 얻지 못한 어느 날 그는 자신의 피를 뽑아 판 대가로 24달러를 받는다. 어렵사리 마련한 잠자리에서 아들이 아빠에게 고백한다.

"아빠는 참 좋은 아빠야."

그는 리본 씨 덕분에 풋볼 경기장에서 만났던 사람 서른한 명을 전부 고객으로 유치한다.

치열했던 6개월 동안의 인턴십 교육이 모두 끝나던 날, 크리스는 사장실로 불려 간다. 사장은 그를 보고 환하게 웃으며 내일부터 정식 직원으로 출근하라고 통보한다. 마침내 정직원이 된 것이다. 거리로 나온 크리스는 손뼉을 치며 눈물을 흘린다. 놀이방으로 달려간 그는 아들을 으스러지게 끌어안는다. 그의 생에서 가장 행복한 순간이다.

아빠가 된다는 건 숭고하고도 처절한 일

영화를 보는 동안 가슴을 짓누르던 질문 하나가 있었다. 부부란 무엇인가 하는 것이었다. 영화 속 부부 크리스와 린다는 영화 제목처럼 행복을 찾아서 결혼했을 것이다. 서로에게 매력을 느끼고 사랑에 빠져 장밋빛 미래를 꿈꾸며 함께 살았을 것이다. 그런데 이들은 너무도 쉽게 헤어진다. 돈 때문이다. 남편이 번듯한 직장을 다니거나 **계획했던** 사업이 번창해 경제적으로 넉넉했더라면 이 부부는 전혀 헤어질 이유가 없었다.

그러나 **현실**은 냉혹했다. 전 재산을 투자해 사들인 휴대용 골밀도 스캐너는 자리만 차지한 채 먼지가 쌓여간다. 매달 꼬박꼬박 날아드는 건 집세, 세금, 각종 공과금, 이자, 연체금 통지서뿐이다. 얼굴에서 웃음기가 사라진 부부는 남남보다 못한 관계가 되어 눈만 마주치면 으르렁거린다. 결국 여자는 남편을 떠난다. 심지어 아들마저 버린다.

아이들은 어른들 생각처럼 어리석지가 않다. 집을 나와 모텔에서마저 쫓겨난 뒤 무료로 재워주는 쉼터에서 겨우 잠을 청하던 크리스토퍼는 아빠에게 조심스럽게 묻는다.

"엄마가 나 때문에 집을 나간 거야?"

아이는 다 알고 있었던 것이다. 엄마가 견딜 수 없이 버거워했던 삶의 무게에 자신도 한자리를 단단히 차지하고 있었다는 것을. 아들은 아내의 자리도, 엄마의 자리도 포기한 채 집을 나가버린 엄마 때문에 울지 않는다. 언제나 자신의 곁을 지키며 피를 팔아서까지 자식의 잠자리를 챙겨주는 가난한 아빠에게 무한한 존경과 신뢰를 보낸다.

"아빠는 참 좋은 아빠야."

부부란 무엇인가? 가족이란 무엇인가? 좋을 때, 넉넉할 때, 여유가 있을 때, 남부럽지 않을 때만 품어주고 사랑하고 이해하며, 그렇지 못할 때, 어려울 때, 힘들 때, 고통스러울 때는 서로를 원망하고 욕하고 돌아선다면 어찌 가족이라 할 수 있겠는가. 벼랑 끝에 내몰리고 막다른 골목에 처해 고독하고 외로울 때, 상대방의 손을 잡아주고 보듬어주는 게 진정한 부부이고 가족이다. 경제가 어려울수록 이혼하는 가정이 늘어난다는 뉴스를 접할 때마다 씁쓸하기 짝이 없다.

야심 차게 시작한 사업이 뜻대로 되지 않아 실패했을 때, 열심히 한다고 했는데 인정받지 못하고 회사에서 쫓겨났을 때, 아내와 아이들을 누구보다 행복하게 해주고 싶은데 능력이 따라주지 않을 때, 가장 비참하고 가장 괴로운 건 남편이고 아빠일 것이다. 이들에게 필요한 건 원망과 질타가 아니라 위로와 공감이다. 하지만 많은 가장들은 이런 때 "당신 때문에 힘들어 죽겠어", "아빠 때문에 우리가 이 무슨 생고생이야"라는, 심장에 비수를 꽂는 원망의 소리에 두 번 괴로워한다.

엉뚱한 아빠 크리스 가드너, 그는 누구보다 멋진 아빠다. 얼핏 보기에도 상당한 무게가 나갈 것 같은 휴대용 골밀도 스캐너를 들고 종횡무진 뛰어다닌다. 가족의 행복을 위해서다.

그뿐만 아니라 시골에 있는 작은 고등학교를 졸업한 게 학력의 전부지만 대학을 나온 쟁쟁한 동료 교육생들을 제치고 당당하게 증권사 정직원의 자리에 오른다. 오로지 그의 노력에 의해 이루어진 값진 열매다. 그가 이런 초인적 힘을 발휘할 수 있었던 건 아들이 있었기 때문이다.

아빠가 된다는 건 무한한 책임감을 갖는 일이다. 아빠만이 짊어

행복을 누릴 줄 아는 지혜를 가르쳐라

질 수 있는 이런 책임감의 무게는 세상 그 누구도 측량하지 못한다. 오직 아빠만이 알 수 있는 함량이다. 그래서 아빠는 고독한 존재다. 밖에 나가 어떤 모욕을 겪고 수치를 당하며 자존심이 쓰레기통에 처박히는 일이 벌어진다 해도 가족을 위해, 자식을 위해 그저 묵묵히 참고 견뎌내는 게 바로 아빠다. 아빠가 된다는 건 이처럼 숭고하고 처절한 일이다.

최고의 행복이란 자기 스스로 발견해내는 것

크리스 가드너가 그토록 어렵사리 찾아 헤맨 행복이란 과연 무엇일까?

17세기 프랑스를 대표하는 지성이었던 파스칼은 『팡세』에서 이렇게 말한다.

"최고의 행복이란 덕에 있다고 하는 사람이 있으며, 또 쾌락에 있다고 하는 사람도 있다. 또한 자연에 관한 학문에 있다는 사람도 있고, 그것은 진리에 있다고 하는 사람도 있다. 사물의 원인을 알고 있는 사람은 행복하다. 어떤 사람은 완벽한 무지에 있다고도 하고, 또 무위에 있다고도 하며, 어떤 사람은 외관에 대한 반항에, 또한 아무것에도 감복하지 않는 데 있다는 사람도 있다. 아무것에도 놀라지 않는 것은 행복을 온전히 지켜갈 수 있는 유일한 길에 가깝다. 또한 참다운 회의론자들은 소위 마음의 평정, 회의, 평소의 판단 중지에 최고의 행복이 있다고 한다. 그리고 좀 더 현명한 사람들은,

인간은 최고의 행복을 찾아낼 수 없고, 바랄 수조차 없다고 말하고 있다."

파스칼이 살던 시대나 지금이나 사람들이 추구하는 것은 다 똑같다. 누구나 행복하기를 원한다. 그렇지만 정작 행복을 누리는 사람은 얼마 되지 않는다. 파스칼은 이걸 고민했던 것이다. 행복을 추구하는 것은 인간의 본성이라고 할 수 있지만 자신의 행복을 위해 지나친 욕심을 부려 본성의 타락으로 이어진다면 남는 건 불행뿐이다. 현실에 만족하며 인간의 나약함을 인정하는 자세로부터 행복이 시작된다는 게 그의 생각이다. 결국 최고의 행복이란 각자 자기 스스로 발견해내는 것이다.

아내가 집을 나간 뒤 크리스는 아들에게 묻는다.

"너는 행복하니?"

"응."

"그럼 됐어. 우리만 행복하면 돼."

그들의 행복은 먼 데 있지 않았다. 고통도, 슬픔도, 기쁨도, 환희도 함께 나눈다는 데 있었다. 그랬기에 그들은 집에서 쫓겨나 모텔에서 살아도, 줄을 서서 한없이 기다려야만 겨우 들어갈 수 있는 쉼터에서 잠을 자도, 심지어 지하철역 화장실에서 화장지를 깔고 밤을 지새워도 행복할 수 있었다. 행복은 자족하는 사람에게, 겸손한 사람에게 더 먼저, 더 크게 다가가는 법이다. 고난의 시간을 함께 견뎌낸 뒤 이들에게는 행복한 시간들이 줄줄이 이어진다. 땀과 인내로 얻어낸 행복이었다.

부모가 자녀들에게 물려줘야 할 건 돈이 아니라 행복이다. 좀 더

구체적으로 말하자면 행복을 찾아서 누릴 줄 아는 지혜다. 크리스는 크리스토퍼에게 이걸 가르쳤다. 함께 퍼즐을 맞추고, 농구를 하고, 풋볼 경기를 관람하고, 타임머신 놀이를 하면서 현실이 아무리 어렵더라도 긍정적인 마음으로 세상을 바라보며, 주눅 들지 말고 자신감을 갖고 살아갈 것을 가르쳤다. 그래서 크리스토퍼는 어려운 상황 속에서도 시종일관 밝은 미소와 초롱초롱한 눈매를 잃지 않는다. 아빠와 함께라면 어디서 무엇을 하든 행복을 찾을 수 있다는 믿음이 있었던 것이다.

증권사 정직원이 된 크리스 가드너는 어떻게 됐을까? 영화 말미에 나오는 자막에 의하면 그는 나중에 투자회사를 설립해 크게 성공한다. 말끔한 정장 차림으로 아들과 함께 대저택 근처를 거니는 걸 보면 굉장한 부자가 된 듯 보인다. 권선징악 또는 일종의 인과응보 같은 결말이다. 하지만 내가 보기에 이는 사족에 불과하다. 나는 그가 회사를 차려 부자가 되지 않았더라도, 혹은 6개월 동안의 교육 끝에 최종 심사에서 떨어져 정직원이 되지 못했다 하더라도 이들 부자의 삶은 크게 달라지지 않았을 거라고 생각한다. 그들은 행복을 찾아가는 법, 이를 온전히 즐기고 누리는 법을 이미 알게 되었기 때문이다.

"그럼 됐어. 우리만 행복하면 돼."

이렇게 말하며 자족했던 두 사람은 행복으로 가는 길을 발견하게 되었다.

"난 행복하지 않아. 행복하지 않다고."

이렇게 불평하며 집을 나간 사람은 여전히 불행으로 가득 찬 삶

속을 헤매고 있었다.

당신은 자녀에게 어떤 삶의 길을 가르쳐줄 것인가?

怒

자녀를
분노하게 만드는
아빠들

아빠의 바람기는
아이에게
치명적 상처를 남긴다

아내와 자식을 뒤로한 채
밖으로만 떠도는 한량 아빠

-

김주영의 『홍어』

"니는 잘 모르겠지만도……, 바닷물 속에도 새가 있다.
깊은 바닷속을 헤엄치며 사는 큰 새다.
그래서 가오리연이란 게 생겨난 기다."

아버지의 별명은 홍어였다

거위 털 같은 함박눈이 한들거리며 내리쌓이고 있다. 담도 낮고 대문조차 허술한 이 집에서 세영은 13년 동안이나 어머니와 함께 살아왔다. 문짝 사이로 펼쳐진 설국의 세계가 시선에 들어오는 순간, 그들은 말을 잊어버리고 만다.

부뚜막으로 내려서던 어머니의 비명이 들린다. 밤사이 부엌으로 숨어든 사람은 낯선 계집아이다. 어머니의 매질은 무섭다. 부엌 문 설주에 매달려 연기와 그을음을 뒤집어쓰고 있던 말린 홍어가 보이지 않는다. 집을 떠나버린 아버지로 상징될 만한 건어물이었다.

"니는 잘 모르겠지만도……, 바닷물 속에도 새가 있다. 깊은 바닷속을 헤엄치며 사는 큰 새다. 그래서 가오리연이란 게 생겨난 기다."

세영은 지치는 법도 없이 겨울 내내 가오리연을 띄우며 살았다. 연줄을 끊고 달아나는 가오리연이 깝죽깝죽 턱을 들까불면서 먼 산등성이 뒤쪽으로 속절없이 사라지는 모습을 바라보면서. 그는 문득 오래전 두 사람을 버리고 타관으로 떠나버린 아버지를 생각하곤 했다.

아버지의 별명은 홍어였다. 때로는 가오리라 부르는 사람도 있었다. 얼굴 생김새가 갸름하기보다는 네모진 편인 아버지는 목덜미께에 백납까지 들어 있었기 때문에 언뜻 홍어의 살가죽을 떠올릴 수 있다는 데서 붙여진 별명인 것 같았다.

낯선 계집아이는 이름이 없다고 했다. 어머니는 삼례라는 이름을 붙여주었다. 삼례가 어리숙한 아이가 아니란 걸 알게 된 어머니는 심부름을 도맡아 시킨다. 삼례는 주문받은 옷을 전달하는 데 그치지 않고, 새로운 주문까지 받아 오기 시작한다.

하루는 어머니가 자고 있던 세영을 깨워 길을 나선다. 눈길을 10리나 걸어 당도한 곳은 읍내에 있는 술집 춘일옥이다. 어머니는 아들을 웬 사내에게 인사시킨다. 그 사내의 아내와 아버지가 바람을 피우다 들통이 났고, 그길로 아버지는 집을 나갔으며, 사내의 아내는 집을 쫓겨난 것이다. 어머니는 세영을 데리고 가 아이 장래를 생각해 그만 남편에 대한 노기를 가라앉혀주기를 청한다. 춘일옥 주인이라는 사내의 반응은 시큰둥하다.

얼마 후, 몽유병 환자처럼 밤마다 눈길 위를 춤꾼처럼 휘이휘이 종횡무진으로 쏘다니던 삼례가 홀연히 자취를 감춘다. 봄이 지나 여름으로 들어설 무렵, 어떤 젊은 사내가 집으로 들어선다. 삼례를 찾아온 남자다. 어머니는 무례한 사내를 능수능란한 거짓말로 돌려세운다. 그리고 다시 겨울이 오고, 더불어 술집 작부가 된 삼례가 돌아온다.

어떻게 알았는지 어머니가 세영을 앞세우고 읍내로 나가 삼례를 만난다. 어머니는 구설에 휘말리기 전에 마을을 떠나달라고 말하고, 삼례는 그렇게 또 떠난다. 12월 하순 무렵, 삼례를 대신하기라도 한 듯 30대 초반의 여자가 돌연 세영의 집에 나타난다. 이틀 밤을 묵고 나서 사흘째 되던 날 여자는 사내아이를 남겨둔 채 읍내로 나가지만 돌아오지 않는다.

"이 알라는 바로 니 동생이다."

어머니는 세영에게 이렇게 말하며 아이를 보듬어 안아 올린다. 그것은 아이의 목에 실로 꿰매 단 북어포를 두고 하는 말이다. 북어포를, 우리에겐 보이지 않고 있는 아버지가 아이의 좋지 않은 건강을 염려한 나머지 액막이로 목에 걸어준 것으로 믿고 있는 듯하다.

언제부턴가 어머니는 살금살금 집 안 정리를 하기 시작한다. 며칠 후 외삼촌이 모습을 드러내고, 세영은 어머니와 외삼촌이 나누는 대화를 엿듣는다.

"가정의 평화란 기 따로 있겠나. 그 집에서 날마다 옹가지 깨지는 소리가 터져 나오더라도 언필칭 부부 된 것을 파기하지 않는 이상은, 두 번 말할 것도 없이 같은 지붕 밑에서 평생 해로를 해야제."

세영의 짐작이 맞았다. 아버지가 돌아오는 것이다. 외삼촌이 춘일옥 주인을 만나 과실 판 돈을 건네고 화해한 결과다. 집 나간 지 6년 만에 돌아오는 아버지를 위해 어머니는 방에 도배를 다시 하고, 사람을 사서 담장을 고치고, 아버지가 입을 옷을 새로 짓는다. 어머니는 곱게 차려입고 세영을 앞세워 읍내로 나갔다. 그리고 건어물 가게에 들러 홍어 한 마리를 산다. 마지막 버스에서 승객들이 하차한다. 아버지는 그 속에 섞여 있다.

"저분이 너그 아부지다. 가서 인사 올리그라."

집에 도착해 아버지가 방에 들어가 앉자 어머니는 호영을 아버지에게 안겨주고는 초례청으로 들어선 신부가 신랑에게 맞절을 올리듯 이마를 조아려 재회의 인사를 올린다.

잠이 깬 것은 이튿날 늦은 아침. 아버지가 덮고 자는 이부자리에는 아버지와 나란히 꼬부리고 누웠다가 빠져나간 어머니의 흔적이 뚜렷하게 남아 있다. 그때, 세영은 골목길로부터 자신의 집 뜰을 가로질러 툇마루 아래에서 멈춘 외줄기 고무신 발자국을 본다. 어머니가 집을 나간 것이다. 깊은 바닷속을 헤엄치며 사는 홍어처럼, 창공을 날아오르다 줄을 끊고 산등성이 뒤쪽으로 속절없이 사라지는 가오리연처럼.

아버지의 무책임한 외도와 어머니의 집요한 복수

소설의 무대는 전쟁이 막 끝난 1950년대 말에서 1960년대 초반 태백산맥 기슭의 한적한 시골 마을인 것으로 보인다. 주인공은 세영이라는 열세 살 먹은 사내아이다. 그는 어머니와 함께 고립되어 살아간다. 아버지는 알아주는 바람둥이다. 읍내 술집 춘일옥에 드나들다가 주인의 아내와 바람을 피운 아버지는 사실이 들통 나자 줄행랑을 놓는다. 그로부터 세영은 어머니와 단둘이 지내게 되지만 두 사람 사이엔 늘 미묘한 긴장이 흐른다.

아버지가 집을 떠난 일은 어머니의 자존심에 돌이키기 어려운 상처를 남긴 것이 분명하다. 그러나 어머니는 철저하게 입을 다문다. 그래서 세영은 어머니의 추억으로써는 아버지를 만날 수가 없다. 겨울이 돌아오면 연을 만드는 일은 열심이었지만 몸소 날리지는 않듯이, 아버지 스스로의 발로 돌아오기를 기다리고 있음이 분명해 보인다. 어머니는 떠나가버린 아버지를 기다리고, 세영은 보이지 않는 아버지를 기다린다.

바람을 피우고 집을 나간 것도 모자라 아버지는 어느 날 몰래 낳은 자식까지 아내에게 안겨준다. 어머니는 직감적으로 아이가 남편의 자식임을 알아차린다. 억장이 무너져 내릴 일임에도 어머니는 아이를 지극정성으로 돌본다. 남편이 제 발로 집을 찾아들 때까지, 모든 것을 참으며 끌어안고 받아들인다. 자신을 배신한 남편에 대한 역설적인 보복인 것이다. 그 무섭도록 철저한 인내와 자제는 사실상 자기 자신에 대한 예의와 배려였다.

"혼례를 치르고 난 뒤…… 신접살림을 차리고 나서도 한참 뒤에야 너그 아부지가 특별한 일거리가 없는 사람이라는 걸 알았제. 그 럴듯한 가문의 후손이란 허울만 있었지, 논농사든 밭농사든 순전히 남의 품을 빌려서 짓는 건달이나 다름없었제. 그렇다고 머릿속에 식자깨나 들어 있어서 이웃 간에 대접을 받는 처지도 아니었다. 그런 사람이면서, 일 년 삼백육십오 일 두고 밥숟갈을 놓기가 무섭게 바깥출입을 할 만치 무척이나 바쁜 사람이었제. 한번 나가면 밤중 아이면 돌아오는 법이 없었고, 어떤 때는 사나흘씩이나 종무소식일 때도 있었다."

이것이 어머니가 아들에게 아버지에 대해 가장 길게 늘어놓은 푸념이었다.

제일 불쌍한 건 세영이다. 그는 아버지에게도 어머니에게도 버림을 받는다. 두 사람의 기나긴 싸움 한가운데서 그는 언제나 외톨이다. 어디에도 온전히 기대거나 쉴 곳이 없다. 메마른 풀뿌리들만 뒹구는 방천 둑을 혼자서 쏘다니며 외로움의 고통들을 반추하기 시작한 것은, 가슴속으로 켜켜이 내려앉는 공허감과 어머니에 대한 배신감이 쌓여가기 시작할 무렵부터다. 그는 아버지처럼 자신도 어디론가 떠나지 않으면 안 된다고 생각한다.

삼례는 세영에게 새로운 세계다. 신비이자 탈출구다. 그랬던 삼례조차 어머니에 의해 집을 나가고 마을마저 떠난다. 세상 어디에도 마음 둘 곳이 없다. 이 모두가 아버지 때문이다. 그래서 아버지가 집으로 돌아온다면 모든 게 정상적으로 자리를 잡을 줄 알았지만 그게 아니다. 아버지가 돌아온 다음 날, 어머니는 삼례가 그랬던 것처럼 고무신을 거꾸로 신고 누구도 밖으로 나가지 않은 것처럼 집을 나간다. 세영이와 이복동생 호영을 아버지 곁에 그대로 남겨둔 채. 어머니의 통쾌한 복수이자 대반전의 드라마다.

아버지의 무책임한 외도와 어머니의 집요한 복수의 결과는 어떤 것이었을까? 해피엔딩이었을까? 이들 중 과연 누가 행복했을까? 아무도 없다. 다 불행하다. 하지만 거친 광야 같은 세상에 홀로 남겨진 세영과 호영 두 아들이 가장 측은한 처지다. 이들을 이렇게 만든 건 아버지와 어머니 모두의 책임이지만, 그중에서도 아버지의 책임이 제일 크다

많은 여자를 사랑하는 것이 멋진 남자가 아니다

예전에 여성 인권 운동 단체 '한국여성의전화'에서 서울에 거주하는 주부 1천여 명을 대상으로 전화 상담을 한 결과를 분석해서 발표한 적이 있다. 바람을 피우는 남편에 대한 조사였다. 상담 결과에 따르면 바람을 피우는 남편 열 명 중 여섯 명이 아내에게 폭력을 행사하고 있었다. 바람을 피우는 것으로도 모자라 아내에게 툭하면 손찌검을 한 것이다. 외도를 처음 시작한 시기는 결혼 5년차가 가장 많았고, 상대는 기혼 여성인 경우가 제일 많았다. 주목할 만한 사실은 남편이 바람을 피우는 가정의 경우 시아버지도 과거에 외도한 적이 있다고 답한 경우가 51.3퍼센트나 됐다는 것이다. 아버지가 바람을 피우는 걸 보고 자란 아들이 성인이 되어 결혼해서도 마찬가지로 바람을 피우게 될 확률이 대단히 높다는 걸 보여주는 통계였다.

자녀들은 백지 도화지와 같다. 부모는 그 도화지 앞에 앉아 막 그림을 그리려는 아이의 모델이자 풍경이다. 아이들은 부모를 보면서 그림을 그린다. 부모가 어떻게 행동하느냐, 어떤 모습으로 살아가느냐에 따라 아이들의 그림이 달라진다. 책을 많이 읽는 부모를 보며 자란 아이들은 자연스럽게 독서에 습관을 들인다. 운동을 많이 하는 부모 밑에서 자란 아이들은 어느 운동이든 자연스럽게 익힐 수 있게 된다. 여행을 많이 하는 부모와 함께 자란 아이들은 세계 어딜 가든 두려움 없이 모험을 즐길 역량을 지니게 된다.

똑같은 이치로 아빠가 엄마가 아닌 다른 여자에게 더 관심을 보이고, 여기저기 추파를 던지고 다니며 호시탐탐 외도와 불륜을 일삼는다면, 아이들의 도화지에는 그런 아빠의 추한 모습밖에는 담길 게 없는 것이다. 뭘 보고 배우겠는가. 사람은 본 대로, 배운 대로 살아가게 되어 있다. 욕하면서도, 싫어하면서도, 그렇게 되지 않으리라 다짐하면서도 본 대로, 배운 대로 움직이게 마련이다. 그게 인간의 속성이다. 콩 심은 데 콩 나고 팥 심은 데 팥 난다는 속담은 자녀교육에서 너무나 비슷하게 적용된다.

소설 속 세영은 학교를 다니지 않는다. 또래 아이들은 초등학교나 중학교를 다닐 나이지만 학교 가는 모습이 단 한 번도 나오질 않는다. 정상적인 가정이 아니다. 아버지가 바람이 난 가정이 정상적인 모습일 수는 없다. 남편에 대한 증오로 가득 찬 어머니의 삶을 바라보면서 세영은 차디찬 분노를 느낀다. 자식의 교육이나 미래는 안중에도 없는 부모들이다. 이런 역경을 딛고 세영과 호영이 훌륭한 인물로 자랄 수도 있겠지만, 만약 그렇더라도 가슴 깊은 곳에 남아 있는 치명적 상처는 결코 아물지 않을 것이다.

인터넷과 SNS가 발달하면서 외도와 불륜이 감기처럼 확산되고 있는 세상이다. 텔레비전 드라마나 영화 속에서는 상상도 하지 못했던 기이한 외도와 불륜들이 사랑이라는 이름으로 아름답게 포장되어 브라운관과 스크린을 달구고 있다. 남자와 여자가, 아빠와 엄마가 도덕성과 책임감, 양심의 가이드라인을 무너뜨린 채 이렇게 허우적대고 있을 때 우리의 아이들은 어디에 있어야 하는 걸까. 누굴 의지하고 살아가야 하는 걸까.

아내가 아닌 다른 여자를 사랑하는 것, 그로 인해 가정에 불화가 생기는 것, 종국에는 부부 문제를 이혼으로 매듭지으려 하는 것, 가까스로 이혼은 막았지만 각기 다른 엄마가 자식들을 여기저기 낳게 하는 것은 남자가 아빠라는 이름으로 저지를 수 있는 가장 치졸하면서도 악랄한 죄악이다. 그럴 바엔 평생 연애나 하면서 이 여자, 저 여자 만나는 재미로 사는 게 낫다. 바람기 있는 남자, 그걸 주체할 수 없는 남자라면 결혼을 포기하라고 말하고 싶다. 결혼은 한 남자가 가진 모든 바람기와의 완전한 단절을 의미한다.

아빠의 외도나 불륜으로 인한 최대의 피해자는 아이들이다. 소설 속 세영처럼 아이들은 평생 아빠를 미워하고, 엄마의 배신감에 치를 떨며 살아야 한다. 그런 다음 자신들이 어른이 되었을 때 어린 시절 바람을 피우는 아빠를 보며 받았던 상처가 고스란히 되살아날 것이다. 그리고 몸서리를 치면서 자신도 모르는 사이에 아빠가 걸어갔던 그 길을 걷고 있는 자신을 발견하게 될지도 모를 일이다.

많은 여자를 사랑하는 것이 멋진 남자가 아니다. 세상에 오직 한 사람, 내가 선택한 아내를 사랑하는 것이 멋진 남자다. 내 자식의 엄마를 사랑하는 것이 진정으로 멋진 아빠다. 아빠라면, 이를 잊어서는 안 된다. 지금 내 아들이 보고 있다. 내가 누구를 바라보고 있는지를.

자녀를 먼저
인정하는 아빠가
자녀에게 인정받는다

**진정한 아빠를 찾아 혼자서 길을 나선
한 소년의 이야기**

–

아멜리 노통브의 『아버지 죽이기』

"아버지에게 인정받지 못하는 아이는
그것 때문에 괴로워하지요. 하지만 그보다 더 큰
괴로움이 존재합니다. 바로 자기 아이에게
인정받지 못하는 아버지의 괴로움이지요."

자기 아이에게 인정받지 못하는 아버지의 괴로움

1994년 네바다 주 리노. 조 위프는 열네 살이다. 조의 엄마 카산드라는 자전거 가게를 운영한다. 아버지는 어디에 있느냐고 조가 물으면 카산드라는 이렇게 대답한다.

"네가 태어났을 때 그 사람이 나를 버렸단다. 그런 게 남자들이지."

카산드라는 조에게 아버지 이름을 말해주지 않는다. 본인도 아들의 아버지가 누구인지 알지 못한다. 수많은 남자들이 줄을 지어 그들의 집에 머물렀다가 떠났기 때문이다.

어느 날 저녁, 카산드라가 새로운 남자를 데리고 온다. 그 남자 이름도 조다. 조 주니어는 여덟 살 때부터 마술에 홀딱 빠져 있다. 그는 조 시니어 앞에서 카드 마술을 보여주지만 그는 험상궂은 표정으로 이렇게 말한다.

"당신 아들은 사탄의 종자로군."

세 사람이 거실에 함께 있던 어느 날, 말다툼이 벌어진다. 남자가 소년에게 카드 마술 좀 그만하라고 소리를 지른 것이다. 소년은 엄마한테 얹혀사는 남자를 비난하고, 엄마는 소년의 뺨을 후려친다.

한 시간 뒤, 엄마는 소년에게 다가와 집에서 나가달라고 말한다.

조는 학교를 그만두고 시내로 나가 호텔 방 하나를 싼값에 빌린다. 밤이 되면 그는 호텔 바에 가서 카드 마술을 보여준다. 넋을 잃은 손님들이 조에게 팁을 준다.

어느덧 1년이 흘러 열다섯 살이 되던 해 바에서 마술 연습을 하고 있던 그에게 어떤 남자가 말을 건넨다.

"내 평생 너처럼 놀라운 솜씨를 가진 아이는 보지 못했다."

조는 노먼 테런스라는 마술사를 찾아가 선생님이 되어달라고 부탁한다. 완강히 거부 의사를 밝히던 노먼은 아내인 크리스티나의 조언에 따라 그를 제자로 받아들인다. 조는 노먼의 집으로 짐을 옮긴다. 그는 노먼이 자기 아버지가 되어줄 수 있을 거라고 생각한다.

조는 어느 순간 크리스티나가 아름답다고 생각한다. 혼자만의 사랑이 시작된 것이다. 조는 자신이 금지된 여인을 사랑한다는 것을 알고 있었고, 그래서 전혀 내색을 하지 않았다.

1998년 8월. 조는 마치 형기를 마치듯 열여덟 살이 되었다. 그들은 셋이서 버닝 맨 축제를 향해 출발했다. 조는 드디어 이 시대의 가장 급진적인 축제장을 보았다. 황량한 산들에 둘러싸인 거대한 하얀 먼지 분화구인 블랙 록 사막을.

목요일 밤, 세 사람은 환각제를 복용한다. 크리스티나는 조가 너무나 오랫동안 억눌러왔고 급기야는 증오로 탈바꿈한 것을 쾌락으로 변모시킨다. 노먼은 화가 났지만 조는 그런 방식으로 자신의 오이디푸스 콤플렉스를 해결한 거라고 결론을 내린다.

축제가 끝나자마자 노먼의 추천서를 가지고 라스베이거스로 떠난 조는 벨라지오 카지노에 딜러로 취직한다. 그리고 아홉 달 만에 판돈 백만 달러 이하로는 게임을 할 수 없는 보비스 룸의 딜러로 승격한다. 그때부터 조는 노먼과 크리스티나에게 전화조차 하지 않는다.

"그 애는 더 이상 우리와 인생을 함께하지 않겠다는 거야."

2000년이 밝아온다. 크리스티나는 서른 살, 노먼은 마흔 살, 조는 스무 살이 되는 해다. 4월과 5월에 두 사람은 각각 생일을 맞지만 아무런 축하도 하지 않는다. 두 사람 모두 조가 전화를 걸어와 축하한다고 말해주기만을 바라지만 조에게서는 전화가 오지 않는다.

이때 조가 아닌 벨라지오 카지노 사장에게서 전화가 걸려 온다. 조 위프가 판돈이 가장 큰 테이블에서 공모자와 짜고 속임수를 써서 4백만 달러를 땄다는 소식이다. 공모자는 조에게 4만 달러의 팁을 준 뒤 벨기에로 사라지고, 조는 재판에 넘겨진다. 조는 불기소 판결을 받고 풀려나지만 사장의 협박을 이기지 못해 그에게 4백만 달러를 지불하게 된다.

노먼은 불면증에 시달린다. 그는 라스베이거스로 조를 찾아가 자신을 아버지로 받아들여달라고 말한다. 조는 웃음을 터뜨린다. 그리고 충격적인 사실을 고백한다.

조가 열다섯 살이 되었을 때, 그는 리노의 한 호텔 바에서 카드 마술 연습을 하고 있었다. 그때 한 남자가 다가와 스무 살이 되는 날 밤 10시에 라스베이거스 벨라지오 카지노에 있는 보비스 룸에서 만나자고 제안했다. 그 남자는 조가 노먼에게 속임수 마술을 배운 뒤 그곳에서 딜러로 일하고 있을 거라면서 자기에게 좋은 패를 세 번 돌려주면 그 대가로 4만 달러를 주겠다고 했고, 그 뒤 조의 삶은 그 남자와의 약속대로 움직이기 시작했다. 조의 마음속 아버지는 노먼이 아니라 벨기에로 도망간 공모자였던 것이다.

"당신이 내 아버지라고 말하지 마요, 가엾은 양반. 당신은 첫날부터 제삼자일 뿐이었으니까. 당신은 내가 당신을 죽였다고 생각하는군요. 만약 그렇다면 오발탄이었다고 여기세요."

노먼은 이 엄청난 사실을 받아들이지 못한다. 조가 정신병자라고 생각한다. 그는 그 벨기에인이 자신을 제치고 조의 아버지가 되는 것을 인정할 수 없다. 노먼은 그로부터 줄기차게 조의 뒤를 쫓아다닌다. 그가 자신을 공정하게 평가해주기만을 바라면서.

"아버지에게 인정받지 못하는 아이는 그것 때문에 괴로워하지요. 하지만 그보다 더 큰 괴로움이 존재합니다. 바로 자기 아이에게 인정받지 못하는 아버지의 괴로움이지요."

생전 처음 들어보는 달콤하고도 짜릿한 칭찬

섬뜩한 제목의 이 소설은 등골이 오싹해지는 추리 소설이나 패륜아를 다룬 범죄 소설이 아니다. '아버지 죽이기'는 프로이트의 정신 분석 이론에 등장하는 용어다. 어린아이가 태어나 가장 먼저 접하고 애정을 느끼는 대상은 어머니이며, 그다음으로 접하는 존재가 아버지지만, 유아기의 남자아이들은 어머니에게 애착을 느끼고 아버지에게 적의를 느낀다는 것이다. 이것이 바로 오이디푸스 콤플렉스이며, 이 소설을 관통하고 있는 사유의 흐름이다.

열네 살 소년 조 위프. 그는 아버지가 누군지 모른다. 엄마가 말해주지 않았기 때문이다. 희한한 건 엄마도 아들의 아버지가 누군지 모른다는 사실이다. 워낙 많은 남자를 집으로 불러들였기에 생긴 비극이다. 하지만 조의 엄마 카산드라는 전혀 개의치 않고 또 다른 남자를 집으로 데려온다. 카산드라와 조 시니어는 서로에게는 관심이 있었을지 모르지만 아들인 조 주니어에게는 전혀 관심이 없다. 그가 뭘 잘하는지, 무엇에 관심이 있는지.

마술에 천부적인 재능을 가지고 있던 조를 알아보거나 인정해주는 사람은 아무도 없다. 오히려 남자는 조를 '사탄의 종자'라고 부르며 카드 마술 좀 그만하라고 소리를 지른다. 예상대로 엄마는 남자 편을 들고, 그의 심기를 건드리지 않기 위해 아들을 쫓아낸다. 잘 이해가 가지 않는 장면이지만 가끔은 모성애가 부족한 사람들도 있게 마련이다. 애초 별다른 애정이 없었기에 둘은 쿨하게 헤어진다. 그때부터 조의 아버지 구하기가 시작된다.

아버지와 어머니 모두에게서 버림을 받았지만 조에게 더 필요한 건 아버지였다. 이미 그의 나이가 열네 살이었고, 집을 나온 상태였기 때문이다. 그가 꿈꾸던 아버지는 신비롭고, 위압적이고, 자기가 어디로 가는지를 정확히 아는 듯한 표정을 가진 멋진 남자였다. 열다섯 살이 되던 해 어느 날, 호텔 바에서 마술 연습에 몰두하고 있던 그에게 한 낯선 남자가 다가와 말을 건넨다. 생전 처음 들어보는 달콤하고도 짜릿한 칭찬이었다.

아이들은 먼저 인정하는 아빠가 자녀에게 인정받는다

99

"내 평생 너처럼 놀라운 솜씨를 가진 아이는 보지 못했다."

이 한마디 말이 그의 인생을 바꿔놓았다. 조는 그 남자가 자신의 아버지가 되었으면 좋겠다고 생각한다. 마음대로 자기 아버지를 선택할 수만 있다면 주저 없이 그 남자를 아버지로 선택할 거라고 다짐한다. 그 후 조는 그 남자와 맺은 약속 혹은 거래를 이루기 위해 철저히 계획된 삶을 살아간다. 그 멋진 남자는 조를 실컷 이용하고 나서 미련 없이 도망가버렸음에도 불구하고, 조는 자신의 선택에 후회가 없다고 말한다.

아버지 죽이기의 최대 피해자는 노먼 테런스다. 그는 조를 아들처럼 돌보며 자신의 기술을 가르쳤다. 시간이 흐르면서 그는 조가 자신의 친아들이라고 믿기에 이른다. 그는 진정으로 조를 사랑했지만, 조에게 그는 아버지가 아니었다. 아름다운 크리스티나를 차지하기 위해, 누구보다 훌륭한 마술사가 되기 위해, 카드 마술에서 쓸 수 있는 모든 속임수의 달인이 되기 위해, 뛰어넘어야 할, 즉 반드시 죽여야만 하는 그런 존재였던 것이다.

성인이 된다는 건 부모의 희망으로부터 벗어난다는 것

아이들은 아빠를 좋아하고, 따르며, 닮고 싶어 하고, 본받으려고도 하지만, 반대로 뛰어넘고 극복해야 할 대상이기도 하고, 절대로 뒤따라가고 싶지 않은 반면교사이기도 하다.

인간관계는 물리나 수학의 세계와 다르다. 특히 아빠와 아들 관계는 더욱 그렇다. 내가 아무리 헌신적으로 넘치는 사랑을 주고 정성을 기울인다고 해도 아들은 이를 느끼지 못하거나 받아들이지 않을 수 있다. 오히려 그 반대의 결과를 아빠에게 되돌려줄 수도 있다. 노먼이 조에게 아낌없는 사랑을 주고 최선을 다했지만 아버지로 인정받지 못했던 것처럼.

아들이 아빠에게 진정으로 원하는 게 뭘까? 인정받는 것이다. 칭찬받는 것이다. 아빠로부터 진심 어린 격려를 받는 것이다. 야단맞고, 벌을 서며, 훈계받는 걸 원하지 않는다. 아들은 안다. 아빠가 자기 성질을 이기지 못해 흥분해서 마구 쏟아내는 말인지, 정말 자식을 사랑하는 마음으로 오랫동안 가슴속에 담아두었던 충고를 조심스레 끄집어내는 것인지를.

세계적인 베스트셀러 작가 켄 블랜차드가 쓴 책 『칭찬은 고래도 춤추게 한다』를 보면 인간관계에서 상대방을 인정하고 칭찬하며 긍정적인 시선으로 바라보는 것이 얼마나 중요한가를 잘 알 수 있다. 무시무시한 바다의 포식자인 범고래 샴이 많은 사람들의 감탄을 자아내는 멋진 쇼를 벌이는 것을 보면서 저자는 다음과 같은 칭찬의 십계명을 만들어냈다.

1. 칭찬할 일이 생겼을 때는 즉시 칭찬하라.
2. 잘한 점을 구체적으로 칭찬하라.
3. 가능한 한 공개적으로 칭찬하라.
4. 결과보다는 과정을 칭찬하라.
5. 사랑하는 사람을 대하듯 칭찬하라.

6. 거짓 없이 진실한 마음으로 칭찬하라.

7. 긍정적으로 관점을 전환하면 칭찬할 일이 보인다.

8. 일의 진척 사항이 여의치 않을 때 더욱 격려하라.

9. 잘못된 일이 생기면 관심을 다른 방향으로 유도하라.

10. 가끔씩 자기 자신을 스스로 칭찬하라.

아이들은 부모의 복제품이 아니다. 부모의 못다 푼 한을 풀어주는 존재도, 이루지 못한 꿈을 대신 이루어주는 존재도 아니다. 어디까지나 독립적인 한 인격체다. 지구라는 별을 밝힐 또 하나의 빛나는 별이다. 부모는 아이들이 자신의 날개로 창공을 날아오를 때까지 둥지가 되어줄 뿐이다. 누구도 그 독립성을, 그 찬란한 발광이나 날갯짓을 해치거나 막을 수 없다. 내 기준으로, 내 시각으로, 내 희망으로 아이를 바라봐서는 안 된다.

아이가 새로 바른 벽지에 그림을 잔뜩 그려놨을 때 아빠가 어떤 반응을 보여야 할까?

"아이고, 또 말썽을 피웠구나! 이게 얼마짜리 벽지인데 여기다 낙서를 했어? 어떡할 거야, 이제? 하라는 공부는 안 하면서 매일 사고만 치니 내가 너 때문에 늙는다, 늙어!"

"괜찮아, 괜찮아. 잘했어. 그럴 수도 있는 거지, 뭐. 어릴 땐 다 그러면서 크는 거야. 아빠도 옛날에 말썽 많이 피웠다. 그래서 할아버지한테 매도 엄청 맞았지. 괜찮아."

"와, 그림 좋은데? 내 평생 너처럼 놀라운 솜씨를 가진 아이는 보지 못했어. 하지만 벽지에 그림을 그리면 안 되겠지? 아빠가 스케치

북 사다 줄 테니 거기다 그림을 그리도록 하자."

어떤 아이가 아빠에게 인정받았다고 생각할까? 어떤 아이가 벽지에 그림 그린 걸 진심으로 뉘우칠까? 어떤 아이가 앞으로도 그림 그리는 일에 취미를 붙이고 즐거워할까?

진심으로 아들을 사랑했으나 인정받지 못한 아빠 노먼은 미치광이처럼 외친다.

"아버지에게 인정받지 못하는 아이는 그것 때문에 괴로워하지요. 하지만 그보다 더 큰 괴로움이 존재합니다. 바로 자기 아이에게 인정받지 못한 아버지의 괴로움이지요."

아이가 잘못한 것을 지적하기 이전에 잘한 것을 찾아 칭찬해줘라. 아이에게 부족한 것을 발견하기보다는 남달리 풍부한 면을 발견해 인정해줘라. 빵점 맞은 과목에 집중하지 말고 가장 성적이 좋은 과목에 집중하라. 다른 친구들이나 이웃집 아이보다 떨어지는 부분을 강조하지 말고 더 나은 부분을 살펴 격려해줘라. 아이가 관심을 두고 좋아하는 것을 함께하며 기운을 북돋아줘라. 아빠에게 인정받고 신뢰를 얻은 아이는 몰라보게 달라질 것이다. 이것이 바로 아빠가 아이에게 인정받고 신뢰를 얻는 비결이다.

아멜리 노통브는 소설이 출간될 즈음 한국 독자들에게 보낸 글에서 이렇게 말했다.

"이 점, 믿어주시기 바랍니다. 제 아버지는 여전히 살아 계시고, 전 아버지를 죽일 생각이 없답니다. 아버지를 죽인다는 것은 우리 내면에 자리 잡고 있는 부모님들의 희망에서 벗어난다는 것, 즉 성인이 됨을 의미합니다. 전 이미 성인이 되었다고 생각해요."

아빠의
자리를
비워두지 마라

있어야 할 때, 있어야 할 곳에
언제나 부재중인 남자

-

신경숙의 『엄마를 부탁해』

"나는 평생 니 엄마한테 말을 안 하거나
할 때를 놓치거나 알아주겠거니 하며 살었고나.
인자는 무슨 말이든 다 할 수 있을 것 같은디
들을 사람이 없구나."

엄마는 알고 있었을까. 나에게도 일평생 엄마가 필요했다는 것을

엄마가 홀연히 사라진 지 일주일째다. 가족을 잃어버렸는데, 그것도 엄마를 잃어버렸는데, 남은 가족들이 할 수 있는 일은 몇 가지 되지 않는다. 실종 신고를 내고, 주변을 뒤지고, 인터넷에 올리고, 신문광고를 내고, 전단지를 만들어 돌리는 일이 고작이다.

J시에 살던 아버지와 엄마는 몇 해 전부터 번잡하다는 이유로 엄마 생일을 아버지 생일에 얹어서 잔칫상을 한 번만 차리기로 했고, 그나마 도시에 사는 자손들이 내려오는 게 힘들다며 둘이 서울로 올라오곤 했다. 이번에도 아버지 생일에 맞춰 서울역에 도착한 엄마는 지하철역에서 인파에 떠밀려 아버지를 놓치는 바람에 어디론가 사라져버린 것이다.

엄마는 글을 읽고 쓸 줄 모른다. 도시로 나간 큰오빠에게서 온 편지를 읽는 일도, 엄마가 불러주는 대로 받아 적어 답장을 쓰는 일도 모두 큰딸의 몫이다. 글을 모르니 혼자 남겨진 엄마가 이정표나 지도를 보고 작은오빠 집을 찾아온다는 건 어려운 일이다.

엄마의 실종은 오 남매에게 까마득히 잊어버린 줄 알았던 기억

속의 일들을 죄다 불러일으킨다. 이들은 엄마를 찾아 헤매면서 엄마와 함께했던 추억 속으로 점점 더 깊이 빠져든다. 그리고 비로소 자신들이 엄마에 대해 얼마나 무지했는지, 엄마도 엄마이기 이전에 꿈 많은 소녀였으며, 얼굴 붉히는 처녀였으며, 사랑을 갈망하던 여자였음을 알게 된다.

엄마는 재래식 부엌에서 평생 대식구의 밥을 짓는 일에 매달려왔다. 누에를 치고 누룩을 빚고 두부 만드는 일을 거들었다. 재봉질을 했고 뜨개질을 했으며 밭을 가꾸었다. 그 덕에 오 남매가 사람 구실하며 살 수 있게 되었다. 그러는 사이 엄마에게 심한 두통이 생겨났다. 두통은 수시로 엄마의 육체를 공격했다. 엄마는 늘 통증을 지닌 채 살아왔던 것이다.

큰아들 형철이 어렸을 때 아버지는 피부가 희고 분 냄새를 풍기는 젊은 여자를 데리고 왔고, 그길로 엄마는 집을 나갔다. 여자는 아이들에게 환심을 사려고 정성껏 도시락을 싸주었지만 형철은 학교 가는 길에 동생들을 불러 모아 땅을 파고 도시락을 묻었다. 엄마가 학교로 찾아와 회초리질을 하며 밥을 먹지 않는 그를 나무랐다. 네가 밥을 잘 먹고 있어야 엄마가 덜 슬프다고. 형철은 밥을 먹겠다고 하면서 엄마에게 집으로 돌아오라고 말한다. 그는 엄마에게 커서 꼭 검사가 되겠다고 약속한다. 엄마는 그길로 집에 들어와 여자를 부엌에서 밀어내고 밥을 지었다. 그 무렵 아버지는 아예 여자를 데리고 마을을 떠났다.

어느 날부턴가 엄마는 밤이 되어도 대문을 잠그지 않고, 아침에 밥을 풀 때 아버지 밥그릇에 밥을 담아 아랫목에 묻어두었다. 그해 겨울, 아버지는 엄마가 열어둔 대문으로 걸어 들어와 방문을 열었다. 엄마는 아랫목에 묻어둔 밥그릇을 상에 올렸다. 들기름을 발라 구운 김을 꺼내 밥그릇 옆에 내려놓았다. 여름에 나갔다가 겨울에 들어온 아버지를 아침에 나갔다가 밤에 들어온 사람 대하듯 아무 말 않고 그저 숭늉을 떠다 밥그릇 옆에 놓아주었다.

졸지에 아내를 잃어버린 아버지는 형철의 집에 얼마간 머물다 J시에 있는 집으로 돌아온다. 빈집을 둘러보며 그는 남편으로서 자신이 아내에 대해 너무 모르는 게 많다는 사실을 절감한다. 무심했고 퉁명스러웠으며 곁에 있어도 거의 잊고 지내왔음을 깨닫는다.

아내가 두통으로 머리를 싸매고 혼절해 있을 때도 그는 아내가 잠을 자는 중이라고 여겼다. 아내가 방문마저 열지 못해 쩔쩔맬 때조차 그는 눈 좀 똑바로 뜨고 다니라고 통박을 주었다. 그는 평생 아내의 보살핌만 받았지 자신이 아내를 보살펴야 한다는 생각을 해본 적이 없었다. 아내가 집으로 돌아오기만 한다면 생일에 한 번도 직접 끓여준 적이 없는 미역국은 물론이고 전도 부쳐줄 수 있을 것 같았다. 메마른 눈에 물기가 어렸다.

엄마는 영혼이 되어 이리저리 떠돌다 사랑하는 사람들을 찾아가 혼자 작별 인사를 나눈다. 생각만 해도 자랑스러웠던 약사인 작은딸, 지청구를 입에 달고 살았던 시어머니 같은 고모, 자꾸만 눈에

107

밟히는 큰딸, 먼저 가서 미안하기만 한 남편, 그리고 곰소에 살던 홀아비 이은규. 박소녀는 늙은 몸으로 병원에 누워 있는 이은규를 찾아가 위로한다.

엄마는 고백한다. 그는 자기 인생의 동무였다고, 아무도 당신이 내 인생에 있었다고 알지 못해도 당신은 급물살 때마다 뗏목을 가져와 내가 그 물을 무사히 건너게 해주는 이였다고, 행복할 때보다 불안할 때 당신을 찾아갈 수 있어서 나는 내 인생을 건너올 수 있었다고.

"잘 있어요…… 난 이제 이 집에서 나갈라요."

엄마는 마지막으로 자신이 태어난 집 마루에 앉아 있는 엄마를 찾아간다. 엄마의 엄마는 내 새끼, 하고 껴안으며 엄마 발에서 파란 슬리퍼를 벗기고 두 발을 엄마의 엄마 무릎으로 끌어 올린다. 엄마는 자신의 엄마 품에 안겨 한없는 평안을 맛보며 생각한다.

'엄마는 알고 있었을까. 나에게도 일평생 엄마가 필요했다는 것을.'

아버지는 언제나 부재중이었다

세상 모든 사람들은 단 한 사람의 예외도 없이 엄마의 자식들이다. 엄마라는 말 안에는 한 인간의 탄생과 성장, 고난과 죽음, 슬픔과 기쁨, 비극과 희극의 전 과정이 함축되어 있다. 엄마는 생명 그 자체 혹은 생명의 기원이기 때문이다. 사람과 사람 사이에는 많은 종류의 사랑이 있지만 엄마의 자식에 대한 사랑만큼 원초적이고 무조건적인 사랑은 없다.

그런 엄마의 모습을 과장 없이 담담하게 그려냄으로써 모성의 존재를 부각시킨 소설 중에서도 『엄마를 부탁해』는 독자들의 공감을 가장 많이 받은 작품이다. 소설의 모든 시선은 엄마의 동선을 따라 움직인다. 어느 날 갑자기 지하철 서울역에서 어디론가 사라져버린 엄마. 엄마의 부재가 치명적이라고 느낄수록 엄마의 존재는 더욱 또렷하게 드러난다.

이 작품에서 내가 주목한 것은 아버지다. 소설 속에서 엄마를 잃어버리는 데 결정적인 역할을 한 사람이 바로 아버지였다. 그는 평생을 그래왔던 것처럼 이날도 아내를 떼놓고 저만치 앞서서 걸었다. 그가 몸이 불편한 아내 손을 꼭 잡고 걸었거나 아니면 아내를 앞세우고 자신이 뒤에서 걸었더라면 아내를 잃어버리는 일은 없었을 것이다. 스무 살에 만나 50년이 흐르도록 그가 아내에게서 가장 많이 들었던 말은 좀 천천히 가자는 말이었다. 그는 아내가 그토록 원하던, 서로 얘기를 나누며 나란히 걷는 일을 단 한 번도 해본 적이 없었다.

잃어버린 엄마에 대한 그리움이 깊어갈수록 치밀어 오르는 건 아버지에 대한 분노다. 엄마의 지난 삶 속에서 한 맺힌 땀과 눈물을 발견해낼수록 차곡차곡 쌓여가는 건 아버지가 저지른 가장으로서의 직무 유기와 남편과 아빠로서의 책임감 상실에 관한 증거들이다. 엄마의 부재를 통해 그의 존재를 찾아나가는 것이 소설의 흐름이지만 이야기가 진행될수록 분명하게 나타나는 것은 아버지의 부재다. 엄마의 부재를 있게 한 것은 결국 아버지의 부재였다.

아버지는 언제나 부재중이었다. 5급 공무원 시험에 합격한 형철이 야간대학에 진학하기 위해 급히 고등학교 졸업 증명서를 떼어보내달라고 편지를 보냈을 때도, 추석 무렵 볕 좋은 하루 날을 잡아집에 있는 문짝을 떼어내 풀을 쑤어 새 문종이를 바를 때도, 엄마가두통에 괴로워하며 헛간에 놓인 평상 위에 쓰러져 있을 때도, 망망대해에 둥둥 떠 있는 작은 배처럼 서울역 지하철에 혼자서 남겨져있을 때도, 아버지는 늘 그곳에 없었다.

있어야 할 때, 있어야 할 곳에 있지 않는 사람은 아예 없는 사람이나 없는 듯 잊힌 사람보다 더 불쌍한 존재다. 역설적이지만 이 소설에서 가장 가엾은 사람은 엄마가 아니라 아버지다. 엄마는 남편과 아버지가 없는 가정을 지키며 오 남매를 지극정성으로 키웠다. 열일곱 살에 일면식도 없는 남자에게 시집오면서 꿈도 희망도 허망하게 날아간 듯했지만 자식들을 하나하나 낳아 기르며 자신의 꿈과희망을 오롯이 재생시켰다. 남겨진 오 남매는 사라진 엄마를 가슴에 묻고 그 사랑과 추억을 고이고이 되새김질하며 살아갈 것이다. 게다가 엄마는 여자로서 오랜 세월 혼자만 간직해온 애틋한 정분까지 지니고 있었다.

반면 혼자 남겨진 아버지는 어디서도 환영받지 못하는 존재다. 오 남매에게는 아버지와 함께했던 아름다운 추억이 없다. 태어났을 때, 학교에 들어갔을 때, 쌀독에 쌀이 떨어졌을 때, 추운 겨울 한방에서 살을 비비며 옹기종기 모여 잠을 청할 때, 혈혈단신 서울에 올라와 청춘의 시간을 고생과 맞바꾸고 있을 때, 아버지는 옆에 없었다. 젊은 시절 그는 자신의 꿈과 희망을 찾아 팔도를 떠돌며 살아왔지만 늙고 병든 그에게 남은 건 빈집뿐이었다. 그는 아무것도 이루지 못했다. 오 남매에게는 가슴에 묻을 아버지가 없었다. 여러 명의 아낙들을 거느리고 살림을 차렸음에도 그의 곁을 지켜줄 정인은 단한 사람도 남아 있지 않았다.

아이들이 필요로 할 때 옆에 있어주는 것이 좋은 아빠다

좋은 남편, 좋은 아빠가 되는 길은 의외로 간단하다. 아내와 아이들이 남편과 아빠를 필요로 할 때 옆에 있어주는 것이다. 함께해야 할 순간, 같이 나누고 기념해야 할 자리에 묵묵히 있어주는 것이다. 그것이 치욕스러운 자리든, 영광스러운 자리든, 고통을 나누는 순간이든, 행복을 만끽하는 순간이든, 가리거나 따지지 않고 곁을 지키는 일이다. 가족이란 그런 것이다. 가장이란 어떤 순간, 어떤 자리라도 마다하지 않고 가정을 지키는 사람을 말한다.

내가 제일 안타깝게 여기는 것이 기러기 아빠 가정이다. 아빠는 죽어라 일해서 돈을 부쳐주는 역할을 맡고, 아내는 외국에서 유학 중인 아이들을 돌보며 따로 떨어져 사는 가정이 의외로 많다. 기러기 아빠의 임무는 어쨌든 많은 돈을 벌어 끊임없이 아내와 아이들에게 보내는 일이다. 아이들은 그 돈을 당연한 듯 받아서 공부를 하고, 엄마의 사랑을 독차지하며 자란다. 주변에서 10년이 넘도록 기러기 아빠 생활을 하는 사람도 본 적이 있다. 아이들에게 보낼 돈이 부족하니 식사 한 번 마음 놓고 하지를 못한다. 라면으로 끼니를 때

우는 사람도 있다고 한다. 이게 무슨 가정인가. 제대로 된 가족이라면 이렇게 살 수는 없는 일이다.

가족이란 무슨 일이 있어도 함께 살아야 한다. 괴로움도 즐거움도 같이 나누며 시간을 보내는 것이 가족이다. 필요에 의해, 편의를 위해 각자 떨어져 사는 것은 바람직한 모습이 아니다. 자녀들이 성인이 되어 독립하기 전까지는 부모와 같은 집에 사는 것이 정서적으로나 교육적으로 좋은 일이다. 가정의 해체를 막고, 유대를 강화할 책임은 가장에게 있다. 스스로 기러기 아빠를 자청하는 사람은 좋은 아빠가 아니라고 본다. 물론 아주 특별한 경우는 있을 수 있지만, 지금 우리나라에 있는 대부분의 기러기 아빠 가정은 온전한 가정의 궤도에서 조금 이탈한 듯 보인다.

아빠가 한국에서 보내주는 돈으로 공부를 한 자녀들은 사회적으로는 성공의 길로 들어설지 모르지만 아빠와 공유할 어린 시절의 추억은 아무것도 없는 셈이다. 오랜만에 아빠를 만나도 할 이야기가 없다. 같이 보낸 시간이 없으니 떠올릴 추억도 없는 것이다. 외국 생활에 익숙해진 아이들에게 아빠는 낯선 사람일뿐이다. 가족으로서 정을 나누고 느낄 공통의 공간이 없다. 이미 사고방식과 가치관도 달라져 있다. 오랜 세월 떨어져 지낸 아내와도 마찬가지다. 누구를 위해, 무엇을 위해 기러기 아빠 생활을 해야 하는지 숙고해볼 일이다.

소설 속에서 엄마는 큰아들 형철을 남편처럼 여기며 살아간다. 형철이 검사가 되는 것은 그의 꿈이기 이전에 엄마의 꿈이었다. 그가 검사의 꿈을 접었을 때 엄마의 꿈도 사그라졌다. 엄마는 다른 사

람이 읽어주는 큰딸 지헌의 소설을 들으며 대리만족하고, 작은딸
이 어려운 형편에도 일류 대학 약대에 합격하자 기쁨의 눈물을 흘
린다. 남편이 아내에게 꿈을 주지 못하면 아내는 아이들에게서 꿈
을 찾게 되어 있다. 아빠가 아이들에게 꿈을 주지 못하면 아이들은
엄마의 꿈을 이루기 위해 애를 쓸 수밖에 없다. 아빠의 부재는 많은
사람들에게서 꿈을 빼앗아갔고, 삶을 황폐화시켰으며, 가족의 해체
를 촉발했다.

지헌과 통화를 하던 도중, 아버지는 눈물범벅이 되어 고백한다.

"말이란 게 다 할 때가 있는 법인디…… 나는 평생 니 엄마한테
말을 안 하거나 할 때를 놓치거나 알아주겠거니 하며 살았고나. 인
자는 무슨 말이든 다 할 수 있을 것 같은디 들을 사람이 없구나."

많은 아빠들이 바빠서 가족과 함께할 시간이 없다고 변명한다.
먹고사는 일에 분주해 아이들과 놀아줄 시간을 내거나 이야기를 나
눌 시간을 갖기 어렵다고 하소연한다. 그런데 어떻게 동료들과 술
마실 시간은 있고, 친구들과 등산이나 낚시를 갈 시간은 있을까.

지금 우리 가정에 내 자리는 온전한지 한번 둘러보자. 내가 있어
야 할 자리가 빈자리는 아닌지 살펴보자. 가정에서 내가 부재중인
시간이 많으면 많을수록, 훗날 소설 속 아버지처럼 자식들 앞에서
이렇게 말하며 참회의 눈물을 흘려야 할지도 모른다.

"아빠와 자녀가 함께할 때가 다 정해져 있는 법인데…… 나는 평
생 너희들에게 시간 없다, 바쁘다는 말만 하면서 때를 놓치거나 필
요한 순간 곁을 지켜주지 못하고 살았구나. 이제는 정말 있어야 할
때 있고 있어야 할 곳에 있고 싶은데, 너희들이 끼워주질 않는구나."

고기 잡는 방법을
가르쳐주는 아빠

세상에는 두 종류의 아빠가 있다,
부자 아빠와 가난한 아빠

–

아서 밀러의 『세일즈맨의 죽음』

"세일즈맨은 반짝이는 구두를 신고 하늘에서 내려와
미소 짓는 사람이야. 이 사람을 비난할 자는 아무도 없어.
세일즈맨은 꿈꾸는 사람이거든. 그게 필요조건이야."

평생 월급쟁이로 살아온 아빠의 인생

예순 살이 넘은 세일즈맨 윌리 로먼이 샘플이 든 큰 가방 두 개를 들고 집으로 들어온다. 지친 기색이 역력하다. 아내 린다가 침대에서 일어나 말을 건네지만 피곤해서 대답도 하기 싫다. 그는 서른네 살이 되도록 제 앞가림도 못하면서 농장에서 주당 35달러를 받으며 10년이 넘도록 일하고 있는 큰아들 비프가 한심스럽기만 하다.

윌리는 빨간색 셰비 자동차를 타고 전국을 누비며 세일즈맨으로 이름을 날리던 1928년을 회상한다. 대공황 직전으로 제1차 세계대전 이후 미국이 세계의 자본가로 득세하던 시절이었다. 당시 윌리는 세일즈맨으로 승승장구하며 주당 커미션만 170달러 넘게 받았다. 비프는 전도유망한 미식축구 선수로 아무 대학이나 고르기만 하면 갈 수 있을 것 같았다.

비프는 과거에 사로잡혀 틈만 나면 횡설수설하는 아버지가 미쳤다고 생각하고, 린다는 아들들에게 아버지가 처한 상황을 설명해준다. 윌리는 34년 동안 일해온 와그너 상사에서 찬밥 신세가 되어 월급도 받지 못한 채 하찮은 신참처럼 얼마 되지 않는 커미션만 받아가며 살고 있었던 것이다. 두 아들은 깜짝 놀라며 서로를 쳐다본다.

"그이가 젊어서 일을 잘할 때는 회사에서 좋아들 했지. 그이를 아껴주고 어려우면 늘 주문을 넣어주던 친구들이나 바이어들이 이제는 모두 죽거나 은퇴했어. 예전엔 보스턴에서 하루 예닐곱 회사를 다니며 판촉을 할 수 있었는데, 지금은 샘플 가방을 차에서 꺼냈다가 집어넣었다가 다시 꺼냈다가 그러니 피로할 수밖에. 사람을 찾아다니는 대신 요즘은 말로 때우지. 천백 킬로미터를 달려서 가도 아는 사람 하나 없고 반겨주는 사람도 없어. 동전 한 푼 벌지 못한 채 다시 천백 킬로미터를 달려 집으로 돌아오는 사람 머릿속에 어떤 생각이 들 것 같니? 그러니 왜 혼잣말을 하지 않겠어? 당연하지 않니? 찰리 아저씨네 가서 50달러를 꾸어서는 마치 자기 봉급인 것처럼 내게 내밀 때 어떤 생각이 들겠니? 언제까지 이렇게 갈 수 있을까? 성격이 이상하다고? 평생 너희를 위해 일한 사람에게 할 소리냐, 그게?"

린다는 윌리가 자살을 시도해왔다는 사실을 털어놓는다. 그동안 일어났던 자동차 사고는 모두 사고로 위장한 윌리의 자살 시도였던 것이다. 비프와 해피는 마을에 정착해 일을 해서 아버지를 돕기로 하고 어머니의 요청에 따라 아버지와 화해를 시도한다.

다음 날 아침, 윌리는 하워드 사장을 만나 외근 업무에서 빼달라고 요청하면서 가불도 좀 받아 올 작정을 하고 집을 나선다. 비프 역시 올리버 사장을 만나 자신의 사업에 투자할 것을 부탁하러 나간 참이다. 저녁에는 아버지와 아들 둘만의 만찬이 준비되어 있었다.

와그너 회장의 아들인 하워드 사장은 마땅한 자리가 없다며 윌리의 부탁을 거절한다.

"저는 이 회사에서 34년을 봉직했는데 지금은 보험금조차 낼 수 없는 형편입니다! 오렌지 속만 까먹고 껍데기는 내다 버리실 참입니까. 사람은 과일 나부랭이가 아니지 않습니까! 관심을 좀 기울여 주세요."

하워드 사장을 찾아가 항의하던 윌리는 그나마 있던 보스턴 일자리마저 빼앗기고 만다. 해고를 당한 것이다. 윌리는 또다시 찰리를 찾아가 돈을 빌린다. 하지만 찰리가 제안한 일자리는 거절한다. 일주일에 50달러를 벌 수 있었지만 친구 밑에서 일하긴 싫은 것이다.

두 아들은 약속 장소에서 아버지를 만난다. 비프는 죽을 맛이다. 올리버 사장을 만나기 위해 여섯 시간이나 기다렸건만 그는 비프를 알아보지 못했던 것이다. 결국 투자 이야기는 꺼내지도 못한 채 돌아서고 만다. 그러나 해고당한 아버지 앞에서 그 말을 꺼낼 수는 없다. 비프는 올리버 사장과 내일 점심 식사를 하면서 다시 이야기하기로 했다고 둘러댄다.

린다는 여자들과 함께 어울린 후 집으로 돌아온 두 아들을 보고 탄식하고, 윌리는 정원에서 행복했던 과거로 돌아가 형님과 대화를 나누며 자신이 사 온 씨앗을 심는다.

비프는 아버지에게 사실대로 고백한다. 고등학교 졸업 후 다니던 직장마다 도둑질을 하다 쫓겨났다며, 모든 게 자기를 너무 띄워놓은 아버지 탓이라고 말한다.

"아버지! 전 1달러짜리 싸구려 인생이고 아버지도 그래요!"

"난 싸구려 인생이 아냐! 나는 윌리 로먼이야! 너는 비프 로먼이고!"

월리는 밤중에 밖으로 나가 자동차에 시동을 걸고는 전속력으로 질주한다.

첼로 독주 뒤에 장송곡이 이어지며 린다와 찰리, 버나드, 비프와 해피가 상복을 입고 나타나 작은 장미꽃 다발을 내려놓은 후 무릎을 꿇는다. 모두 월리의 무덤을 응시한다.

장례식장에서 린다와 찰리가 독백처럼 말한다.

"그이를 알던 사람들은 다 어디 갔죠? 월리를 비난하고 있나 봐요."

"아무도 이 사람을 비난할 수는 없어. 월리는 세일즈맨이었어. 세일즈맨은 인생의 바닥에 머물러 있지 않아. 세일즈맨은 반짝이는 구두를 신고 하늘에서 내려와 미소 짓는 사람이야. 사람들이 그 미소에 답하지 않으면, 그게 끝이지. 이 사람을 비난할 자는 아무도 없어. 세일즈맨은 꿈꾸는 사람이거든. 그게 필요조건이야."

아버지는 1달러짜리 싸구려 인생이에요

이 작품은 1949년 브로드웨이에서 초연되자마자 즉시 하나의 사건으로 받아들여졌고, 아서 밀러를 단숨에 현대 문학을 대표하는 작가로 끌어올렸다. 그리고 오늘날까지 전 세계적으로 가장 널리 공연되고 사랑받는 미국의 대표적인 희곡 중 하나로 손꼽히고 있다.

대공황이 오기 전까지 월리는 누구보다 행복한 사람이었다. 그에게는 번쩍이는 차와 새 집, 새 가구가 있었고, 세일즈맨으로서 차곡

차곡 쌓아가는 실적과 앞날이 기대되는 두 아들이 있었다. 그러나 불황의 그림자가 짙게 드리우면서 그의 자리는 흔들리기 시작했고, 제 앞가림조차 하지 못하는 두 아들은 실망과 분노만 안겨주었다. 늙고 지친 윌리는 아들들이 사회에서 뒤처지며 낙오자로 전락해가자 자신의 찬란했던 과거로 도피하기에 이른다.

비프는 고등학교 때까지만 해도 매우 촉망받는 미식축구 선수로 집안의 자랑이었다. 그런 그가 마지막 시험에서 F학점을 받게 되면서 대학 문턱에도 들어가지 못하고 만다. 이에 반해 윌리의 친구 찰리는 사업이 번창했고, 그의 아들 버나드는 변호사가 되어 성공가도를 달린다. 윌리는 찰리와 버나드만 보면 자신과 아들들 모습이 대비되어 기분이 좋지가 않다. 그는 이들 부자에게 자신과 두 아들이 매우 성공적으로 살고 있다고 허풍을 떤다.

사업 자금이 없어 고민하는 아들을 보며 윌리는 끝내 자동차를 몰고 나가 자살로 생을 마감한다. 아들들이 자신의 보험금으로 새로운 삶을 시작하기를 바라면서 자신의 목숨을 버린 것이다. 마지막까지 아들들에 대한 기대를 저버리지 않고 가장의 책임을 다하기 위해 몸부림쳤던 아버지를 향해 큰아들 비프는 1달러짜리 싸구려 인생이라고 비아냥거린다. 청춘을 다 바치며 평생을 일했던 회사로부터 버림받고, 자신의 꿈과 희망이었던 두 아들로부터 비웃음과 조롱을 당하면서 윌리는 점점 더 벼랑 끝으로 내몰린다.

윌리가 잘나가는 사업가였거나 돈 많은 부자였다면 어땠을까? 아들들의 말과 행동이 똑같았을까? 아마도 그렇지 않았을 것이다. 비프와 해피가 아버지에게 그렇게 대들고 반항하며 비웃지는 못했을 것이다. 아버지에게 조금이라도 더 잘 보이기 위해, 좀 더 많은 유산을 물려받아 부를 이어가기 위해 갖은 노력을 다했을 것이다. 아버지 삶은 백만 달러짜리 명품 인생이었다고 입에 침이 마르게 칭송했을지도 모른다. 작품 속에서 아버지를 상대로 의기투합했던 두 아들이 아버지 재산을 놓고 피 튀기는 형제의 난을 일으켰을지도 모른다.

돈은 정말 중요하다. 자본주의사회에서 모든 가치는 돈으로 환산된다. 돈이 그 어떤 덕목보다 우선하는 것은 결코 아니지만 실질적으로 돈 한 푼 없이 뭔가 이룰 수 있는 것은 그다지 많지가 않다. 우리는 돈이 없으면 단 하루도 살기 힘든 세상 가운데 놓여 있다. 부모에게 효도를 하는 것도, 자식에게 좋은 교육 환경을 제공해주는 것도, 가난하고 불쌍한 사람들을 돕는 것도 모두 돈이 없으면 하기 힘든 일이다. 때로는 백 마디 말보다 한 그릇의 고깃국이, 백 번 어깨를 주물러드리는 것보다 한 번의 돈 봉투가, 백 통의 편지보다 한 번의 다이아몬드 반지 선물이 더 사람을 감동시키고 마음을 움직이기도 한다.

돈을 빌리러 가는 것은 슬픔을 빌리러 가는 것이다

전 세계를 대상으로 사업과 투자의 원리를 가르치고 있는 로버트 기요사키에게는 두 명의 아버지가 있었다. 한 사람은 부자였고, 한 사람은 가난했다. 한 사람은 박사 학위까지 받은 지적인 분이었고, 한 사람은 초등학교도 졸업하지 못한 일자무식한 분이었다. 그가 두 아버지로부터 배운 가르침을 바탕으로 쓴 책이 바로 세계적인 베스트셀러 『부자 아빠 가난한 아빠』다. 그는 책 속에서 두 아버지를 비교하며 이런 이야기를 했다.

"부자가 된 아버지는 자신의 가족과 자선 단체 그리고 교회에 수천만 달러를 남겨주었다. 반면 다른 분은 자식들에게 지불해야 할 청구서를 남겨주었다. 가난한 아버지는 이렇게 말씀하셨다. '돈을 좋아하는 것은 모든 악의 근원이다.' 반면 부자 아버지는 이렇게 말씀하셨다. '돈이 부족하다는 것은 모든 악의 근원이다.' 두 분 아버지 모두 열심히 일했지만, 한 분의 아버지는 돈에 관한 한 머리가 잠을 자게 만들었고, 다른 아버지는 머리를 사용하기 시작했다. 그 결과 한 분의 아버지는 경제적으로 더 어려워졌고, 다른 아버지는 더 강해졌다. 한 분의 아버지는 이렇게 충고했다. '공부 열심히 해서 좋은 직장을 구해야 한다.' 다른 아버지는 이렇게 충고했다. '공부 열심히 해서 좋은 회사를 차려야 한다.' 한 분의 아버지는 이렇게 얘기했다. '나는 너희들 키우는 데 돈이 많이 들어 부자가 될 수 없단다.' 반면에 다른 아버지는 이렇게 얘기했다. '나는 너희들 때문에 부자가 되어야 한다.' 한 분의 아버지는 내가 이력서를 잘 만들어 좋은 직장을 얻도록 가르쳤다. 다른 아버지는 강력한 사업 및 재정 계획을 짜서 내 스스로 일자리를 만들도록 가르쳤다."

세상에는 두 종류의 아빠가 있다. 부자 아빠와 가난한 아빠다. 부자 아빠는 아이에게 많은 것을 해줄 수 있지만 가난한 아빠는 그럴 수가 없다. 로버트 기요사키는 가난한 아빠의 가르침을 버리고 부자 아빠의 가르침을 따라 살았기에 부자가 될 수 있었다. 부자가 되고 싶지 않은 아빠는 거의 없을 것이다. 정당한 방법으로 정당한 절차를 거쳐 돈을 많이 버는 것은 권장할 일이지 비난할 일이 아니다. 깨끗한 부자는 존경받아 마땅하다.

아서 밀러는 『세일즈맨의 죽음』에서 자본주의의 모순을 비판하고, 하루하루 땀 흘리며 살아가는 소시민의 애환을 통해 현대사회의 소외와 비극을 묘사하고 있지만, 한편으로는 부자 아빠와 가난한 아빠를 대비시킴으로써 이 시대 아빠들에게 많은 시사점을 던져주고 있다. 자본주의의 냉엄한 현실 속에서 살아가는 아빠라면 적어도 부자 아빠는 못 될망정 자식에게 빚을 물려주거나 가난을 유산으로 물려주는 아빠는 되지 말아야 할 것이다. 그렇다고 자식에게 많은 재산을 물려주는 게 좋다는 말은 아니다. 빚을 물려주는 것도, 재산을 물려주는 것도 모두 좋은 일이 아니다. 스스로 경제활동을 해서 돈을 벌되 돈의 노예가 되어 사는 게 아니라 돈을 다스리고 통제할 수 있는 성숙한 사람으로 키워야 한다는 말이다.

로버트 기요사키는 이런 말을 덧붙였다.

"돈은 일종의 힘이다. 하지만 더 힘이 센 것은 돈에 관한 지식이다. 돈은 있다가도 없지만, 돈에 관한 지식이 있으면 그것을 통제할 수 있고 재산을 모을 수 있다."

자식에게 이런 능력을 길러줄 수 있는 사람은 아빠뿐이다. 18세기 미국의 정치가였던 벤저민 프랭클린은 "돈의 가치를 알고자 하거든 가서 돈을 조금 빌려보라. 돈을 빌리러 가는 것은 슬픔을 빌리러 가는 것이다"라는 말을 남겼다. 내 자식을 슬픔을 빌리러 다니는 사람으로 만들고 싶은 사람은 없을 것이다. 사랑하는 자식에게 매일 고기를 잡아주는 아빠보다는, 조금 힘들더라도 자기 힘으로 고기를 잡는 방법을 가르쳐주는 아빠가 정말 좋은 아빠다.

윌리는 가장의 책임을 다하기 위해 최선의 노력을 기울였지만, 자식에게 돈을 다스리고 통제할 수 있는 능력은 심어주지 못했다. 제대로 된 자식 교육에 실패한 것이다. 그 결과 비프와 해피는 세상을 호락호락하게만 봤다. 자신들의 잘못을 인정하지 못하고 모든 책임을 아버지에게 떠넘겼다. 두 아들은 가난한 아빠가 될 것이 거의 확실해 보인다.

반면 윌리의 친구 찰리는 달랐다. 그는 부단한 노력으로 부자 아빠가 되었다. 아빠를 보고 배운 아들 버나드 또한 탄탄한 사회적 지위를 확보했다. 덕분에 그들은 친구를 진심으로 위로하고 도울 수 있었다. 윌리 가족에게 끝까지 남아 있던 이들은 찰리 가족뿐이었다. 주변 사람과 이웃까지 돌아보며 챙길 수 있는 넉넉함은 부자 아빠만이 가질 수 있는 미덕이다.

레퀴엠(requiem, 죽은 사람의 영혼을 위로하기 위한 미사 음악)에서 세일즈맨 남편을 떠나보내며 린다는 이렇게 절규한다.

"미안해요, 여보. 울 수가 없어요. 왜 그랬어요? 생각하고 또 생각해봐도 알 수가 없어요, 여보. 오늘 주택 할부금을 다 갚았어요. 오늘 말이에요. 그런데 이제 집에는 아무도 없어요. 이제 우리는 빚진 것도 없이 자유로운데. 자유롭다고요. 자유롭다고요. 자유……."

아빠와 아이가
나누어야 할
진짜 대화

내 아이가 학교에서
어떻게 생활하고 있는지
무관심한 아빠

-

이문열의 『우리들의 일그러진 영웅』

"못난 자식. 누구 일을 누구더러 해달라는 거야?
힘이 모자라면 돌도 있고 막대기도 있잖아?
그보다 공부부터 이겨놓고 봐. 그래도 아이들이 안 따르나……"

달콤하기 이를 데 없는 굴종의 열매

자유당 정권이 마지막 기승을 부리고 있던 해 3월, 서울의 명문 학교를 다니던 한병태는 작은 읍의 별 볼 일 없는 국민학교로 전학을 간다. 공무원인 아버지가 갑자기 시골로 좌천된 탓이다. 그는 갓 진급한 5학년 학생이다. 어머니 손에 이끌려 들어선 학교는 실망 그 자체다. 초라한 건물, 적은 학급 수, 후줄근한 선생님들…….

"한병태랬지? 이리 와봐."

엄석대와의 만남은 그렇게 시작된다. 나지막한 그의 목소리에는 또래 아이들에게서 찾아볼 수 없는 위엄과 권위, 뭔지 모를 힘 같은 게 실려 있다. 하지만 병태는 서울에서 자란 아이답게 영악하다. 처음부터 호락호락하게 보이면 안 된다는 걸 안다. 엄석대에 대한 다른 아이들의 절대적인 복종을 보자 야릇한 오기도 발동한다. 그는 엄석대의 부름을 거절하며 물어볼 게 있으면 네가 오라고 대답한다.

이것은 전쟁의 서곡이 된다. 병태가 그에게 가서 대령해야 되는 이유는 그가 급장 엄석대였기 때문이다. 그는 황제였다. 점심시간이면 아이들은 그의 책상에 찐 고구마와 달걀, 볶은 땅콩, 사과 같은 걸 가져다놓는다. 어떤 아이는 컵에 물을 떠서 공손히 갖다 바친다. 그가 판결을 내리면 아이들은 두말없이 따르고, 담임 선생님은 이를 공식적으로 추인해준다.

오직 한병태만이 이를 낯설게 여긴다. 그만이 외로운 섬인 것이다. 그는 이 새로운 환경과 질서에 그대로 편입되고 싶지 않다. 그것은 불합리하고 폭력적인 것이라고 생각한다.

엄석대에게 맞서기로 한 병태에게 가해진 박해는 불리는 의외로 크다. 아무도 병태와 놀아주지 않고, 저희끼리 떠들다가도 병태가 다가가면 입을 다물어버린다. 4월 중순에 치른 일제고사에서 엄석대는 전 학년 1등을 차지한다. 병태는 겨우 반에서 2등이다. 병태는 엄석대의 약점을 파헤치려 하지만 그가 통솔하는 학급의 교내 활동은 언제나 모범적이고 우수하다.

그러던 어느 날 병태는 윤병조라는 아이가 가져온 고급 라이터를 엄석대가 가로채는 걸 목격한다. 병태는 담임 선생님에게 이를 고발하면서 그동안 자신이 보고 들은 엄석대의 모든 잘못을 일러바친다. 담임 선생님은 교실에서 엄석대에게 라이터에 대해 묻지만 그때는 이미 그가 윤병조에게 빌려간 라이터를 돌려준 뒤다.

"엄석대가 너희들을 괴롭힌다는데 정말이야? 너희들 중 그런 일 당한 적 없어?"

아이들은 그런 일이 없다고 대답하고, 병태는 더욱 철저하게 소외당한다.

"못난 자식. 누구 일을 누구더러 해달라는 거야? 힘이 모자라면 돌도 있고 막대기도 있잖아? 그보다 공부부터 이겨놓고 봐. 그래도 아이들이 안 따르나······."

병태의 하소연에 대한 아버지의 무정하고 성의 없는 대답은 담임 선생님과 다르지 않다.

그즈음 장학관 순시를 앞두고 벌어진 대청소에서 석대의 검사를 통과하지 못한 병태는 혼자 교실에 남아 해가 질 때까지 유리창을 닦다가 펑펑 눈물을 쏟고 만다.

> 저항을 포기한 영혼, 미움을 잃어버린 정신에게서 괴로움이 짜낼 수 있는 것은 슬픔의 정조뿐이었다.
> 너무도 허망하게 끝난 싸움이고 또한 그만큼 어이없이 시작된 굴종이 었지만, 그 굴종의 열매는 달았다. 병태가 그의 질서 안으로 편입되자 석대의 은혜는 폭포처럼 쏟아졌다.

병태의 삶은 정상적으로 회복된다. 동무들도 되찾고, 곤두박질쳤던 성적도 올라간다.

그 무렵 병태는 엄석대가 간직해온 엄청난 비밀을 알게 된다. 바로 성적을 조작한 일이다. 시험 때마다 순번을 정해 과목별로 성적이 가장 좋은 아이가 자신의 답안지에 엄석대의 이름을 써서 제출했던 것이다. 그런 식으로 돌아가며 엄석대의 답안지를 대신 작성해준 결과 그는 언제나 전교 1등 자리를 차지할 수 있었던 것이다.

해가 바뀌어 6학년이 되면서 사범학교를 나온 지 얼마 되지 않은 젊은 선생님이 새로운 담임이 된다. 그는 석대가 공들여 쌓아 올린 왕국을 하나하나 허물어가기 시작한다.

3월 말 일제고사에서 엄석대가 평균 98점으로 전 학년 1등을 차지하자 그는 이를 믿을 수 없다며 엄석대를 앞으로 불러내 모진 매를 가한다. 담임 선생님의 추궁에 전능한 거인 같았던 엄석대는 볼품없이 초라한 모습으로 추락하며 나지막하게 입을 연다.

"잘못…… 했습니다."

담임 선생님이 엄석대의 잘못을 말해보라고 하자 눈치만 보던 아이들이 차례로 일어나 가슴 깊이 눌러왔던 응어리들을 봇물처럼 쏟아놓는다. 돌아가며 벌을 받은 아이들은 자치회의를 열어 급장과 부급장 등 학급을 이끌어갈 임원들을 민주적인 방식으로 선출한다.

"잘해봐, 이 새끼들아!"

처참하게 무너져버린 석대의 왕국 위에서 친구들이 새로운 질서를 만들어가고 있을 때 엄석대는 아이들을 향해 이렇게 소리치며 교실 뒷문을 열고 뛰어나갔다. 그 후 그는 영영 학교로 돌아오지 않는다. 영웅의 몰락은 이처럼 허무할 정도로 순식간에 이루어진다.

우리들의 일그러진 아빠

권력의 형성과 몰락, 이를 만들고 유지해가는 자와 그를 따르며 달콤한 열매에 취해 사는 자들과의 관계를 소년들로 구성된 한 학급이라는 공간을 통해 치밀하게 묘사한 소설이다. 아이들의 세계를 다룬 작품임에도 세대를 초월해 읽힐 수 있는 것은 사람들이 모인 곳엔 크든 작든 이와 비슷한 권력 관계가 존재하기 때문일 것이다.

나는 이 소설을 통해 우리들의 일그러진 아빠, 우리들의 일그러진 아이를 떠올렸다. 작품의 두 주인공인 한병태와 엄석대는 사실상 아버지와 담임 선생님이 만들어놓은 존재들이다. 한병태는 아버지의 이기심과 무관심으로 인해 합리와 자유의 길을 포기하고 부조리한 질서에 편입되어 달콤한 굴종의 열매를 탐하는 비굴한 존재로 전락해버렸고, 엄석대는 담임 선생님의 잘못된 판단과 비호 아래 무서운 독재자의 길을 걷게 된 것이다.

잘 다니던 서울의 명문 학교를 그만두고 초라하기 이를 데 없는 시골 학교로 전학을 간 한병태는 상실감과 소외감에 빠져든다. 학교나 아이들이나 선생님들이나 마음에 드는 구석이 한 군데도 없다. 게다가 엄석대라는 이상한 급장은 서울이라면 상상할 수도 없는 절대적인 권력을 휘두르며 복종을 강요한다. 이 모든 게 아버지 때문에 생겨난 결과다. 그는 고민을 거듭하다가 아버지에게 이를 털어놓는다. 이에 대한 아버지의 반응은 싸늘하다.

"거참 대단한 아이로구나. 벌써 그만하다면 나중에 인물이 돼도 큰 인물이 되겠다."

아버지는 아들이 새로 옮겨 간 학교에 어떻게 적응하고 있는지, 아이들과의 관계에 문제는 없는지, 담임 선생님은 어떤 사람인지 통 관심이 없다. 아들과 눈높이를 맞출 생각도 없다. 당연히 아들이 무슨 생각을 하고 있는지, 어떤 고민을 털어놓고 있는 건지 알지 못한다. 오히려 아들이 고민의 대상으로 지목한 엄석대에게 관심을 가지면서 참 대단한 아이라고 치켜세운다. 그는 권력에서 밀려난 자신의 처지만을 생각할 뿐이다.

아버지는 아들에게 권력에 대항할 게 아니라 권력을 쟁취해서 누리라고 가르친다.

"약해 빠진 놈. 너는 왜 언제나 걔를 뺀 나머지 아이들 가운데만 있으려고 해? 어째서 너 자신은 급장이 될 수 없다고 믿어? 만약 네가 급장이 되었다고 생각해봐. 그보다 더 멋진 급장 노릇이 어디 있겠어?"

심지어 엄마마저 병태를 꾸짖고 나선다.

"너는 애가 왜 그리 좀스럽고 샘이 많으니? 그리고 공부는 또 그게 뭐야? 도대체 너 왜 그래? 거기다가 엄마한테 거짓말까지 하고…… 오늘 네 담임 선생님 만나 두 시간이나 얘기했다. 엄석댄가 하는 걔도 만나 봤지. 순하면서도 아이답지 않고 속이 트인 애더구나. 공부도 전교에서 일 등이고……"

담임 선생님은 초지일관 엄석대의 편에 선다. 안정적인 질서를 자꾸 무시하거나 부정하면서 별 탈 없는 반 분위기를 깨뜨리려는 서울에서 온 아이가 귀찮고 성가실 뿐이다.

병태는 엄석대가 없는 곳에서 자기 이름을 밝히지 않고 그의 잘못을 적어내게 한다면 틀림없이 그의 비리가 줄줄이 쏟아져 나올 거라고 제안한다. 담임 선생님은 엄석대를 교무실로 보낸 다음 아이들에게 백지를 나눠주며 그의 잘못을 기탄없이 적어내라고 한다. 병태는 승리를 확신했지만 뭔가를 열심히 쓰고 있는 사람은 자기 혼자뿐이다. 수업이 끝난 뒤 병태는 또다시 교무실로 불려간다. 담임 선생님은 그에게 무기명 백지 고발장을 내민다. 절반은 백지, 나머지 절반 중에 가장 많은 것은 병태 자신의 잘못을 적은 것들이다.

"육십 명 중 네 편은 단 하나도 없었어. 네가 꼭 석대를 급장 자리에서 쫓아내고 우리 반을 서울에서 네가 있던 반처럼 만들고 싶었다면 먼저 그 아이들을 네 편으로 만들었어야지. …… 설령 네가 옳더라도 나는 반 아이들 모두의 지지를 받고 있는 석대를 지지할 수밖에 없다. 나는 어쨌든 아이들을 그렇게 만든 석대의 힘을 존중하지 않을 수 없어. 지금껏 흐트러짐 없이 잘돼나가던 우리 반을 막연한 기대만으로는 흩어버릴 수 없기 때문이지."

한병태는 사면초가에 빠진다. 그는 마침내 모든 저항을 포기하고 굴종의 길을 택한다.

일방적인 훈계로는 결코 아이의 고민을 해결할 수 없다

이 소설의 시대적 배경은 자유당 말기다. 1959년부터 1960년 사이에 벌어진 일이다. 한병태가 지금까지 살아 있다면 66세의 노인이다. 엄석대는 70세에 가까울 것이다. 그 당시 아이들은 참을성이 많았다. 배고픔과 궁핍을 참을 줄 알아야만 살아갈 수 있던 시대였다. 아버지의 무심함과 담임 선생님의 편애 그리고 엄석대의 폭력과 친구들로부터 당하는 소외감에도 불구하고 한병태는 비뚤어지지 않고 잘 자라주었다. 엄석대 역시 부모에게서 버려져 힘겹게 살아가면서 어렵사리 구축해놓은 자신의 왕국이 하루아침에 무너져내리고, 믿었던 아이들로부터 처참한 배신을 당했음에도 불구하고 자기만의 삶의 끈을 놓지 않았다.

요즘 아이들이었다면 어땠을까? 아마 일부는 가출을 하거나 비행 청소년, 나아가 자살의 길을 택했을지도 모른다. 지금 우리 아이들은 대체로 참을성이 없기 때문이다. 배고픔과 궁핍을 모르고 어려움을 견뎌낼 줄 모른다. 오래 고민하고 길게 내다볼 줄도 모른다. 생각하고 판단하고 행동하는 게 즉흥적인 경우가 많다. 이런 아이들에게 병태의 아버지나 석대의 담임 선생님처럼 했다가는 무슨 일을 당할지 모를 일이다.

훗날 한병태는 괜찮은 중학교에 들어가 치열한 입시 경쟁 끝에 일류 대학을 거쳐 대기업에 입사한다. 그러다 회사를 그만두고 세일즈맨이 되었다가 사업에 실패한 다음 실업자 신세로 전락한다. 그때쯤 그는 갑자기 낯선 곳으로 전학 온 느낌이 들면서 엄석대라는 이름 석 자를 떠올린다. 남편이 되고 아빠가 되었지만 그는 여전히 엄석대의 졸병으로 그의 왕국에 편입되어 부스러기나 주워 먹으면서 작은 달콤함에 기생해 살아가고 있었던 것이다.

엄석대 또한 친구들의 이런저런 억측에도 불구하고 병태가 목격한 대로 범죄를 저지르며 입에 풀칠하는 일에 목을 매는 초라한 불한당의 삶을 이어가고 있었다.

"그래? 정말 고민스럽고 걱정이 많이 되겠구나. 네가 생각하기에 이 문제를 어떻게 해결했으면 좋겠니? 아빠도 함께 생각해볼게. 우리 둘이 충분히 이야기한 다음에 담임 선생님을 뵙고 어떻게 했으면 좋겠는지 진지하게 대화를 나눠보도록 하자. 병태야, 전학 간 학교에서 새로운 환경에 적응하느라 힘들겠지만 조금만 참고 방법을 찾아보자. 알았지?"

"석대야, 급장은 벼슬도 권력도 아니란다. 투표에 의해 아이들에게 우리 반을 위해 봉사해달라는 부탁을 받은 거야. 그만큼 많은 책임과 의무를 져야 하는 자리지. 명령하고 지시하는 게 아니라 설득하고 공감을 얻도록 노력해야 돼. 너는 다른 아이들보다 나이도 많고 힘도 세니까 더 겸손하게 모범을 보이도록 애써야 한다는 말이야. 잘할 수 있겠지?"

아버지가 병태의 호소에 진지하게 귀를 기울였더라면, 아들의 고민을 듣고 마음을 열었더라면, 눈을 맞추고 아이가 무슨 생각을 하는지에 집중했더라면 한병태는 좀 더 정의롭고 합리적이며 당당한 어른으로 자라났을지 모른다. 엄석대 역시 담임 선생님이 다른 아이들의 입장에 서서 생각해보고, 석대의 미래를 진지하게 고민해보며, 운영의 편리함보다는 합리적 사고방식을 더 소중히 여겼더라면 보다 인격적이고 성숙한 사람으로 성장했을지 모른다.

아빠들은 대개 아이와의 대화에 익숙하지 못하다. 아이 말을 듣는 즉시, 또는 말을 도중에 끊고 자기 상식과 기준으로만 결론 내리거나 해법을 제시하려고 한다. 그런 일방적인 훈계는 대화가 아니다. 그리고 그런 훈계로는 결코 아이의 고민을 해결할 수가 없다.

아이가 아빠에게 걱정거리를 털어놓거나 뭔가 하소연을 할 때, 이때가 바로 아빠와 아이가 가까워질 수 있는 절호의 기회다. 좋은 아빠는 오로지 제 입장에서 가르치고 타이르고 야단치고 강요하지 않는다. 아이와 눈을 맞춘 후 충분히 들어준 다음 아이 편에 서서 생각하고 공감하면서 이야기를 나눈다. 그리고 이것이 아빠와 아이가 나누어야 할 진짜 대화다.

딸 바보 아닌
아빠가
어디 있으랴

사람들이 악당이라 부르는
세상에서 가장 나쁜 아빠 이야기

-

전만배, 이세영 감독의 〈나는 아빠다〉

"왜 그렇게 살아? 필요하면 뺏어. 열받으면 쥐패고.
좆같으면 죽여버리고. 나 그렇게 살았어.
그래서 내 딸 지켰어. 그게 아빠야. 그게 아빠라고."

범인들과 격투를 벌이면서도 은행에 대출 상담 전화를 거는 형사 한종식. 돈을 위해서라면 악마와도 손을 잡는 악질 중의 악질인 그는 아빠다.

싸구려 마술로 먹고사는 남자 나상만. 학교에서 딸 예슬이 보는 앞에서 마술을 펼치고 나오다가 경찰관들에게 체포를 당한 그도 아빠다.

조동철 살해 사건 혐의자로 나상만을 잡아 가둔 건 한 형사였다. 그는 국내 최대의 장기 매매 조직 두목인 황만배에게 돈을 받고 그들이 죽인 조동철의 살인자로 만만한 나상만을 지목했던 것이다. 하지만 나상만이 조동철을 만나러 갔을 때 그는 이미 칼에 찔린 상태였다.

나상만의 아내는 남편의 누명을 벗기기 위해 동분서주하지만 소용이 없다. 예슬의 친구들은 집 담벼락에 살인자네 집이라며 온갖 험악한 욕설을 써놓기도 한다.

한 형사의 딸 민지는 심장병 환자로 오랫동안 병원에 입원해 있다. 장기이식 코디네이터로 일하는 장수경이라는 여자가 정성껏 민지를 돌보지만 상태는 나아지지 않는다.

　나상만이 교도소에서 열심히 기술을 익히고, 그의 아내와 예슬이 힘겹게 살아가고 있는 동안 한 형사는 도박판을 덮쳐 돈을 챙기는 불량 형사의 길을 꿋꿋하게 걸어간다. 이 무렵 김 형사는 조동철 살해 현장에서 사건 기록이 담긴 CCTV 녹화 필름을 찾아낸다. 진급도 못 한 채 늙어가는 김 형사는 오랜 직감으로 나상만이 범인이 아니라는 확신을 갖는다. 그 필름에는 이미 범인이 조동철을 찌르고 달아난 뒤 나상만이 들어오는 장면이 담겨 있다. 결국 무죄가 입증된 나상만은 2년 동안의 무고한 옥살이가 끝에 출감한다.

　나상만이 다시 찾은 집은 폐허로 변해 있다. 예슬은 아빠가 쓰던 마술 모자를 아이들이 가지고 놀다가 높은 나뭇가지 위에 던져버리자 이를 빼내려다 사고를 당해 세상을 떠난 뒤고, 그의 아내는 딸이 죽은 후 자살을 시도했다가 뇌사 상태에 빠져 식물인간으로 병원에 누워 있다.

　병실을 찾은 나상만은 아내의 손을 잡고 오열한다. 그는 한 형사에게 복수할 결심을 하고 여러 차례 시도하지만 번번이 실패하고 만다.

　아내 곁을 지키고 있던 나상만에게 장수경 코디네이터가 다가와 말을 건넨다.

　"당장 심장 이식을 받지 않으면 안 될 어린아이가 한 명 있습니다."

　그러나 나상만은 그녀의 제안을 단호하게 거부한다.

　몰래 장수경을 따라 병실에 들어간 한 형사는 딸에게 장기이식을

받게 할 환자가 바로 뇌사 상태에 빠진 나상만의 아내라는 사실을
알게 된다.

어느 날 민지가 위독하다는 소식을 듣고 병원으로 달려간 한 형
사는 장수경으로부터 일주일 안에 심장 이식 수술을 받지 못하면
죽을지도 모른다는 말을 듣는다. 초조해진 한 형사는 황만배에게
달려가 어린아이 심장 하나만 구해달라고 애걸한다.

한 형사는 그 대가로 조동철을 찌른 베트남인을 처리해주기로 하
고, 대신 황만배에게 나상만을 없애달라고 부탁한다. 한 형사의 딸
이라는 사실을 모른 채 민지를 찾아간 나상만은 자신의 딸을 생각
하며 애처로운 마음에 장기 기증 동의서에 서명을 한다.

한 형사는 자신의 비리를 덮고 딸을 살리기 위해 베트남인을 찾
아내 죽이려 하지만 그를 추적하던 김 형사와 마주치게 되고, 실랑
이를 벌이다가 권총으로 김 형사를 쏘고 만다.

이때 나상만이 장기 기증 동의서에 사인을 해서 자신의 딸이 심
장이식 수술을 받게 되었다는 소식을 접한 한 형사는 부랴부랴 황
만배를 찾아가 나상만을 구해낸다.

"동의서 고맙다."

한 형사가 나상만에게 저지른 숱한 만행에 대한 사과 겸 인사는
이 한마디가 전부다. 나상만이 한 형사의 얼굴에 주먹을 날리고 권
총을 겨누지만 한 형사를 당해낼 수는 없다.

"왜 그렇게 살아? 필요하면 뺏어. 열받으면 줘패고. 좆같으면 죽
여버리고. 나 그렇게 살았어. 그래서 내 딸 지켰어. 그게 아빠야. 그
게 아빠라고."

황만배의 보복으로 사고를 당한 한 형사는 심장이식 수술을 받고 살아난 딸을 만나기 위해 몰래 병원에 잠입한다. 그러나 나상만이 의료진으로 위장해 한 형사의 딸을 빼내 간 뒤다.

병원 옥상에서 민지와 나상만이 경찰과 대치를 벌인다. 나상만은 아이의 심장 박동 소리를 들으며 세상을 떠난 딸과 아내를 생각한다. 그는 보라색 깃발을 꺼내 흔들며 눈을 만들어 날리고, 노란 종이비행기를 하늘 가득 띄워 올린다. 민지가 눈을 떠 환한 미소를 짓는다.

이 순간 맞은편 건물 옥상에서 이를 지켜보며 안도하던 한 형사는 자신이 끄나풀로 이용하고 버렸던 건달의 칼에 맞아 비참한 최후를 맞는다.

"나는 막 잠에서 깨어난 어린애를 두고 먼 길을 떠나는, 세상에서 제일 나쁜 아빠다."

내 자식을 위해서라면 어떤 일도 마다하지 않는 부모

나는 폭력 영화를 싫어한다. 공포 영화도 잘 보지 않는다. 내가 본 영화 중 가장 무섭고 잔인했던 영화는 어릴 적 극장에 몰래 숨어들어 봤던 〈월하의 공동묘지〉였던 것으로 기억된다. 영화나 소설 같은 예술 장르는 관객이나 독자들로 하여금 내면에 잠재된 아름다운 심성을 회복시키고 선에 대한 동경을 불러일으켜야 한다는 고전적 미학을 가지고 있기 때문이다. 그런 의미에서 봤을 때 이 영화는 그다지 추천할 만한 영화가 아니다. 도처에 폭력이 난무하면서 엉성한 이야기로 짜 맞춰져 있는 까닭이다. 그래선지 영화 평 역시 좋지 않았다.

하지만 나는 이 영화를 통해 우리 사회가 가진 근원적이고 치명적인 문제 하나를 발견했다. 그것은 내 자식의 출세를 위해서라면, 내 자식의 건강을 위해서라면, 내 자식의 성공을 위해서라면 어떤 일도 마다하지 않는 게 최고의 부모이며, 그것이 바로 선이라고 믿는 잘못된 가치관이 우리 사회를 지배하고 있다는 사실이다. 거꾸로 하자면 내 자식의 출세를 위해, 내 자식의 건강을 위해, 내 자식의 성공을 위해, 별달리 할 게 없거나 아무것도 할 수 없는 부모는 부모도 아니며 그게 바로 악이라는 말이다.

이 영화에는 두 명의 아빠가 등장한다.

한 아빠는 형사다. 힘 좀 쓰는 사람이다. 그는 자신이 가진 힘을 최대한 이용해 남을 괴롭히고 돈을 갈취한다. 악의 축이다. 쓰레기 같은 인생이다. 그로 인해 수많은 사람과 가정이 풍비박산이 난다. 그러나 그는 한 아이의 아빠이고, 죽어가는 딸에게 생명의 동아줄 같은 존재다. 딸 앞에서 그는 한없이 나약한 한 사람의 아빠일 뿐이다. 그가 저지르는 모든 악행은 딸을 살리기 위한 것이다. 자신의 딸을 살리기 위해 수많은 남의 자식들 눈에 피눈물을 흘리게 하는 사람, 그가 과연 좋은 아빠일까?

또 한 명의 아빠는 마술사다. 값싼 마술에 신기해하는 아이들 앞에서 그는 영웅처럼 멋져 보이지만 실상은 아무런 힘도 없는 무능한 아빠다. 마술이 끝난 뒤 그에게 남아 있는 건 고단함과 가난뿐이다. 그는 힘이 없기에 자신의 아내도 딸도 지켜내지 못한다. 무력하게 이리저리 휘둘리며 치이는 동안 분노와 억울함만 켜켜이 쌓여간다. 자신의 가정을 산산조각 낸 원수가 눈앞에 있는데도 복수조차 하지 못한다. 감방을 나와 한 일이라고는 죽어가는 아내의 심장을 원수의 딸 몸에 이식하는 데 동의하는 것이 전부다. 그는 정말 나쁜 아빠일까?

영화를 보면 누구나 한 형사를 욕할 것이다. 나쁜 놈이라고 침을 뱉을 것이다. 그러나 가슴에 손을 얹고 한번 자문해볼 일이다. 나는 그를 욕할 자격이 있는가? 내가 지금까지 한 형사처럼 살아오지는 않았을까? 겉으로는 그를 욕하면서도 속으로는 무능하고 무력하기 짝이 없는 나상만을 향해 한심한 인간이라고 손가락질하고 있지는 않은가?

"왜 그렇게 살아? 필요하면 뺏어. 열받으면 줘패고. 좆같으면 죽여버리고. 나 그렇게 살았어. 그래서 내 딸 지켰어. 그게 아빠야. 그게 아빠라고."

나상만을 향해 한 형사는 이렇게 말하며 비웃는다. 당장은 이 말에 동의하지 않더라도 수없이 곱씹어보면 현실적으로 고개가 끄떡여지는 말이 아닌가? 이렇게 강한 아빠, 치열하게 사는 아빠라야 자기 가정을 유지하고, 자식을 지키며, 가장 역할을 제대로 해낼 수 있지 않을까? 이쯤에서 다시 한 번 고개가 끄떡여진다면, 이는 우리 사회에 만연된 가치 부재와 도덕 불감증의 치명적인 병에 심각하게 오염되어 있다는 증거다.

어떤 전제 조건 없이 선택의 기회가 주어졌다고 가정해보자. 다음 두 아빠 중에 내 아빠가 되었으면 하는 사람은 누구인가? 첫째는 조금 부도덕하고 비양심적이며 몰염치하더라도 높은 자리를 차고 앉아 힘깨나 쓰는 아빠, 둘째는 도덕적이고 양심적이며 예의 바르고 청렴결백하지만 가난하고 무능한 아빠. 남의 아빠를 내가 골라준다면 두 번째 아빠를 많이 선택할 것이다. 하나 자신의 아빠를 선택하는 경우라면 당연히 첫 번째 경우가 많을 것이다. 지탄은 아빠가 다 받고 혜택은 자식인 자신이 고스란히 받을 테니 말이다.

그렇다면 질문을 한번 바꿔보자. 다음 두 아빠 중에 내가 되고 싶은 사람은 누구인가? 첫째는 조금 부도덕하고 비양심적이며 몰염치하더라도 높은 자리를 차고앉아 힘깨나 쓰는 아빠, 둘째는 도덕적이고 양심적이며 예의 바르고 청렴결백하지만 가난하고 무능한 아빠. 이 경우 조금 고민은 되겠지만 역시 첫 번째 아빠가 되기를 원하는 사람이 더 많을 것이다. 도덕적 비난보다는 현실적 삶의 무게가 훨씬 더 버거워 보이기 때문이다. 내가 조금 지탄을 받더라도 자식들에게 능력 있는 아빠로 살아가고 싶은 욕망이 앞서는 까닭이다.

하지만 한 번 더 심각하게 생각해보자. 한 형사의 말로가 행복했을까? 그의 온갖 노력으로 삶을 되찾은 딸이 아빠를 보고 기뻐했을까? 그가 딸 앞에 자신 있고 당당하게 나설 수 있었을까? 아마도 그러기 힘들었을 것이다. 민지는 자신의 건강한 몸을 부끄러워하며 평생 멍에를 지는 참담한 심정으로 살아가야 할 것이다. 한 형사가 원한 딸의 인생, 딸의 행복이 이런 것이었을까? 아닐 것이다. 그랬기에 그는 마지막 순간 이렇게 고백했다.

"나는 세상에서 제일 나쁜 아빠다."

내 자식이 귀하면 남의 자식도 귀한 법이다. 내 자식이 눈에 넣어도 아깝지 않을 만큼 사랑스럽다면 다른 집 아이들도 각자의 가정에서 그런 대접을 받으며 자라는 자식들이다. 아빠의 직업이 뭐든, 가정 형편이 어떠하든, 아이의 행색이 어떻든지 간에 모든 아이들은 내 자식만큼이나 소중한 자식들이라는 마음으로 살아간다면 우리 사회의 병리 현상들이 조금은 치유될 수 있을 것이다. 좋은 아빠가 되는 출발점은 여기부터라고 생각한다.

옆집 아이는 굶고 있는데 내 자식은 배가 터지도록 먹고도 모자라 남은 음식을 하찮게 버려도 말 한마디 안 하는 아빠, 남의 자식들이야 어떻게 되든 말든 내 자식만은 수단 방법 가리지 않고 고액 과외에 비밀 교습까지 시켜 일류 대학을 보내려고 악을 쓰는 아빠, 아이들끼리 싸우면 잘잘못을 가리고 사리분별에 맞게 타이를 것은 타이르고 사과할 것은 사과하도록 해야 함에도 불구하고 무조건 내 자식 편만 들면서 주먹이 먼저 올라가는 아빠, 다른 집 아들들은 다 군대에 가서 병역의 의무를 다하고 있는데 내 아들만큼은 어떻게든 군대에 보내지 않거나 좀 더 편하고 복무 기간이 짧은 곳에 보내려고 갖은 편법을 다 동원하는 아빠, 이런 아빠를 보고 자란 아이들이 어른이 되면 우리 사회가 어떻게 되겠는가?

'역지사지'라는 말이 있다. 상대방의 처지나 입장에서 먼저 생각해보고 이해하라는 뜻으로, 『맹자』에서 유래된 말이다. 세상 모든 아빠들이 이런 마음으로 아이들을 대한다면 세상은 지금보다 훨씬 더 아름답게 바뀔 것이다.

아빠 나상만을 한번 생각해보자. 그는 원통함과 억울함으로 가득한 삶을 살았다. 죄도 없이 교도소에서 2년을 보냈으며, 그로 인해 딸은 비참하게 세상을 등져야만 했다. 사랑하는 아내는 식물인간이 되었다. 그도 모자라 아내의 심장을 원수 같은 한 형사의 딸에게 이식시켜주었다. 한 형사에게는 매번 얻어맞기만 한다. 참 보잘것없고 나약한 아빠다.

그런데 마지막 장면에서 가장 행복한 사람은 바로 그다. 그는 환하게 웃으며 하늘을 향해 두 팔을 활짝 벌린다. 사랑하는 딸과 아내 앞에서 보여주려 했던 이 세상 가장 큰 무대에서 펼쳐지는 하나밖에 없는 멋진 마술쇼를 되살아난 민지 앞에서 선보인 것이다. 민지의 심장은 세상에 하나밖에 없는 아내의 심장이다. 그 심장 박동과 함께 피어난 민지 얼굴의 환한 미소는 생전에 예슬이 보여준 세상에 하나밖에 없는 미소다. 그 생명의 소리 앞에서 나상만은 행복한 얼굴로 세상에 하나밖에 없는 공연을 펼친 것이다.

한 형사의 말은 이렇게 수정되어야 한다.

"왜 그렇게 사냐고? 정직하게 땀 흘려 일하고, 화나는 일이 있어도 참고, 내 딸이 귀한 만큼 다른 집 아이들도 사랑해가며 그렇게 살았어. 그게 아빠야. 그게 바로 아빠라고."

哀

때로는
아빠도
눈물을 흘린다

자녀들이
닳고 싶어 하는
아빠

백성과 자식을
한가슴에 품어 안았던
이순신 장군

-

김훈의 『칼의 노래』

"가거라, 죽었으면 가거라. 목숨은 물리지 못한다.
칼 또한 그러하다. 다시는 내 꿈에 얼씬거리지 말아라."

내 시체를 이 쓰레기의 바다에 던지라

이순신은 정유년 4월 초하룻날 서울 의금부에서 풀려난다. 그가 받은 문초의 내용은 무의미했다. 이순신은 장독으로 쑤시는 허리를 시골 아전들의 행랑방 구들에 지져가며 남쪽으로 내려와 한 달 만에 순천 권율 도원수부에 당도한다. 백의종군의 시작이다.

정유년 여름, 삼도 수군 연합 함대는 거제도 북쪽 칠천량 앞바다에서 전멸된다. 이순신이 원균에게 인계한 병력과 장비는 한산 통제영에서 3년 반 동안 확보한 군비의 전체였으며, 조선 수군 총군비의 8할이 넘는 것이었다. 그 8할이 칠천량 앞바다에 수장된다.

구례에 도착하던 밤에 혼자서 술을 마셨다. 허리가 걸리면서, 비가 내렸다. 두 달 전에 세상을 떠난 어머니가 떠올랐다. 그때 나는 백의종군 길에 고향 마을인 아산 근처를 지나고 있었다. 나는 어머니의 초상을 치를 수 없었다. 그날 나는 하루 종일 혼자 앉아 있었다.

선전관 양호가 숙사로 찾아왔다. 그는 임금의 교서를 펼쳐서 큰 소리로 읽었다. 나를 다시 전라 좌수사 겸 삼도수군통제사로 임명한다는

소리였다. 이것이, 조정을 능멸하고 임금을 기만한 죄인에게 임금이
할 수 있는 소리인가. 나는 임금이 가여웠고, 임금이 무서웠다.

우수영에서 그의 군사는 120명이었고 전선은 열두 척이다. 그것
이 그가 그 위에 입각해야 할 사실이다. 그것은 많거나 적은 것이
아니고 다만 사실일 뿐이다.

새벽, 쌀밥과 소금에 절인 배추와 쇠기름 뜬 뭇국으로 군사들을
먹인다. 연안 읍진들의 군량은 바닥이 났고 백성이 없는 내륙 관아
에서 군량은 오지 않는다. 밥이 모자라 그릇마다 수북이 담아주지
못한다. 밥주걱을 쥔 배식 군관들의 팔이 떨린다.

적들은 맹렬한 기세로 명량 동쪽 어귀에 들어선다. 이순신의 함
대는 일자진을 펴고 버틴다. 마침내 울돌목의 물이 운다. 불화살과
포환이 날아가고, 적의 총탄이 무더기로 날아든다. 적들은 뒤엉켜
서 부서지면서 밀린다. 불타는 적선들이 어두워오는 수평선 쪽으로
밀려간다.

깨어진 적선에 올라가 쌀을 빼앗았다. 모두가 적들에게 빼앗긴 연안
백성들의 쌀이었다. 내가 적을 죽이면 적은 백성을 죽였고, 적이 나를
죽인다면 백성들은 더욱 죽어나갈 것이었는데, 그 백성들의 쌀을 뺏고
빼앗아 적과 내가 나누어 먹고 있었다.

그로부터 약 한 달 뒤 이순신의 셋째 아들 면은 적의 칼에 죽는다.
고향 아산에서 면은 어깨로 적의 칼을 받는다. 죽을 때, 면은 스물

한 살이다. 혼인도 하지 않았다. 이순신이 보기에도 면은 자신을 닮았다. 눈썹이 짙고 머리숱이 많고 이마가 넓다. 사물을 아래서부터 위로 훑어 올리며 빨아 당기듯이 들여다보는 눈매 또한 닮아 있다.

고하도로 수군 진영을 옮긴 뒤 죽은 면이 꿈에 나타나는 밤이 계속된다. 꿈에서 깨어나는 새벽에 식은땀이 전신을 적신다. 등판이 구들장에 들러붙어 떨어지지 않는다. 매일 밤 똑같은 꿈이다. 면이 말을 했는데, 잘린 어깨의 단면에서 목소리가 나온다.

"아버님, 죽을 때 무서웠습니다. 칼을 찾아주십시오."

"가거라, 죽었으면 가거라. 목숨은 물리지 못한다. 칼 또한 그러하다. 다시는 내 꿈에 얼씬거리지 말아라."

그해 겨울, 헤아릴 수 없이 많은 격군과 사부들이 병들어 죽고 굶어 죽는다. 이순신은 굶어 죽지 않는다. 그는 흔히 숙사 방 안에서 안위, 송여종, 김수철과 겸상으로 밥을 먹는다. 부엌을 맡은 종이 보리밥에 짠지, 된장국을 내온다. 그들은 거의 말없이 먹는다.

무술년 초, 전쟁을 일으킨 원흉 도요토미 히데요시가 죽는다. 적들은 전쟁을 포기하고 일본으로의 귀환을 서두르고, 명군은 전쟁만 끝내면 됐기에 이를 묵인하고 있다. 이순신은 이런 방식으로 전쟁이 끝나는, 이 세상의 손댈 수 없는 무내용을 감당할 수가 없다.

순천 기지의 적들이 발진 준비를 개시한다. 순천의 적은 북쪽에 있고 남해도의 적은 남쪽에 있다. 이순신은 노량 바다로 가기로 한다. 노량의 바다는 사납다. 남쪽 수평선 위에 붉은 깃발들이 무수히 나타난다. 이순신은 대장선 갑판에 무릎을 꿇고 빈다.

"이제 죽기를 원하나이다. 하오나 이 원수를 갚게 하소서."

불화살을 올린다. 위태로운 근접전이다. 포위망을 조이면서 적에게 다가간다. 적선 백여 척이 관음포 안 내항으로 달아난다. 이순신은 중군을 몰아 관음포로 향한다. 갑자기 왼쪽 가슴이 무겁다. 그는 장대 바닥에 쓰러진다. 고통은 오래전부터 자신의 몸속에서 살아왔던 것처럼 전신에 퍼져나간다. 이순신은 졸음처럼 서서히, 그러나 확실히 다가오는 죽음을 느낀다.

"지금 싸움이 한창이다. 너는 내 죽었다는 말을 내지 말라."

아버지의 칼과 어머니의 칼

이순신. 설명이나 수식이 필요 없는 민족사의 영웅이다. 그가 없었더라면 4백여 년 전 우리 민족은 역사에 종말을 고했을 것이며, 한반도는 적들에 유린되어 일본의 영토로 편입되거나 북쪽은 명군이, 남쪽은 왜군이 지배하는 속국으로 전락했을 것이다. 23전 23승이라는 불멸의 전과가 아니더라도 그의 위대성과 탁월함은 도처의 기록을 통해 차고 넘칠 정도다.

그러나 그는 성웅이나 위인이기 이전에 나약한 인간이었고, 어머니를 염려하는 아들이었고, 아내를 그리워하는 남편이었고, 자식 걱정에 밤잠을 설치는 아버지였다. 모진 고문 앞에서 육신이 무너져 내렸고, 안에 있는 적과 밖에 있는 적의 교활한 살기에 치를 떨었고, 굶주린 배를 움켜쥐고 죽어가는 백성을 보며 통곡했던 보통의 몸과 마음을 가진 사람이었다.

임진왜란 개시 이후 조선 땅은 무정부 상태였다. 임금은 전쟁이 시작된 지 17일 만에 도성을 버리고 피난길에 올랐고, 조정은 난리를 수습할 능력을 상실한 채 동인과 서인으로 갈려 당파의 이익을 따지기 급급했으며, 병영은 적들의 창검으로부터 백성들을 보호해 줄 역량이 없었다. 제도와 기강은 흔적 없이 무너졌고, 윤리와 양심은 간데없이 증발되었다.

이순신뿐이었다. 조선의 모든 희망이 그의 두 어깨에 집중되었다. 그는 버거웠다. 하지만 그는 십자가를 회피하지 않았다. 그에게는 적이 둘이었다. 하나는 임금과 조정이었고, 다른 하나는 왜군과 명군이었다. 그는 늘 그 막강한 두 개의 적을 맞아 싸워야 했다.

그에게 주어진 사명 역시 두 가지였다. 적을 맞아 싸워 이겨 사직을 지켜내는 것과 질병과 굶주림에 무방비로 노출된 불쌍한 백성들을 돌보고 먹여 살리는 것이었다. 전자의 사명이 장군의 것, 아버지의 것이라면 후자의 사명은 인간의 것, 어머니의 것이었다. 『칼의 노래』에는 두 개의 칼이 있다. 죽이는 칼과 살리는 칼, 아버지의 칼과 어머니의 칼이다.

배와 무기를 만들고, 군사를 모아 훈련시키고, 적들을 맞아 싸우느라 여념이 없는 와중에도 그는 백성들을 먹이는 일에 소홀하지 않았다. 둔전을 만들어 백성들에게 농사를 짓게 하고, 전투가 없는 날에는 군사들에게 물고기를 잡게 해 주린 배를 채워주었다. 백성들에게 가장 안전한 곳, 그나마 허기진 배를 채울 수 있는 곳은 이순신의 수영뿐이었다. 조선 팔도에서 수많은 피난민들이 목숨을 걸고 그의 통제영으로 몰려든 것은 당연한 일이었다.

"여름에 담근 된장은 2백 독이 넘었다. 된장은 겨울을 넘겨야 익게 될 모양이었다. 나는 된장이 익는 봄을 기약할 수 없었다. 발진하기 전날 밤, 백성들을 영내로 불러들여 된장을 나눠주었다. 백성들은 지게를 지고 와서 된장을 한 독씩 지고 갔다. 덜 익은 무짠지와 오이장아찌도 한 독씩 파내서 백성들에게 나누어주었다. 밤중에 수영 창고 마당에 횃불을 올리고 된장 배급 작업을 지휘하면서 내 종사관 김수철은 눈물을 흘렸다. 군관들도 울었고 백성들도 울었다."

그는 임금의 손에 죽을 수 없었다. 장렬하게 싸우다 죽기를 바랐다. 자연사하는 게 원이었다. 본국으로 귀환하려는 적들과의 마지막 결전을 앞두고 그는 백성들을 불러 모아 수영 내에 담가두었던 먹을거리를 나눠준다. 죽음을 예감한 그만의 최후의 만찬이었던 셈이다.

그는 고난과 시련으로 얼룩진 형벌 같은 삶을 이어왔지만 그 모든 걸 능히 견딜 수 있게 해준 힘은 사랑이었다. 조국과 백성들을 향한 사랑, 가족과 자식들을 향한 사랑이 그것이다. 그는 자그마한 자신의 몸 안에 이 피 끓는 두 개의 사랑을 끌어안고 살았다. 연민이나 애증이라고 해도 좋았다. 그 처연한 사랑이 아니었다면 그는 버텨낼 수 없었을 것이다.

아들의 죽음 앞에서 침묵으로 통곡했던 아버지

이순신에게는 처인 방씨와 두 첩에게서 낳은 아들 다섯과 딸 둘이 있었다. 방씨 소생인 장남 이회는 나중에 현감을 지냈고, 둘째 아들인 이열은 찰방을 지냈고, 모두 종6품 외관직의 벼슬이었다. 셋째 아들 이면은 정유재란 때 전사했다. 서자인 이훈은 무과 급제자로 이괄의 난 때 전사했으며, 역시 서자인 이신도 무과 급제자로 정묘호란 때 전사했다.

군관이 된 후 이순신은 임지를 떠돌며 살았다. 고향 집을 자주 찾을 수 없었을 것이다. 그럼에도 불구하고 그와 자식들의 관계는 퍽 애틋했던 것으로 보인다. 수시로 서신을 보내고 집에 들를 때마다 정겨운 시간을 보낸 탓일 게다. 그의 아들들은 가끔씩밖에 볼 수 없는 아버지를 유심히 관찰했을 것으로 짐작된다. 가장 노릇을 범부처럼 하지는 못했지만 강직하고 정의로우며 공과 사를 분명히 하고 나라와 백성들에 대한 애정이 차고 넘치는 아버지를 닮고 싶었을 것이다. 무인으로서 흐트러짐이 없는 아버지를 존경했을 것이다. 그랬기에 셋이나 무관으로서 조국을 위해 장렬히 전사하는 길을 택했을 것이다.

그는 자식들 중에서도 특히 셋째 아들 면을 가장 마음에 두고 있었던 것 같다. 면의 두 형은 혼인하여 일가를 이루고 있었으므로 아직 장가도 가지 않은 채 고향 집에서 홀로 어머니와 조카를 돌보며 살아가는 본처 소생의 막내아들이 눈에 밟혔을 것이다. 게다가 면은 아버지를 가장 많이 닮은 아들이었다. 겉으로는 차가운 무인의 풍모를 지닌 듯 보이지만 속으로는 따뜻한 문인의 정서를 지닌 사람이 이순신이었고, 면이 바로 그런 아들이었다. 그가 다시 삼도수군통제사가 되어 명량에서 대승을 거둔 직후 아들 면의 부고가 진중에 날아든다.

그는 하루 종일 아무것도 하지 않고 앉아서 아들을 추억한다. 덜 삭은 젖내가 나던 면의 푸른똥과, 면이 돌을 지날 무렵의 아내의 몸냄새를 생각한다. 쌀 냄새가 나고 보리 냄새가 나던 면의 작은 입과 그 알아들을 수 없는 옹알이를 생각한다. 날이 선 연장을 신기해하던 면의 장난을 생각한다. 허벅지와 어깨에 적들의 칼을 받고 혼자서 죽어갈 때의 면의 고통을 생각하고, 산 위에서 불타는 집을 내려다보던 면의 분노를 생각한다.

그러면서도 그는 군사들과 백성들이 동요하지 않도록 혼자서 슬픔을 삭인다. 저녁때가 돼서야 겨우 숙사를 나온 그는 갯가 염전으로 가 낡은 소금 창고를 찾아든다. 그 안에서 그는 가마니 위에 엎드려 숨죽여 통곡한다. 그는 냉혈 인간이 아니었다. 로보캅이나 터미네이터 같은 전사가 아니었다. 뜨거운 피가 흐르는 지극히 평범한 한 아들의 아버지였다.

나아가 이순신은 백성들의 아버지였다. 임금이 겁을 집어먹고 도망을 이어가며 제 역할을 못 하는 나라에서 백성들이 기대고 의지하고 닮고 싶은 아버지는 이순신이었다. 닮고 싶지 않은 아버지였던 임금과 닮고 싶은 아버지였던 이순신의 차이는 무엇이었을까?

아빠들은 아이들이 어려서 잘 모를 거라고 생각한다. 말해주지 않아서, 보지 못해서, 경험한 게 아니라서 알 수 없을 거라고 생각한다. 그러나 그렇지 않다. 아이들은 다 안다. 어려도, 말해주지 않아도, 보지 못했어도, 경험한 게 아니어도, 느낌만으로도 안다. 아빠가 어떤 사람인지, 아빠가 어떻게 살아왔는지, 나에게 아빠란 어떤 존재인지를.

"아빠를 닮고 싶어요. 저도 아빠 같은 사람이 될래요."

자녀들에게 이런 말을 듣게 된다면 얼마나 기쁘고 행복할까?

"아빠를 닮을까 봐 겁나요. 저는 아빠 같은 사람이 되고 싶지 않아요."

아이들에게 이런 말을 듣게 된다면 또 얼마나 속상하고 마음이 아플까?

그러나 누굴 탓하겠는가. 어떤 말을 듣게 되든 그렇게 만든 사람, 즉 원인 제공자는 아빠 자신일 뿐이다. 자녀들이 닮고 싶어 하는 아빠, 따라 하고 싶어 하는 아빠, 본받고 싶어 하는 아빠가 된다면 더 바랄 게 없는 만점 아빠일 것이다.

이순신 같은 불세출의 영웅이 될 수는 없어도, 이순신 같은 아빠가 될 수는 있을 것이다. 습관이든, 취미든, 직업이든, 성품이든 뭐든지 한 가지라도 자녀들이 내게서 닮고 싶어 하는 게 있는지 살펴보자. 있다면 더 늘려야 하고, 없다면 새로 만들어야 한다. 회사에서, 가정에서, 여러 관계 속에서, 각종 모임 속에서 지금까지 내가 보여온 언행들이 어떤 것이었는지 되돌아봐야 한다. 아이들의 눈 속에는 아빠의 적나라한 자화상이 들어 있다.

'내 자식이 설마'
라는 위험한 생각

왕따로 자살한 중학생 아들을 바라보는
아빠의 슬픈 눈동자

–

시게마츠 기요시의 『십자가』

"부모에게는······ 전부야, 무엇과도 바꿀 수 없는 전부······.
슌스케를 대신하는 건 어디에도 없어. 그런 슌스케를······
너희들은 눈을 뻔히 뜨고 죽게 내버려뒀지······."

평생 등에 짊어지고 살아가야 할 십자가의 말

1989년 9월 4일, 후지이 슌스케, 즉 후지슌이 세상을 떠난다. 자살한 것이다. 유서에서 녀석은 사나다 유를 '절친'이라고 적는다. '나의 절친이 되어주어서 고마워'라고 쓰여 있다. 그가 절친이라고 지목한 사나다 유는 당황스럽다.

녀석은 평소처럼 학교에 갔다 돌아와 그날 밤 자기 집 마당에 있는 감나무에 목을 매달았다. 아빠에 의해 발견됐을 때 그의 심장은 이미 멎어 있다. 녀석은 학교에서 왕따를 심하게 당했다. 하지만 유짱은 지켜보기만 할 뿐 도와주지는 않았다.

매스컴에서는 후지슌의 자살을 '제물 자살'이라고 표현한다. 유서에 '나는 모든 아이들의 제물이 되었습니다'라고 쓰여 있었기 때문이다. 유서에 적힌 이름은 모두 네 개다.

"미시마 다케히로, 네모토 신야. 영원히 용서 못 해. 끝까지 저주할 거야. 지옥으로 가라!"

"사나다 유, 나의 절친이 되어주어서 고마워. 유 짱이 행복하기를 진심으로 기도할게."

"나카가와 사유리, 귀찮게 해서 미안해. 생일 축하해. 늘 행복하기를 바랄게."

고마워. 용서 못 해. 미안해. 이 세 가지 마음을 남기고 후지슌은 떠났다. 유서에 이름이 등장한 네 명은 후지슌의 마음을 일방적으로 등에 짊어진 채, 인생길을 걸어가게 되었다.

미시마와 네모토는 후지슌을 괴롭힘의 대상으로 선택했다. 처음에는 졸졸 따라다니며 물건을 감추거나 망가뜨리는 정도였다가 점점 더 과격한 폭력을 쓰기 시작했다. 한밤중에 전화를 걸어 아무 말도 하지 않거나, 주문도 하지 않았는데 피자를 몇 판씩 배달시키는 일까지 저지른다. 다른 아이들은 후지슌이 괴롭힘을 당하는 동안 자신들은 무사할 수 있었기에 침묵했고 안도했다.

후지슌이 세상을 떠나던 날은 사유리의 열네 번째 생일이다. 후지슌은 사유리에게 전화를 걸어 생일 선물을 주고 싶다고 말하지만 사유리는 이를 거절한다. 미안하다는 말을 남기고 전화를 끊은 후지슌은 엄마에게 편의점에 다녀온다면서 자전거를 타고 나간다. 편의점에 도착한 그는 택배로 사유리에게 생일 선물을 보낸다. 그것이 마지막이었다.

담임인 도미오카 선생님 눈에는 새빨간 핏발이 서 있고, 학교 측은 매스컴의 취재를 막느라 분주하다. 아이들은 자신은 이 일과 아무런 관련이 없다는 듯 태연하게 행동한다. 장례식장에 2학년 3반 아이들이 전원 참석한다. 그러나 후지슌의 부모님은 미시마와 네모토의 분향을 거절한다. 사나다 유가 친구들 중 가장 먼저 분향을 하게 된다.

'다음에 태어나면 절대로 왕따당하지 마. 무시당하지 말고, 네가 화를 내면 얼마나 무서운 사람인지 알게 만들고, 만약 죽을 만큼 왕따가 힘들다면 차라리 학교에 오지 말고……'

그는 속으로 안녕, 이라고 말해보지만, 눈꺼풀 안쪽이 뜨거워질 뿐 눈물이 나오지는 않는다.

"절친이었다면…… 왜 구해주지 않았지?"

후지슌의 아빠가 사나다 유의 멱살을 잡고 흔든다. 한순간 눈앞이 새하얘진다.

지역신문 기자였던 혼다 씨는 나중에 이렇게 말한다. 사람을 비난하는 말에는 두 가지가 있다고. 하나는 나이프의 말, 하나는 십자가의 말이라고. 나이프의 말은 가슴에 박히는 아픈 말로 치명상이 되기도 하지만 찔리는 순간이 가장 아플 뿐 상처는 아물게 되어 있다. 하지만 십자가의 말은 평생 등에 져야 하는 말이다. 아무리 무거워도 내려놓을 수 없고, 발길을 멈출 수도 없는, 살아 있는 한 계속 등에 지고 살아가야 하는 그런 말이다.

장례식이 끝난 뒤 후지슌의 아빠는 취재진에게 유서를 공개한다. 학교는 발칵 뒤집히고, 전국에서 비난의 화살이 쏟아진다. 절친으로 알려진 사나다 유의 집에도 전화가 빗발친다.

미시마가 죽는다. 고등학교 2학년 겨울, 사립 고등학교를 중퇴한 그는 차를 타고 가다가 교통사고를 당한다. 운전을 하다가 중상을 입은 사람은 네모토였고, 미시마는 조수석에 타고 있다가 변을 당한 것이다. 사나다 유는 혼자서 장례식장을 찾아간다. 그 자리에, 후지슌의 아빠가 나타난다. 두 사람은 같은 차를 타고 돌아온다. 함박눈이 내리고 있다.

"사실은 죽이고 싶었어. 슌스케를 괴롭힌 녀석들도, 모른 척하고 있던 녀석들도 전부 죽이고 싶었지. 결국 용기가 없었어."

대학생이 된 사나다 유와 사유리는 2학년 무렵 헤어지고 만다. 상대방을 쳐다보면 후지슌이 먼저 떠오른다는 게 이유였다. 해마다 맞는 9월 4일은 사나다 유에게는 사랑하는 사유리의 생일이었지만 사유리에게는 죽은 후지슌을 떠올리며 괴로워하는 날이었다. 그녀에게 나이를 먹는다는 건 자신 때문에 세상을 등진 후지슌을 생각해야 한다는 것이었다.

후에 후지슌의 엄마마저 세상을 떠난다. 사나다 유는 결혼을 하고, 아들이 아홉 살이 된다. 어느 날 그는 아들의 노트에서 반 친구들을 절친, 보통, 라이벌, 적 등으로 구분한 표를 보게 된다. 아들이 절친이라고 적어놓은 아이 중 한 명은 동경의 대상일 뿐이라고 아내가 말해준다. 일방적으로 다른 아이 이름을 절친이라고 적은 것이다. 순간 그는 후지슌을 떠올리며 통곡한다. 후회와 미안함, 슬픔과 자신에 대한 분노가 섞인 울음이다.

대한민국은 자살 공화국이다

10년 전쯤의 일이다. 그즈음 나는 강남에 있는 한 출판사를 다니고 있었다. 일산에서 강남까지 출근하는 일은 녹록지가 않았다. 매일 아침 전쟁을 치르듯 회사를 나갔다. 하루는 막 자리에 앉아 커피를 마시고 있는데, 사장님으로부터 회의 소집 지시가 내려왔다. 출근하자마자 회의를 하는 건 흔치 않은 일이었다. 게다가 전 직원이 다 모이는 자리였다. 뭔가 심상치 않은 일이 벌어진 것 같은 예감이 들었다. 분위기가 무거웠다. 한참을 망설이던 총무이사가 먼저 입을 열었다. 몇 마디 꺼내지도 않은 그는 말을 잇지 못하고 오열했다.

영업이사의 아들이 스스로 목숨을 끊었다는 것이었다. 소식을 들은 직원들은 경악했다. 신문이나 텔레비전 뉴스로만 보던 일이 주변에서 일어났다는 게 믿기지가 않았다. 모든 직원들이 차를 나눠 타고 빈소로 향했다. 아이는 고등학교 1학년 학생이었다. 화환도 채 갖추지 못한 병원 영안실은 을씨년스럽기 짝이 없었다. 아이 엄마와 아빠는 망연자실한 표정으로 허공만 바라보고 있었다. 경황없이 조문을 끝내기는 했지만 청천벽력 같은 슬픔을 당한 유족에게 뭐라고 건넬 말이 생각나지 않았다. 참으로 황망하기 이를 데 없는 하루였다.

영업이사는 자기 아들이 왜 그런 선택을 했는지 알 수가 없다고 했다. 그동안 아무런 낌새도 없었다는 것이다. 특별한 문제가 있었던 것도 아니었다. 전날 밤 아이에게 야단을 좀 쳤더니 방에 들어가 나오질 않더라는 것이다. 이상한 느낌이 들어 방문을 열려 했지만 잠겨 있었고, 아무리 두드려도 인기척이 나질 않았다고 했다. 열쇠로 방문을 열고 들어가 보니 창문이 열려 있었으며, 아들은 이미 아파트 아래로 몸을 날린 뒤였다는 것이다. 십수 년을 애지중지 키워

온 아들은 그렇게 허무하게 부모 곁을 떠나고 말았다.

2년 전 여름이었다. 여기저기서 돈을 모아 어렵사리 시작했던 사업이 실패로 끝난 뒤 몇몇 출판사의 의뢰로 글 쓰는 일에 매달리던 시절이었다. 분주히 오가던 길에서 전화 한 통을 받았다. 작은누나였다. 정근이가 죽었다고 했다. 나는 내가 잘못 들었거나 누나가 더위를 먹은 탓이라고 여겼다. 전화기를 귀에 바짝 갖다 대고 재차 물었지만 대답은 똑같았다. 형의 하나밖에 없는 아들 정근이가 죽었다는 것이었다. 정신없이 도착한 강동구의 한 병원 영안실에는 정말로 정근이의 영정이 놓여 있었다. 사랑하는 내 조카 녀석의 웃는 얼굴이.

형수는 정신을 잃고 쓰러져 누워 있었고, 형은 소리를 지르며 울고 있었다. 머지않아 고등학교를 졸업하고 대학생이 될 아이였다. 무슨 사고가 난 건지, 어떤 변을 당한 건지 물었지만 아무도 대답을 해주지 않았다. 나는 한참 뒤에야 아이가 자살했다는 사실을 알게 되었다. 아파트 옥상에서 몸을 던졌다는 것이다. 자기 딴에는 학교에서 친구들과 사소하게 얽힌 문제들이 답답하고 괴로워서 그런 극단적 선택을 하게 되었으리라는 게 경찰의 추정이었다. 담당 형사를 만나고 친구들을 만나봤지만 속 시원하게 짚이는 데는 없었다.

형은 자기 아들을 그렇게 만든 놈들을 가만두지 않겠다고 화를 냈지만 사건은 정근이의 단독 자살로 결론이 났다. 부검을 통해서도 직접적인 다른 사인이 발견되지 않았다. 그저 운명으로 받아들이고 슬픔을 곱씹는 일 외에 아이 부모가 달리 할 일이 없었다. 아이는 화장을 한 뒤 부여 선산에 있는 아버지 묘소 근처의 소나무 아래 수목장을 했다. 할아버지와 손자가 나란히 묻히게 될 줄 꿈엔들 생각이나 했을까. 아버지가 돌아가셨을 때도 울지 않던 형은 갑자기 마르지 않는 샘이 된 것처럼 허구한 날 눈물로 밤낮을 보냈다.

지금도 형은 밤에 잠을 자다가 아들 이름을 부르며 잠에서 깨는 일이 많다고 한다. 비가 오는 날이나 눈이 내리는 날이면 정근이가 보고 싶어 운다고 했다. 자식을 먼저 보낸 아비의 심정을 내가 어찌 천만 분의 일이라도 짐작할 수 있겠는가. 나는 사랑의 기쁨이나 이별의 슬픔도 세월이 가면 잊히듯 아들을 보낸 아픔도 시간이 지나면 회복이 되리라 생각했다. 그런데 그게 아니었다. 10년, 20년이 지난들 그날의 쓰라린 기억을 어찌 잊을 수 있겠는가. 한 번 찢어진 가슴, 무너져 내린 속내가 다시 원래대로 돌아갈 수 있는 방법은 없었다.

대한민국은 자살 공화국이다. 하루 평균 43.6명이 자살을 한다고 하니 33분에 한 명씩 스스로 세상을 등지는 것이다. 2003년을 기점으로 우리나라 자살자 수는 교통사고 사망자 숫자를 추월했다. OECD 국가 중 독보적인 자살률 1위 국가가 바로 대한민국이다. 다른 나라들의 청소년 자살률은 점점 낮아지는 반면 우리나라 청소년 자살률은 지난 10년간 무려 57퍼센트나 높아진 것으로 나타났다. 청소년 자살은 성적 압박과 학교 폭력, 왕따 스트레스 등에 따른 것으로 충동적 자살이 대부분인 것으로 분석되었다.

아이의 표정과 몸짓에서 생각을 읽어낼 수 있는 아빠가 돼라

우리의 아이들이 왜 이렇게 자살로 내몰리고 있는 걸까? 스스로 목숨을 버려야 할 정도로 괴로워하고 힘들어하는 문제가 도대체 뭘까? 부모들은 어떡해야 이 살얼음판 같은 세상으로부터 내 아이를 안전하게 지키고 반듯한 인격체로 성장시킬 수 있을까? 오늘날 많은 부모들이 고민하고 있는 문제다.

하지만 해답은 간단치 않다. 학교 안에는 부모들의 상상을 넘어서는 잔인한 폭력과 치열한 경쟁, 차별과 서열이 공존한다. 가정 안에는 부부간의 갈등과 불화, 이혼과 재혼으로 인한 불안한 동거, 빈부 격차로 인한 경제적 압박 등의 불씨가 잠재한다. 이런 속에서 어린 청소년들은 마음 둘 곳을 잃고 방황하는 것이다.

이 소설은 한 소년의 자살이 얼마나 어처구니없게 벌어지는지, 그로 인한 상처와 시련이 얼마나 끝없이 이어지는지, 한 사람의 자살이 주변 사람들에게 얼마나 많은 영향을 미치는지에 관해 치밀하게 묘사하고 있다. 자살하는 사람에겐 수많은 이유가 있고, 자살에 이르기까지는 여러 가지 원인이 있겠지만, 분명한 것은 어떤 경우든 사랑과 관심이 조금만 더 있었더라면 자살을 충분히 막을 수도 있었다는 사실이다. 이 소설에서도 사나다 유가, 사유리가, 후지슌의 아빠와 엄마가, 도미오카 선생님이 조금만 더 주의 깊게 후지슌을 살피고, 대화를 나누고, 사랑을 표현하고, 관심을 두었더라면 이런 비극을 막을 수도 있었다.

아들을 죽게 만든 미시마의 장례식장에서 통곡하는 미시마의 엄마를 물끄러미 바라보다 돌아오던 후지순의 아빠는 떨리는 목소리로 사나다 유에게 말한다.

"그런 녀석이라도 부모에게는 소중한 아들이겠지?"

"예……."

"순스케도 마찬가지야. 우연히 같은 반이 된 너희들에게는 아무 상관이 없는 하찮은 존재라도 부모에게는…… 전부야, 무엇과도 바꿀 수 없는 전부……. 순스케를 대신하는 건 어디에도 없어. 그런 순스케를…… 너희들은 눈을 뻔히 뜨고 죽게 내버려뒀지……."

후지순의 아빠는 아들의 죽음 이후 분노의 화신이 된다. 그에겐 학교도, 아들의 친구들도, 매스컴도, 모두 아들을 죽음으로 몰아간 원흉들이다. 하지만 그에게는 책임이 없을까? 아들을 제대로 보호하지 못한 일차적 책임은 아빠에게 있다. 아빠도 책임지지 못한 아이를 세상 그 누가 책임져줄 것인가? 후지순이 그토록 힘들어하고 괴로워할 때 아빠는 어디에 있었는가?

이런 일은 누구에게나 일어날 수 있다. 설마 내 아이에게 이런 일이 일어날까, 하는 방심은 금물이다. 모든 아이들이 처한 환경은 비슷하다. 아이들이 아빠를 붙잡고 하소연할 수만 있다면 문제는 거의 해결된 거나 마찬가지다. 좋은 아빠라면 평소와 다른 아이의 표정과 몸짓 하나를 통해서도 아이가 무슨 생각을 하고 있는지 읽어낼 수 있어야 한다.

무엇보다 우리 아이들을 미시마와 네모토처럼 키워서는 안 된다. 무슨 일이 있어도 이웃에게 해를 끼치거나, 친구들을 차별하고 따돌리거나, 폭력을 권력으로 착각하는 아이가 되게 해서는 안 된다.

그리고 2학년 3반의 다른 아이들처럼 학교 폭력의 방관자로 만들어서도 안 된다. 폭력이나 괴롭힘을 당하면 단호히 이에 맞서든가 선생님이나 아빠와 상의할 수 있는 분위기를 만들어줘야 한다. 폭력과 왕따로부터 나를 보호하고 다른 친구들을 감쌀 수 있는 당당한 아이로 자라게 하는 것은 세상에 오직 한 사람, 아빠만이 할 수 있는 일이다.

부모가 얼마나 힘든지
아이들도
알아야 한다

가족을 먹여 살리는 일의
한없는 무게감과 중량감

-

김정현의 『아버지』

"메마른 이 세상, 우린 사람으로 남읍시다.
당신과 아이들이 사람 냄새를 그리워할까 염려되오.
그러나 둘러보면 많이 있을 거요.
그래서 나는 이제 마음 놓고 눈을 감을까 하오."

사람 냄새가 그리운 적이 얼마나 많았는지 모르오

문화체육부 산하 문화재관리국에 근무하는 한정수는 임시국회 때문에 일이 몰려 꼬박 10여 일을 자정이 다 돼서야 퇴근한다. 그는 소화불량, 식욕부진, 체중 감소, 무기력, 위경련 같은 증상에 시달리고 있지만 대다수 중년 남자들이 겪는 일이라 여기며 대수롭지 않게 생각한다.

그러던 어느 날 소주잔이나 기울일 요량으로 친구인 남 박사를 찾아갔다가 강권에 못 이겨 건강 검진을 받게 된다. 모처럼 일이 일찍 끝나자 다시 남 박사를 찾아간 그는 평소와 다른 친구의 태도가 신경이 쓰이긴 했지만 무덤덤한 심정으로 친구를 따라 포장마차에 들어선다.

퍼붓듯 소주잔을 비우던 친구 입에서 가까스로 튕겨져 나온 말은 충격적이다.

"췌장암이야. 그게 잘못되면 간도 기능을 못하고 췌액이 분비되지 않아 위도 소화 기능을 못해. 벌써 위는 물론이고, 십이지장과 간에까지도 암세포가 전이된 상태야……."

남 박사에게 온갖 패악을 다 부리고 집에 돌아와 방바닥에 몸을 누인 그에게 허무함이 밀려든다. 아내 영신과 각방을 쓴 지는 이미 오래다. 이름 없는 지방 대학의 늦깎이 대학생이 된 뒤 어렵사리 행정고시에 합격했을 때가 생각난다. 영신을 만난 건 그 무렵이었다. 그는 행복했고, 미래는 탄탄대로인 것처럼 보였다. 하지만 장밋빛 인생은 오래가지 않았다.

언제부턴가 영신은 동기들에 비해 뒤처지는 남편의 승진과, 한직을 맴도는 정수에게 실망스러운 눈빛을 보내기 시작했다. 피로에 지치고 술에 취해 들어온 그와의 잠자리를 피했다. 아이들도 세월이 흐를수록 아빠를 멀리했다. 그는 늘 이방인이었고, 외톨박이였다.

그날 이후 정수는 술에 의지해 살아간다. 그러다가 술 한잔 더 하자며 남 박사를 집으로 데리고 오던 날, 집 앞에 있는 과일 가게 주인과 대판 싸움을 벌인다. 그리고 딸 지원이 보는 앞에서 남 박사에게 욕을 하고 고함을 지르면서 몸을 제대로 가누지 못한다. 영신과 지원은 이런 정수를 보며 유치하고 창피한 그의 추태에 경멸스러운 눈초리를 보낸다.

여느 때와 다름없이 술을 마시고 들어온 다음 날 아침, 이부자리 위에 지원이 쓴 편지가 놓여 있다. 하루 종일 기대에 부풀어 있던 그는 퇴근 무렵 편지 봉투를 열어본다.

"언제나 무관심한 표정. 그 당신의 무관심에 저와 희원과 엄마는 얼마나 서러웠는지 아십니까? 아버지, 그런 당신이 이뤄내신 것은 무엇입니까? 누구처럼 어느 한 부분을 버린 대신에 거창한 사회적 명성을 이루셨던가요? 아니면 많은 재산을 축적하여 엄마에게 화려한 부귀라도 준비해놓으셨나요? …… 전 정말 이제 술에 취한 아버지의 흔들리는 모습, 그리고 유치하고 천박한 주정을 더 이상은 보고 싶지 않습니다."

그것은 비수였다. 가까스로 버티고 있던 그를 벼랑 끝으로 밀어내는 절망이었다. 그에게 지원은 가장 소중한 보물이자 자랑이었다. 지원이 서울대 영문학과에 합격하던 날 얼마나 많은 기쁨의 눈물을 흘렸는지, 딸이 남부럽지 않은 인물로 성장하기를 바라며 뒤에서 얼마나 노심초사했었는지를 아이는 전혀 모르고 있었다.

나락으로 떨어진 것만 같은 정수는 생애 첫 일탈을 꿈꾼다. 한 번도 가본 적 없었던 고급 일식집을 찾아 술을 마시고, 거기서 만난 이소령이라는 아가씨와 사랑에 빠진다. 가족으로부터의 소외, 갑자기 찾아온 죽음, 그녀는 이 모든 것들에 대한 탈출구다.

고민을 거듭하던 남 박사는 결국 영신을 찾아가 정수가 췌장암이라는 사실을 말해준다.

"모두, 모두가 제 잘못이에요. 그이의 외로움도 지원이도 희원이도 모두, 모두요……."

흐느낌에 파묻힌 그녀의 가냘픈 음성이 끊어질 듯 끊어질 듯 이어진다.

이튿날 수위실에 두고 간 편지 봉투 하나가 정수에게 전달된다. 지원의 편지다.

"철없고 경솔했던 저를 부디 용서해주세요. 아빠의 그 길고 깊은 사랑을 몰라서가 아니었어요. 투정이었는데, 어리광이었는데, 제가 너무 격했어요. 그동안 얼마나 후회했는지 몰라요. 제 자신이 얼마나 미웠는지 몰라요. …… 세상에서 그 누구보다도 아빠를 사랑해요."

병원에 입원한 정수는 갈수록 심한 고통에 시달린다. 그는 남 박
사와 아내에게 자신의 장기를 다 기증하고 자유롭게 떠나고 싶다고
말한다.

영신이 아이들에게 이른다.

"아빠가 장기를 기증하시겠대. 무덤도 만들지 말고 모두 태워달
래. 훨훨 날고 싶으시대. 서둘러 가시겠대. 자살…… 안락사를 원하
신대."

남 박사를 끈질기게 설득한 끝에 정수는 소원대로 편안한 죽음을
맞는다. 그의 왼손에는 포타슘이 들어 있는 링거 병 주삿바늘이 꽂
혀 있고, 오른손에는 소령이 사다 준, 아내에게 선물할 하얀 빛깔의
진주 목걸이와 반지 그리고 편지 한 통이 들려 있다.

"당신의 배려에 진심으로 감사하오. 아이들을 잘 길러주시오. 사
람 냄새가 나는 사람으로 말이오. 사람 냄새가 그리운 적이 얼마나
많았는지 모르오. 메마른 이 세상, 우린 사람으로 남읍시다. 당신과
아이들이 사람 냄새를 그리워할까 염려되오. 그러나 둘러보면 많이
있을 거요. 그래서 나는 이제 마음 놓고 눈을 감을까 하오."

일가식솔을 거느린 가장의 어깨

1996년에 출간되어 이듬해의 심각한 경제난과 중산층의 몰락 등
당시 사회적 상황과 맞물려 폭발적 인기를 끈 소설이다. IMF 외환

위기로 나라 전체가 충격에서 헤어나지 못하고 있을 때 온몸으로 이를 감내해야만 했던 이 땅의 아빠들에게 큰 위로를 선물했던 책이기도 하다.

40대 후반의 한정수는 성공한 중산층의 표본이었다. 지방대학을 나와 행정고시에 합격한 다음 중앙부처 공무원으로 일하던 그는 부유하지는 않지만 부족한 것도 없는 사람이다. 교양 있고 아름다운 아내와 공부 잘하는 예쁜 딸, 믿음직스러운 아들을 거느린 당당한 가장이다. 게다가 언제든 속내를 숨김없이 털어놓을 수 있는 든든한 친구도 있다.

이런 그에게 어느 날 불행의 그림자가 드리운다. 췌장암이라는 사형 선고가 내려진 것이다. 남은 시간은 5개월 남짓. 그는 어떻게 해야 할지 몰라 방황한다. 가족들 앞날이 걱정스럽지만 뭐라 말을 할 수가 없다. 매일 술을 마시는 게 유일한 위안이다. 남편과 아빠를 바라보는 아내와 아이들의 시선은 갈수록 싸늘해지기만 한다. 처절한 고독이 이어진다.

깊어가는 외로움과 시시각각 다가오는 죽음 앞에서 몸부림치던 그에게 치명상을 입힌 건 제 인생의 훈장처럼 여겼던 딸아이의 편지다. 사랑하는 딸 지원은 아빠의 무관심을 힐난하며 그의 삶을 조소한다. 아빠의 모습을 유치하고 천박하다고 비웃는다. 그는 무너져 내린다. 가까스로 버텨왔던 가장이라는 무거운 짐이 한순간 그를 무참히 짓눌러버린다.

단골 포장마차 주인이 정수에게 말한다.

"남편? 아버지? 거, 모두 내가 있고 난 다음 이야기요. 이쪽 선생에겐 안됐소만, 선생 죽고 나서 얼마나 당신을 그려줄 것 같수? 그리고 그려주면 또 뭐할 거요? 선생 없어도 다 살게 되어 있수. 그저 홀홀 선생 응어리나 털어버리슈. 산 놈이 그래도 행복한 거요."

아빠란 어떤 사람일까? 가장이란 어떤 존재일까? 식구들을 먹여 살리기 위해 죽어라 일하며 앞만 보고 달려오다 보니 사람들은 가장을 돈 버는 기계쯤으로만 여긴다. 집 안에 아빠가 있을 자리가 없다. 아내와 아이들은 한 식구지만 아빠는 객식구다. 그러다가 직장에서 밀려나거나 사업에 실패라도 하는 날이면 영락없는 천덕꾸러기에 미운 오리 새끼 신세가 되고 만다.

요즘은 그렇지 않지만 예전에는 남자라면 말이 없는 게 미덕이었다. 말 없이 듬직한 사내를 남자답다고 여겼다. 말 많은 남자는 품위 없고 방정맞은 사람으로 치부됐다. 아버지들은 더했다. 감정을 잘 드러내지 않고, 뭘 해도 내색하지 않으며, 진득하게 속으로 삼키는 게 가부장적 아버지들의 모습이었다. 있는 듯 없는 듯, 그저 집 안의 기둥처럼 떡 버티고만 있으면 됐다.

그런 남자들이 대접받던 시대에는 대개 경제권이 아버지에게 있었다. 열심히 제 할 일만 하면 아내와 아이들은 아버지를 따르고 순종했다. 아버지가 얼마나 힘든지, 아버지가 어떤 일을 하고 우리 가정에 얼마나 중요한 사람인지는 집 안에서 어머니가 알아서 자식들에게 일러주었다. 아버지가 말하지 않아도 아이들은 가장이 뭔지를 알았다.

어린 시절 아버지는 언제나 새벽같이 일하러 가셨다. 밖은 아직 깜깜한데 일을 나가시는 아버지를 보면 왠지 안쓰럽고 측은한 마음이 들었다. 부스스 잠을 깬 나는 집을 나서시는 아버지 옷을 슬그머니 붙잡았다. 아버지는 막내아들을 물끄러미 내려다보다가 주머니를 뒤져 십 원짜리 종이돈 한 장을 손에 쥐여주셨다. 그러면 나는 얼굴에 웃음꽃을 활짝 피우며 잘 다녀오시라고 넙죽 인사를 드렸다. 은혜를 베푼 가장에 대한 최소한의 예의였다.

저녁 무렵 집 앞에서 놀다 보면 멀리 아버지 모습이 보였다. 나는 얼른 손부터 살폈다. 빈손으로 돌아오시는 날은 거의 없었다. 쌀이나 연탄, 과자나 수박, 혹은 돼지고기나 생선 몇 마리를 들고 오셨다. 가장의 화려한 귀가였다. 나는 얼른 달려가 또다시 넙죽 인사를 하고는 아버지 손에 든 걸 받아 들었다. 그것이 그날의 양식 혹은 간식거리였다. 새벽에 집을 나서실 때 아버지의 어깨는 축 처진 듯 보였지만 저녁에 집으로 돌아오실 때는 언제나 개선장군처럼 늠름하고 당당했다. 일가식솔을 거느린 가장의 어깨란 그런 것이었다.

아빠의 침묵은 더 이상 미덕이 아니다

어릴 때, 두 손으로 받들고 싶도록 반가운 말은 저녁 무렵 아버지가 돼지고기 두어 근 끊어왔다는 말
정육점에서 돈 주고 사온 것이지마는 칼을 잡고 손수 베어온 것도 아니고 잘라온 것도 아닌데
신문지에 둘둘 말린 그것을 어머니 앞에 툭 던지듯이 내려놓으며 한 마디, 고기 좀 끊어왔다는 말

가장으로서의 자랑도 아니고 허세도 아니고 애정이나 연민 따위 더더
구나 아니고 다만 반갑고 고독하고 왠지 시원시원한 어떤 결단 같아서
좋았던, 그 말

남의 집에 세 들어 살면서 이웃에 고기 볶는 냄새 퍼져나가 좋을 거 없
다. 어머니는 연탄불에 고기를 뒤적이며 말했지

그래서 냄새가 새어나가지 않게 방문을 꼭꼭 닫고 볶은 돼지고기를 씹
으며 입안에 기름 한입 고이던 밤

내가 좋아하는 안도현 시인의 「돼지고기 두어 근 끊어왔다는 말」
이라는 시다. 예전에 우리네 아버지들은 이렇게 살아왔기에 가장의
무게와 중량을 견뎌낼 수가 있었다.

하지만 이제는 그런 세상이 아니다. 경제권이 아내에게 넘어간
지 이미 오래다. 새벽부터 밤중까지 아무리 고달프게 일해도 남자
는 손에 천 원짜리 한 장 쥘 수가 없다. 모든 수입은 발생하는 즉시
온라인을 통해 아내 통장으로 쏙쏙 들어가기 때문이다. 먹는 것도,
입는 것도, 아이들 용돈이나 교육비도 모두 엄마 손을 통해 지출된
다. 아이들이 엄마는 한 가족으로 여기면서 아빠는 객식구 취급을
할 수밖에 없는 구조가 된 것이다.

더 이상 아빠의 침묵은 미덕이 아니다. 아빠는 스스로 입을 열어
아이들에게 밖에서 자신이 무슨 일을 하는지, 한 달에 돈을 얼마나
버는지, 그 돈을 벌기 위해 어떤 어려움을 겪으며 살아가는지를 자

세히 이야기해주어야 한다. 가장의 무게감과 중량감이 어떤 것인지를 알려주어야 한다. 그래야만 객식구 신세를 면하고 한 식구 자리를 차지할 수가 있다.

한정수는 아내는 물론 자녀들과도 대화를 하지 않았다. 자신의 고민이 뭔지, 어떤 어려움에 처해 있는지, 무슨 생각을 하고 있는지 속을 나누지 않았다. 그렇게 20년을 살다 보니 이들 사이에 거대한 장벽이 생기고 만 것이다. 무심한 아내나 철없는 아이들도 잘못이지만 이 또한 가장의 책임이다. 췌장암 선고를 받은 덕분에 높았던 담장이 극적으로 허물어졌지만 만약 그가 건강하게 오래오래 살았더라면 그 장벽은 결코 무너지지 않았을 것이다.

그는 자신의 육신이 죽음을 향해 달려가고 있는 동안에도 아내에게 제과점을 차려주는 일이며, 지원이와 희원이의 학비를 마련하는 일에 골몰한다. 이것이 바로 가장이다.

마지막 편지에서 그는 아내에게 아이들을 사람 냄새가 나게끔 길러달라고 부탁한다. 그리고 사람 냄새가 얼마나 그리웠는지 모른다고 말한다. 사람 냄새는 사람 냄새를 찾아 모여드는 법이다. 나에게서 먼저 사람 냄새가 나야 한다는 말이다. 사람 냄새 나는 가장, 사람 냄새 나는 아빠가 되려면 아내와 아이들에게 먼저 다가가 말을 건네라. 아프다고 이야기하라. 힘들다고 하소연하라. 그 순간 우리 가정은 비로소 사람 냄새 나는 가정으로 바뀔 것이다.

세대 차이
인정하고
받아들이기

아빠와 자녀 사이에는
사상과 생각의
커다란 강이 놓여 있다

-

이반 투르게네프의 『아버지와 아들』

"자식이란 잘라낸 조각이에요. 날아다니는 매지요.
날아왔다가 또 원하면 가버려요. 하지만 우리 둘은
나무 구멍에 난 버섯처럼 나란히 앉아 꼼짝하지 않지요."

기성세대와 젊은 세대 사이의 격렬한 언쟁

여행 마차가 나타난다. 니콜라이 페트로비치는 벌떡 일어나 페테르부르크에서 대학을 졸업하고 귀향하는 아들에게 달려가 젊은 학사의 뺨에 입을 맞춘다. 그는 농노 2백 명 규모의 훌륭한 영지를 소유한 인물이다. 아르카디가 젊은이다운 낭랑한 목소리로 말한다.

"아버지, 제 친구 바자로프와 인사하세요. 편지에 자주 썼던 그 친구예요."

쌍두마차를 타고 마리노 마을의 새로 지은 목조 주택에 들어선 아르카디를 보며 큰아버지 파벨 페트로비치는 귀족답게 유럽식으로 악수를 나눈 뒤 러시아식으로 세 번 입을 맞춘다.

다음 날 아침, 테라스에서 차를 마시면서 큰아버지가 조카에게 묻는다.

"그런데 바자로프라는 친구는 어떤 사람이냐?"

"바자로프는 니힐리스트예요."

"니힐리스트라…… 무無를 뜻하는 라틴어 '니힐'에서 나온 말이로구나. 그러니까 니힐리스트란 아무것도 인정하지 않는 사람이라는 뜻이냐?"

"모든 것을 비판적 시각으로 바라보는 사람이라는 뜻입니다. 니힐리스트는 어떤 권위 앞에서도 고개 숙이지 않고 제아무리 존중받는 원칙이라 해도 받아들이지 않는 사람이지요."

큰아버지와 아버지, 아들과 아들 친구, 구세대와 신세대 남자들 사이에 긴장감이 흐른다.

스물여덟 살에 대위로 진급한 파벨 페트로비치는 페테르부르크 사교계에 혜성처럼 나타난 R이라는 귀부인과 사랑에 빠져 도피 행각을 벌이다가 그녀가 세상을 떠난 후 아내를 잃고 홀아비가 된 동생 집에 내려와 함께 살고 있다. 아버지는 신분은 다르지만 젊고 아름다운 여인 페니치카를 만나 아르카디의 동생을 낳아 기르고 있다.

아버지는 아들과 아들 친구를 이해할 수 없다. 자신은 시대에 뒤떨어지지 않기 위해 시범 농장을 시작하고, 농부들에게도 잘 대해준다고 온 사방에서 급진파라는 소리를 듣고 있었는데, 그들은 자신의 시대가 지나갔다고 말하는 것이었다.

그날 밤 차 마시는 자리에서 늙은이들과 젊은이들 사이에 격렬한 언쟁이 시작된다.

"이쯤 되니 난 정말 자네를 이해할 수 없군. 자네는 러시아인을 모욕하고 있어. 어떻게 원리 원칙을 인정하지 않는다는 거지? 그럼 자네는 어떤 기준으로 행동하는 건가?"

"우리는 유용하다고 판단되는 것을 기준으로 삼습니다. 그리고 이 시대에 가장 유용한 것은 부정하는 것이므로 우리는 부정합니다."

"하지만 생각해보게. 모든 것을 부정하고 나면, 더 정확히 말해 모든 것을 파괴하고 나면 다시 건설해야 하지 않겠나?"

"그건 저희가 할 일이 아닙니다……. 우선은 깨끗이 파괴해버리는 게 먼저지요."

"아니, 아니야! 러시아는 자네들이 생각하는 그런 게 아니야. 전통을 숭배하고 가부장제를 따르며 신앙 없이는 존재할 수 없는 게 러시아란 말이……."

한편 아르카디와 바자로프는 시내에서 열리는 파티에 갔다가 오딘초바 부인을 소개받는다. 둘은 돈 많은 과부에다 아름다운 외모를 간직한 그녀의 집에서 즐거운 시간을 보낸다. 그러는 동안 바자로프는 오딘초바 부인에게, 아르카디는 그녀의 동생인 카챠에게 호감을 느낀다. 바자로프는 자신이 오딘초바 부인을 사랑하고 있다는 사실에 놀란다. 그는 사랑, 즉 이상적이고 낭만적인 그 감정은 바보 같은 짓, 용서받지 못할 죄라고 여겨왔기 때문이다.

두 사람은 오딘초바 부인의 만류를 뿌리치고 마리노로 발길을 돌린다. 그곳에서 바자로프는 친구 아버지의 부인인 페니치카에게 매혹되어 둘이 있는 시간을 틈타 그만 키스를 하고 만다. 우연히 이를 목격한 파벨 페트로비치는 바자로프에게 결투를 신청한다. 하인을 증인으로 세우고 아침 6시에 숲 속에서 권총으로 결투를 벌이기로 한 것이다. 다음 날 아침, 바자로프의 귀에 총소리가 들렸을 때 파벨 페트로비치는 넓적다리를 움켜잡고 쓰러진다. 흰 바지에 피가 흘러내린다. 다행히 목숨에는 지장이 없고 부상을 당한 정도다.

바자로프는 착잡한 심정으로 친구 집을 떠난다. 아버지 집으로 돌아가 공부에 전념하던 그는 장티푸스에 걸려 죽은 사람을 해부하다가 칼에 베여 상처를 입고 농혈을 흘린다. 자신의 죽음을 예감한 바자로프는 아버지에게 오딘초바 부인에게 사람을 보내달라고 말한다. 오딘초바 부인이 의사를 데리고 급히 달려오지만 그는 혼수상태에 빠져 세상을 떠나고 만다.

그로부터 여섯 달이 흐른 뒤, 작은 성당에서 아르카디와 카챠는 하객도 거의 없는 조용한 결혼식을 올린다. 오딘초바 부인은 바자로프를 잊고 달변의 법률가를 만나 결혼했으며, 아르카디는 마리노에 정착해 아버지로부터 영지 경영을 배운다. 골칫덩어리였던 영지는 정상화되기 시작했고, 아버지는 농노 해방의 중재자 역할에 온 힘을 바치고 있다.

> 어느 외진 시골의 조그마한 묘지에 요절한 바자로프의 무덤이 세워졌다. 멀지 않은 마을에서 늙어 빠진 부부가 자주 이 무덤을 찾아왔다. 서로 부축하며 무거운 발걸음을 옮긴 끝에 철책 앞까지 오면 부부는 무릎을 꿇고 앉아 애끓는 소리로 한참을 흐느껴 울었다.

영원한 화해와 무한한 생명을 회복할 수 있는 길

1862년에 발표된 이 소설은 19세기 러시아의 현실을 세밀하게 기록한 이반 투르게네프의 대표작이다. 러시아 문학사를 통틀어 가장 뜨거운 논쟁을 불러일으킨 작품으로도 유명하다. 귀족 출신의 아버지 세대와 평민 출신의 아들 세대의 반목이 그대로 드러난 이 소설은 당시의 시대 상황과 맞물려 진보와 보수가 첨예하게 대립하는 계기가 됐다.

평민 출신으로 명석한 두뇌를 가진 엘리트이자 니힐리스트였던 바자로프는 기존의 모든 가치와 전통, 권위와 질서를 부정한다. 그는 귀족이었던 친구 아버지 니콜라이 페트로비치와 큰아버지 파벨 페트로비치에게 강력하게 대항한다. 그의 눈에 비친 두 사람은 지주의 아들로 태어나 가난한 농민들의 피와 땀을 빨아먹고 살아가면서 값싼 사랑에 빠져 도피 행각을 벌이거나 딸 같은 젊은 여자를 데리고 사는 속물들에 불과하다.

그는 자신의 아버지와도 대립한다. 아버지는 아들을 자기 목숨보다 더 사랑했지만 사랑 자체를 믿지 않는 아들은 이를 철저하게 외면한다. 오랜만에 만난 아들을 보고 기뻐서 어쩔 줄 모르는 아버지와 어머니를 두고 그는 또다시 집을 나간다. 따분하고 답답한 시골 생활을 견디지 못해서다. 그가 길을 떠나자 아버지와 어머니는 서로를 끌어안고 탄식한다.

"우리를 버리고, 버리고 간 거야. 우리와 함께 있는 게 지루해서 버리고 간 거야. 이제 이 손가락처럼 혼자 남고 말았어. 나 혼자!"

"여보! 자식이란 잘라낸 조각이에요. 날아다니는 매지요. 원하면 날아왔다가 또 원하면 가버려요. 하지만 우리 둘은 나무 구멍에 난 버섯처럼 나란히 앉아 꼼짝하지 않지요. 난 언제까지나 당신 옆에 변함없이 남아 있을 거예요. 당신도 내 옆에 남아 있을 테고요."

자식들이 아버지와 어머니의 삶을 온전히 이해하고 받아들인다는 것은 정말 어려운 일이다. 아버지와 어머니도 젊은 시절 할아버지와 할머니의 삶을 이해하고 받아들이지 못했을 것이다. 젊은이들은 언제나 변화를 원하고 새로운 꿈에 취해 살며, 늙은이들은 안정을 원하고 지나간 추억에 취해 살기 때문이다. 장성해서 아빠가 된 나 역시 어린 내 아이들과 맞지 않는 게 너무 많고 생각이나 정서, 취향 등에서 다른 점이 부지기수다.

매번 대통령 선거 때가 되면 우리나라의 세대 갈등은 극에 달한다. 진보와 보수, 기성세대와 젊은 세대 사이의 대립을 보면 나라가 둘로 쪼개질 것만 같다. 평소 다정다감하던 아버지와 아들도 정치 이야기만 나오면 철천지원수같이 돼버린다. 세대 간의 이런 단절과 불통을 해결할 수 있는 방법은 없을까? 바자로프의 무덤에서 흐느끼는 노부부를 바라보며 투르게네프가 말했던 것처럼 영원한 화해와 무한한 생명을 회복할 수 있는 길은 없는 것일까?

요즘은 한 살 터울만 져도 세대 차이가 난다고들 한다. 그만큼 세상이 빨리 변하고, 아이들의 사고나 행동 양식도 다양하다는 이야기다. 버스나 지하철에서 중·고등학생들이 말하는 걸 들어보면 무슨 말인지 통 알아들을 수 없을 때가 많다. 각종 은어에 비속어, 축약어를 섞어 쓰는 통에 마치 외국어처럼 들린다. SNS로 들어가면 더 심각하다. 말이 통하지 않는데 세대 차이의 벽이 허물어질 리 없다. 아이들의 말을 들으려고 노력해보자. 그들의 언어를 이해하려고 애를 써보자. SNS로 아이들과 말을 섞어보자. 아빠가 아들에게 먼저 다가가야 한다.

묘수는 없다. 정답도 없다. 다만 가슴을 열고 서로를 인정하는 것이 유일한 길이다. 아빠 세대가 겪어온 삶의 모습을 있는 그대로 보

세대 차이 인정하고 닮아들이기

여주는 것이다. 아들 세대가 고민하고 요구하는 것들을 따지지 말고 들어주는 것이다. 손을 맞잡는 것이다. 무릎을 맞대는 것이다. 상대방의 언어 속으로 들어가는 것이다. 서로의 생활 속으로 빠져보는 것이다. 입장을 바꿔보는 것이다.

아버지와 이미자

아버지는 이미자 씨의 노래를 좋아했다. 매주 월요일 밤 10시면 어김없이 텔레비전 앞으로 다가가 〈가요무대〉를 틀어놓고 끝날 때까지 미동도 하지 않은 채 뚫어져라 쳐다보시곤 했다. 이미자 씨의 '동백 아가씨'나 현인 씨의 '신라의 달밤', 김정구 씨의 '눈물 젖은 두만강' 등의 노래가 흘러나오면 미소를 지으며 감상하거나 흥얼흥얼 따라 부르기도 하셨다. 조용필이나 김현식, 김광석 등의 노래에 비하면 유치하기 짝이 없는 노래들이라고 생각했던 나는 월요일 밤 10시만 되면 아예 내 방에 들어가 책을 읽거나 컴퓨터 앞에 앉기 일쑤였다.

결혼해서 분가해 살던 나는 몇 년 뒤 사업을 시작했고, 일이 뜻대로 풀리지 않아 몸도 마음도 분요하기 이를 데 없었다. 그러던 어느 날 거리에 붙어 있는 한 장의 현수막이 내 눈길을 사로잡았다. 이미자 데뷔 50주년 기념 공연을 알리는 내용이었다. 마침 공연 장소도 내가 사는 일산이었다. 아버지와 어머니, 나와 아내 네 사람이 함께 갈까 하는 생각에 표를 예매하려고 했더니 한 장에 10만 원이 넘었다. 주머니 사정이 여의치 않았던 나는 두 장만 예매했다. 두 분이 얼마나 즐거워하실까 생각하니 마음이 뿌듯했다.

찾아가서 아버지께 공연 표를 드려야 하는데, 일이 바빠서 갈 수가 없었다. 회사의 재정 상태는 하루가 다르게 나빠지고 있었다. 단돈 몇만 원이 아쉬운 상황이었다. 공연 날짜는 점점 다가오고 있었다. 나는 고민에 고민을 거듭했다. 그러다가 숨통을 조여오는 경제적 압박을 견디지 못하고 결국 공연장에 연락해 예매를 취소하고 말았다. 내 손에는 돈 몇십만 원이 다시 쥐어졌지만 가슴속에는 죄송함과 비참함이 파도처럼 밀려들었다.

깜짝 선물을 기대하며 아무에게도 말을 하지 않았기에 아는 사람은 없었다. 하지만 그날 이후 아버지를 뵐 때마다 내 머릿속에는 이미자라는 이름이 떠올랐다. 일을 더 열심히 해서, 빨리 사업을 정상화시켜서 돈을 벌게 되면, 여유를 좀 찾게 되면 그때 반드시 이미자 씨의 공연을 보여드리리라 다짐을 했다. 50주년 공연 다음에는 51주년이나 52주년 공연이 당연히 있을 것으로 생각했다. 그러나 사업은 내 의지대로 굴러가지 않았다.

얼마 후 아버지는 폐암으로 쓰러지셨고, 병원에 입원한 지 한 달만에 돌아가셨다. 병상에 누워 계신 아버지를 보면서 나는 이미자를 생각했다. 국화에 둘러싸인 영정을 보면서 나는 이미자를 생각했다. 부여 선산 땅속에 아버지가 묻히시는 광경을 보면서 나는 이미자를 생각했다. 돈 몇십만 원 때문에 예매했던 표를 물리면서 아버지가 그렇게 좋아하셨던 이미자 공연을 보여드리지 못한 게 이런 한으로 남게 될 줄은 그때 미처 알지 못했다.

그 뒤로 월요일 밤 10시만 되면 〈가요무대〉와 이미자가 생각났다. 아내가 초저녁잠에 빠져 있는 날이면 나는 텔레비전 앞으로 다가가 〈가요무대〉를 튼다. '동백 아가씨', '신라의 달밤', '눈물 젖은 두만강'이 흘러나오면 나도 모르게 콧노래가 나온다. 일제강점기와 6·25전쟁을 겪지 못한 내가 아버지 세대를 제대로 이해한다는 건 어려운 일이지만 아버지의 추억을 통해, 아버지의 노래를 통해, 나는 매주 월요일 밤 10시면 아버지와 만나는 것이다. 아버지가 살았던 시대, 아버지가 당했던 슬픔, 아버지가 누렸던 행복과 오롯이 만나는 것이다.

20세기 문학의 구도자라 불렸던 니코스 카잔차키스는 『영혼의 자서전』에 이렇게 썼다.

"어머니의 그리스인 피와 아버지의 아랍인 피가 내 혈관 속에서 나란히 두 줄로 흐른다는 착각의 영향은 긍정적인 보람을 주어서 나에게 힘과 기쁨과 풍요함을 베풀었다. 이 두 가지 상반된 충동으로부터 종합을 이루려는 투쟁은 내 삶에 목적과 통일성을 부여했다. 내 마음속의 애매한 예감이 확실성으로 변하는 순간 주변의 가시적 세계는 질서를 찾고, 나의 내적이거나 외적인 삶은 두 선조의 뿌리를 찾아 서로 조화를 이룬다. 그리하여 여러 해가 지난 다음, 아버지에 대한 나의 비밀스러운 증오는 그가 죽은 후에 사랑으로 바뀌게 되었다."

나와 다르다는 것을 거부하거나 회피하지 않고 인정하고 받아들이면 그것은 힘과 기쁨과 풍요함이 될 수 있다. 아빠와 아들이 한 뿌리임을 좀 더 일찍 발견한다면 조화로운 삶 또한 보다 일찍 찾아

오게 될 것이다. 아빠나 아들 중에 어느 한쪽이 세상을 떠난 다음에
야 그 사랑을 느낀다면 이는 너무 늦다. 살아 있을 때, 내 눈에 보일
때, 그때 소통해야 한다.

아이에게
최후의
버팀목이 돼라

지구에 종말이 와도
내 딸은 내가 지킨다

-

봉준호 감독의 〈괴물〉

"너희들 그 냄새 맡아본 적 있어?
새끼 잃은 부모 속 냄새를 맡아본 적 있냐 이 말이여.
부모 속이 한 번 썩어 문드러지면
그 냄새가 십 리 밖까지 진동하는 거여."

내 목소리 들려? 여길 나갈 수가 없어!

2000년 어느 날, 한국과 미국이 공동으로 사용하는 연구실에서 엄청난 양의 포름알데히드가 한강에 몰래 버려진다. 6년이 지난 2006년 가을, 서울 시민들의 휴식처인 한강 둔치. 사람들이 평화롭게 여가를 즐기고 있다. 매점 계산대 위에서 단잠에 빠져 있던 노랑머리 사내는 딸 바보인 박강두다. 아버지를 도와 매점을 운영하면서 홀로 딸을 키우고 있다.

딸 현서는 학교에서 돌아오자마자 고모 박남주의 시합을 보기 위해 매점 안으로 들어와 텔레비전을 켠다. 강두는 현서에게 다가가 은밀히 감춰뒀던 컵라면 보물단지를 보여준다.

"이게 뭔 줄 알아? 너 새 핸드폰 사주려고 아빠가 모아놓은 거야."

강두는 캔 맥주를 가져와 딸에게도 권한다. 이제 중학생이 됐으니 마셔도 괜찮다며. 아빠와 함께 현서는 빨대로 캔 맥주를 마시며 양궁 경기를 시청한다.

현서 할아버지 박희봉의 성화에 못 이겨 맥주와 오징어가 놓인 쟁반을 들고 4번 돗자리로 배달을 가던 강두는 사람들이 모여 뭔가를 쳐다보고 있는 곳으로 다가간다.

강두가 맥주 캔을 물속으로 던진다. 그러자 긴 꼬리 같은 게 나와서 맥주를 채 간다. 사람들은 신기한 듯 웅성거리며 물속으로 자꾸 물건들을 던져 넣는다.

그때 맞은편에서 커다란 생물체 하나가 뛰어온다. 한 남자가 그놈이 휘두른 꼬리에 맞아 강물 속으로 튕겨져 들어간다. 한강 변은 순식간에 아수라장이 되고 만다.

강두는 현서의 손을 잡고 달리기 시작한다. 정신없이 뛰던 그가 넘어졌다 일어나보니 자신이 잡은 손은 다른 아이의 손이다. 둘러보던 그가 소리를 지른다. 딸 뒤로 괴물이 나타났기 때문이다. 괴물은 현서를 꼬리로 감아 올린 뒤 유유히 사라진다.

많은 사람들이 목숨을 잃었기에 합동 분향소가 차려진다. 남주는 동메달을 가지고 현서 영정 사진 앞으로 다가가 흐느낀다. 소주병을 손에 든 현서 삼촌 남일이 등장한다. 대학에서 운동권으로 활약하다 졸업한 뒤 취직도 못 한 채 백수로 살고 있는 강두 동생이다.

방호복 차림의 남자들이 나타나 괴물의 피가 얼굴에 튀었던 강두를 끌고 간다. 괴물에 맞서 싸우다 한쪽 팔을 잃은 미8군 도널드 하사의 몸에서 괴 바이러스가 검출되었다는 보도에 따라 한강 변에는 세균전 관련 특수부대 요원들과 방역 관련 인원 등이 전면 배치된다.

한밤중, 병원에서 검사를 받고 있던 강두에게 전화가 걸려 온다. "아빠, 나 현서야! 아빠, 내 목소리 들려? 여길 나갈 수가 없어!"

강두는 경찰과 의료진에게 딸이 한강 변 하수구 안에 살아 있으니 빨리 찾아야 한다고 말하지만 누구도 이를 믿지 않는다. 답답한 강두는 가족들과 함께 병원을 탈출한다. 이들은 흥신소 직원들의 도움을 받아 방역 차량을 타고 하수구를 뒤지러 간다. 손전등을 켜고 총을 든 채 하수구를 돌아다니며 목이 터져라 찾아 헤매지만 현서는 보이지 않는다.

한편 하수구에서 살던 거지 형제가 한강 변 매점에 들어가 먹을 것을 훔쳐 돌아오다 괴물과 맞닥뜨린다. 괴물은 거지 형제 중 동생 세주를 현서가 있는 곳에 내려놓는다.

현서를 찾다 지친 가족 앞에 괴물이 나타난다. 세 남자가 총을 쏘자 괴물이 도망을 친다. 총소리를 듣고 군인들이 다가오면서 이들은 뒤로 물러선다.

하지만 희봉은 실탄 한 발이 든 총을 들고 괴물에 맞선다. 이윽고 괴물이 모습을 드러내자 정조준해서 방아쇠를 당겼지만 총알이 나가지 않는다. 계산을 잘못한 것이다. 그는 자식들에게 피하라고 손짓하다가 괴물에게 맞아 쓰러진다.

아버지는 빗속에 숨을 거두고, 강두는 군인들에게 체포된다. 남일과 남주는 재빨리 현장을 벗어난다. 이 무렵 미8군 도널드 하사가 숨을 거두고, 미국과 세계보건기구에서는 세균 테러에 대응하기 위해 한강 지역에 미국이 개발한 에이전트 옐로를 투입하기로 결정한다.

남일은 이동통신사에 다니는 선배를 찾아가 현서가 전화를 걸었던 위치를 알아낸다. 현서가 갇혀 있는 곳을 알게 된 남주와 강두도 원효대교를 향해 미친 듯이 질주한다.

한강 변에서 시위를 벌이던 환경단체들 사이로 괴물이 나타난다. 이때 알 수 없는 가스를 뿌리자 괴물이 쓰러진다. 강두는 재빨리 괴물의 입을 벌려 목구멍에 걸려 있는 현서와 소년을 끄집어낸다. 강두는 딸을 안고 오열하지만 현서는 이미 질식사한 상태다.

남일은 화염병에 불을 붙여 괴물을 향해 던진다. 노숙자가 다리 위에서 괴물에게 휘발유를 쏟아붓는 동안 남주가 불붙은 화살을 괴물에게 명중시킨다. 괴물이 불에 타면서 괴로워하자 강두가 쇠파이프로 괴물을 찌른다. 마침내 괴물이 괴성을 지르며 쓰러진다.

다시 한강 둔치 매점. 눈 내리는 어느 날 소년이 고이 잠들어 있다. 그는 소년을 위해 밥상을 차린다. 두 사람이 입안 가득 밥을 퍼넣는 동안 텔레비전에서는 바이러스가 발견되지 않았으며, 이는 잘못된 정보에 의한 것이었다는 미국 워싱턴발 뉴스가 흘러나온다.

아빠와 딸을 이어주는 끈

상상 속에나 나올 것 같은 괴물이 출현하니 SF 영화라고 해도 틀린 말은 아니지만 내용을 세밀히 들여다보면 이는 가족 영화라고 할 수 있다. 많은 사회적 메시지를 담고 있는 영화임에도 불구하고 곳곳에 아빠와 딸, 부모와 자식 간의 애틋한 사랑이 넘쳐흐른다. 영화 속에는 두 명의 아빠가 등장한다. 느닷없이 나타난 괴물에게 딸을 납치당한 젊은 홀아비 박강두. 그에게 딸 현서는 살아가는 이유 그 자체다. 어딘지 어리숙하고 변변한 직업조차 가지지 못한 채 아버지에게 얹혀사는 처지지만 딸을 위해서라면 못 할 게 없다.

합동 분향소에서 강두의 아버지와 여동생은 이런 대화를 나눈다.

"현서 엄마는 현서 죽은 거 알기나 할까?"

"행여……. 애만 툭 싸질러놓고 도망친 게 벌써 13년째다."

애만 낳아놓고 집을 나간 아내를 대신해 그는 홀로 13년간 아빠 노릇, 엄마 노릇을 다 해가며 딸을 키웠다. 그런 딸이 괴물에게 잡혀갔으니 눈이 뒤집힐 수밖에 없다.

또 한 명의 아빠는 강두의 아버지 박희봉이다. 그 역시 일찍 아내를 잃고 자식 셋을 홀로 키워낸 늙은 홀아비다. 그는 자식들 가운데 장남인 강두가 제일 애처롭다. 둘째 남일은 어찌 됐건 4년제 대학이라도 나왔으니 제 밥벌이는 하며 살아가리라 믿고 있고, 셋째 남주는 전국체전에서 동메달을 딸 정도로 유망한 양궁 선수니 걱정할 게 없다. 남일과 남주는 강두를 한심한 사람 취급하지만 희봉은 큰소리 한번 치지 않고 늘 강두를 감싼다. 그런 강두의 딸 현서는 희봉에게 눈에 넣어도 아프지 않은 하나뿐인 손녀다. 희봉이 현서를 구하는 일에 강두 못지않게 앞장서는 것은 당연한 일이다.

막강한 무기를 가진 경찰과 군인도 잡지 못하는 괴물을 네 식구가 총과 활만으로 잡는다는 건 무모하다 못해 황당하기까지 한 일이다. 하지만 가족에 대한 사랑, 자식에 대한 헌신, 피붙이에 대한 책임감은 그 어떤 이성적이고 합리적인 판단이나 대안보다도 더 강한 힘을 발휘하는 법이다. 이들은 결국 온갖 역경을 이겨내고 괴물을 쓰러뜨린다. 무서운 가족의 처절한 승리다. 비록 현서가 싸늘한 주검으로 돌아오기는 했지만 이들이 보여준 가족애와 현서에 대한 강두의, 강두와 현서에 대한 희봉의 부성애는 남다른 것이었다.

　희봉은 괴물을 향해 방아쇠를 당긴 직후 총알이 없다는 걸 알고는 재빨리 뒤돌아서서 자식들에게 피하라는 신호를 보낸다. 괴물 앞에서 자신보다는 자식들의 안위를 먼저 걱정하고 챙기는 것, 이것이 아빠다. 그는 자식의 자식을 위해 모든 것을 아낌없이 내던진다. 그가 자식들 앞에서 마지막으로 남긴 말은 자신의 삶에 대한 비장한 반추 같은 것이었다.

　"너희들 그 냄새 맡아본 적 있어? 새끼 잃은 부모 속 냄새를 맡아본 적 있냐 이 말이여. 부모 속이 한 번 썩어 문드러지면 그 냄새가 십 리 밖까지 진동하는 거여."

　그는 아들 강두의 마음을 알았다. 자식 속에서 나는 냄새를 맡았다. 목숨과도 같은 딸을 잃어버린 아들의 심정이 어떨지를 충분히 느끼고 있었던 것이다.

　무시무시한 괴물에게 잡혀 온 현서가 시체가 나뒹구는 하수구 지하 속에서 생활하면서도 공포와 굶주림을 끝까지 견딜 수 있게 만든 힘, 아빠에게 전화를 걸고 옷을 연결해 줄을 매달아 탈출을 시도하는 등 좌절 속에서도 결코 잃지 않았던 굳센 의지는 어디서 나온 걸까?

　그것은 아빠와 함께했던 시간들로부터 우러나온 변함없는 믿음이었다.

　"누나, 나 그거 먹고 싶어. 바나나 우유."

　"그럼 내친김에 다 말해봐. 여기서 나가면 뭐부터 먹을 건지. 1등부터 10등까지 쫙."

"소시지, 삶은 계란, 핫도그, 메추리알, 통닭, 콩나물……."

(……)

"누나는 그럼 뭐가 제일 먹고 싶어?"

"맥주. 시원한 맥주."

하수구 속에서 현서와 세주가 나눈 대화다. 현서는 아빠가 자신을 데리러 올 거라는 사실을 전혀 의심하지 않았다. 어떤 위기가 닥치더라도 아빠는 마지막까지 자신의 버팀목이 되어줄 거라는 확신이 있었던 것이다. 자식에게 이런 믿음을 주는 것, 이게 아빠다.

아빠란 괴물로부터 내 아이를 안전하게 보호하는 사람

영화 속 괴물은 허구다. 한강에 이런 괴물이 살 리 만무하다. 그러나 현실 속에는 수많은 괴물이 실재한다. 내 속에, 내 아이의 삶 속에, 다른 사람들 가운데, 이 세상 곳곳에 괴물들이 도사리고 있다. 돈이라는 괴물, 가난이라는 괴물, 입시 전쟁이라는 괴물, 출세라는 괴물, 절망이라는 괴물, 폭력이라는 괴물, 탐욕이라는 괴물, 죽음이라는 괴물이 숨어 있다. 이 괴물들이 언제 어떤 모습으로 나타나 내 아이를 데려갈지 모른다. 무시무시한 세상이다. 이 수많은 괴물로부터 내 아이를 안전하게 보호하는 것, 혹 원치 않게 내 아이가 그 괴물들에게 잡혀갔다면 온몸을 던져 내 자식을 되찾아오는 것, 이게 바로 아빠다.

가지 많은 나무에 바람 잘 날이 없다는 속담처럼 자식이 여럿 있다 보면 전혀 예상치 않았던 위험과 위기에 직면할 수 있다. 아이가 가출을 하거나, 학교 폭력의 피해자가 되거나, 대학 입시에 연거푸 떨어져 좌절하거나, 불의의 사고를 당하거나, 원치 않는 임신을 하게 되거나, 범죄의 수렁에 빠지거나, 직장에서 쫓겨나거나, 사업에 실패하거나, 이혼으로 가정이 파탄 나는 등의 일을 겪을 수 있다. 이는 모든 인생 앞에 놓인 예견할 수 없는 고난이다. 누구에게나 닥칠 수 있는 시련이다. 만약 내 아이에게 이런 일이 일어났을 때 내가 그 아이의 버팀목이 될 수 있을까? 그 아이가 나를 지렛대 삼아 다시 일어설 수 있을까? 내가 아빠라는 이유만으로 그 아이에게 위로가 될 수 있을까?

괴물이 내 아이 앞에 나타난 것, 내 아이가 괴물에게 끌려간 것, 그것은 누구의 잘못도 아니다. 불가항력적인 일이다. 잘잘못을 따질 겨를도 없다. 그 순간 가장 힘들고 겁나고 괴로운 건 당사자다. 당사자인 아이가 그 순간 아빠를 떠올릴 수 있다면, 아빠가 자신을 구하러 올 거라는 믿음이 있다면, 아빠가 내 최후의 버팀목이 되어줄 거란 확신을 갖는다면 아빠는 마침내 자신의 아이를 수렁으로부터 건져낼 수 있을 것이다.

가장 미련한 아빠는 이런 아빠다. 괴물을 만나 겁에 질려 있는 아이에게, 괴물에게 잡혀가 공포에 떨고 있는 아이에게, 너 왜 그때 거기에 있었느냐, 어째서 가지 말라는 곳에 가서 일을 당하느냐, 네가 저지른 일이니 네가 알아서 해라, 평소 아빠 말 안 듣더니 잘하는 짓이다, 얼마나 힘든지 너도 한번 당해봐라, 우리 집안에 너 같은 애는 없었다…… 이런 식으로 따지고 판단하는 아빠다. 이는 절망의 나락에 빠져 있는 아이를 죽음으로 내모는 짓이다. 벼랑 끝에 매달려 있는 아이의 손을 짓밟는 일이다. 구해내는 게 먼저다.

다시 강두 이야기로 돌아가보자. 그는 쇠파이프 하나 달랑 들고 괴물에게 맞선다. 죽음 따위는 두렵지 않다. 그는 괴물이 쓰러지자 입을 벌려 목구멍에 매달려 있는 딸과 소년을 구해낸다. 여차하면 모두 괴물의 밥이 될 수도 있는 상황이다. 괴물의 아가리에 자신의 머리를 들이미는 것, 이는 아무나 할 수 있는 일이 아니다. 아빠니까 가능한 일이다. 현서의 죽음은 완벽한 절망이었다. 그런데 그 순간 강두는 또 다른 희망을 발견한다. 세주다. 그는 현서의 주검을 붙들고 오열하다가 소년에게 다가가 말을 붙인다.

"현서 알아? 너 누구야? 우리 현서랑 같이 있었어?"

순간 소년이 눈을 뜬다. 강두는 소년의 눈 속에서 현서를 본다. 괴물에게 끌려가 세상을 떠난 현서 대신 괴물의 목구멍을 뚫고 살아나 세상 밖으로 나온 세주는 현서의 또 다른 이름이다. 그는 그날부터 세주를 아들로 받아들인다. 매점에서 재우고 입히고 먹이며 정성껏 돌본다. 세상에 오직 하나뿐인 딸 현서에게 그랬던 것처럼.

괴물을 물리치고 절망을 극복할 수 있는 유일한 길은, 결코 희망을 버리지 않는 일이다.

사랑은
위에서 아래로 흐르는
물과 같다

아들을 위해 자신의 살과 피를
다 쏟아내는 아빠의 사랑

-

조창인의 『가시고기』

"잘 가라. 나의 아들아. 이젠 영영 너를 볼 날이 없겠지.
너의 목소리를 들을 길이 없겠지.
너의 따뜻한 손을 어루만질 수 없겠지.
다시는 너를 가슴 가득 안아볼 수 없겠지."

아빠는 널 잊을 거다. 그러니 너도 아빠를 잊어버려라

백혈병에 걸려 소아병동에 입원해 있는 초등학교 3학년 아이, 다움. 아이는 자기 때문에 슬퍼하는 아빠가 안쓰럽다. 잦은 입원과 치료로 빈털터리가 된 아빠에게 항상 미안한 마음뿐이다. 아이는 매일매일 기도한다. 빨리 자길 하늘나라로 데려가달라고.

정호연의 고향은 강원도 사북이다. 광부였던 그의 아버지는 막장 매몰 사고로 왼쪽 다리를 잃었다. 보따리 행상을 다니던 어머니는 생활고를 견디지 못해 집을 나갔다. 아버지도 어디론가 훌쩍 떠나버렸다. 먼 친척 집에 얹혀살던 그에게 아버지가 다시 돌아온 건 3년 만이었다. 아버지는 자장면 한 그릇을 사준 뒤 소화제라며 쥐약을 먹으라고 내놨다. 그는 죽기 싫다고 말했다. 아버지는 그러면 네 힘으로 살아가라는 말을 남긴 채 또 떠나갔다.

그 후 그는 아버지를 증오하며 살았다. 아버지가 되고 싶지 않았다. 그런데 아내가 임신을 하고 말았다. 난감했다. 혼미했다. 그러다가 강보에 싸인 아이를 보는 순간. 난감함과 혼미함은 간데없이 사라졌다. 설

렘과 감격이 그의 품에 안겼다. 아버지가 된 다음부터 아이는 삶의 구심점이었다. 만일 아이를 잃게 된다면 살아야 할 숱한 이유들을 잃게 될 것이었다.

시인이면서 잡지사에서 일한 적이 있던 그는 후배인 여진희의 주선으로 자서전 대필을 하게 되지만 의뢰인으로부터 퇴짜를 맞아 원고료를 받지 못하게 된다. 병원비 마련하는 일이 급했던 그는 대학 때 함께 자취했던 친구를 찾아갔으나 돈을 빌리지 못한다. 처진 어깨로 병원에 들어선 그에게 민윤식 과장은 약물 치료와 방사선 치료가 한계에 도달했다며 골수 이식을 하는 게 좋겠다고 권한다. 골수 이식 치료비는 3~4천만 원에 달한다고 한다.

아이의 오랜 병치레 때문에 어렵사리 장만한 32평 아파트를 처분하고 전세로 옮긴 뒤 다시 보증금 5백만 원에 월 30만 원짜리 다세대주택 반지하 단칸방으로 이사한 지 오래다. 그는 출판사 사장의 제의로 소위 잘 팔리는 소녀 취향의 말랑말랑한 시를 쓰기로 한다. 민 과장이 조직적합성항원이 일치하는 사람을 찾지 못했다고 알려주자 그는 퇴원을 결심한다. 끝도 없이 다음을 고통 속에 처박아둘 수만은 없었기 때문이다.

호연은 해병대를 제대하고 4학년에 복학하던 해에 아내를 만났다. 대학신문에 투고한 시에 아내가 그림을 그린 게 인연이었다. 내로라하는 집안이었던 처가에서는 끝내 결혼을 허락하지 않았다. 쓸쓸한 결혼식을 치른 후 시작된 신혼살림 속에서 아내는 돈 걱정이나 하며 구질구질하게 살게 될 줄은 몰랐다고 했다. 아이를 낳은 후 그녀는 그림에 몰두했고, 어느 날 남자가 생겼다며 이혼을 요구했다. 그녀는 결국 남자와 함께 프랑스로 떠났다.

아빠와 아이는 여행을 떠난다. 여행이라는 황홀한 이름으로 위장된 유형流形의 길이다. 참담한 떠남이다. 하지만 다움은 아빠와 함께 세상 밖으로 나온 게 너무나 기쁘다. 여기저기 떠돌던 부자는 한 노인을 만나 첩첩산중 사락골까지 흘러든다. 아이는 물 맑고 공기 좋은 산골에 잘 적응한다. 호연은 다움이 좋아하는 버섯을 캐기 위해 산을 오른다. 노루 뼈를 달여 먹이고 각종 약초에 산나물을 먹인 결과 아이의 병세는 눈에 띄게 호전된다.

병원을 벗어난 지 36일째 되던 날 저녁, 아이는 의식을 잃는다. 호연은 아이를 들쳐 업고 비탈길을 내달린다. 두 차례 심폐 소생술을 받은 아이는 혼수상태로 중환자실에 옮겨진다. 어렵사리 깨어난 다움은 말을 하지 못하고, 양쪽 시력 모두 상실돼고 백혈암세포가 중추신경계까지 전이된 상태다.

아이 엄마가 병원을 찾아온다. 그녀는 아이가 저렇게 되도록 뭘 했느냐고 호연을 다그치며 그에게 아버지로서 자격이 없는 사람이라고 말한다. 그는 분노조차 일지 않는다. 오히려 절망할 뿐이다. 그녀가 말한다. 골수를 주겠다는 사람이 나타났다고, 일본에서 찾아냈다고. 그들은 즉시 서울로 향한다. 골수 공여자는 21세의 미도리라는 일본 여성이다.

해병대 후배인 원무과 송 계장의 도움으로 호연은 신장을 매매하기로 한다. 3천만 원을 받는 조건이다. 그런데 신장 매매를 위해 받은 여러 가지 사전 검사 중, 그의 간에서 종양이 발견된다. 간암이다. 신장을 팔아 아이 병원비를 조달하려던 계획이 수포로 돌아간 것은 물론, 자신의 몸마저 죽어가고 있다는 사실을 알게 된 것이다.

호연은 자신이 떠난 다음 홀로 남게 될 아이 걱정에 잠이 오지 않는다. 그는 자신의 각막을 팔아 병원비를 마련한다. 다움의 수술은 성공적으로 끝난다. 이식 후 긴 고통의 터널을 지나 골수가 제 기능을 발휘할 수 있게 된다. 호연은 프랑스에 있는 아내에게 전화를 걸어 아이를 맡아달라고 부탁한다. 그리고 이 사실을 다움에게 조심스럽게 알린다.

아이가 프랑스로 떠나기 전 저녁, 아빠와 아이가 마지막 대면을 한다. 호연은 자신의 병세를 숨기기 위해 민 과장으로부터 모르핀 주사를 맞는다. 그는 가로등을 등지고 앉아 있다. 아이가 아빠를 부른다. 그는 아이가 더 이상 가까이 다가오지 않도록 불러 세운다.

"아빠는 널 잊을 거다. 그러니 너도 아빠를 잊어버려라. 아예 아빠가 없다고 생각하고 살아라. 어서 가라. 절대로 돌아보지 말아라. 그냥 씩씩하게 엄마한테 달려가기만 해라."

아이는 엉엉 소리 내어 울면서 조금씩 그에게서 멀어져 간다. 그는 벤치 위를 엉금엉금 기어 다움이 전해준 아이 얼굴을 새긴 조각상을 손에 든 채 참아왔던 울음을 토해낸다.

사랑도 유전이 되고 전염이 된다

흔한 말로 '눈물 없이는 읽을 수 없는' 소설이다. 부성애를 다룬 영화나 소설 가운데 가장 슬픈 작품을 하나만 고르라면 나는 주저 없이 이 소설을 택할 것이다. 이 작품을 읽은 독자들은 두 개의 상반된 감정을 갖게 될지도 모른다. 하나는 부성애에 대한 감동이다. 정호연이라는 남자, 다움의 아빠가 보여주는 헌신은 자식에 대한 아빠의 사랑이 어떤 것인지를 새삼 깨닫게 해준다. 다른 하나는 모성애에 대한 실망이다. 하애리라는 여자, 다움의 엄마가 보여주는 극한의 이기심은 모성애의 보편성과 절대성에 강한 의문을 품게 만든다.

작가는 다움의 입을 빌려 가시고기에 대해 이렇게 설명한다.

"가시고기는 이상한 물고기입니다. 엄마 가시고기는 알들을 낳은 후엔 어디론가 달아나버려요. 알들이야 어찌 되든 상관없다는 듯이요. 아빠 가시고기가 혼자 남아서 알들을 돌보죠. 알들을 먹으려고 달려드는 다른 물고기들과 목숨을 걸고 싸운답니다. 먹지도 잠을 자지도 않으면서 열심히 알들을 보호해요. 알들이 깨어나고 새끼들이 무럭무럭 자라납니다. 그리고 새끼 가시고기들은 아빠 가시고기를 버리고 제 갈 길로 가버리죠. 새끼들이 모두 떠나고 난 뒤 홀로 남은 아빠 가시고기는 돌 틈에 머리를 처박고 죽어버려요."

자식에 대한 부모의 사랑은 본능적이고 맹목적인 것이다. 그 어떤 대가도 바라지 않는다. 따지고 생각하고 판단하기 이전에 온몸으로 먼저 반응하는 것이다. 부모가 된다는 건 그런 것이다. 과거에 잉어나 메기나 피라미였던 물고기가 가시고기로 변하는 것이다. 자신만을 위해 살았던 옛날의 삶을 버리고, 화려했던 예전의 추억을 잊고, 가시고기의 삶을 따라가는 것이다. 그 길 위에서는 부성애든 모성애든 다 같은 것이다. 세태의 변화에 따라 모성애도 많이 퇴색 돼버린 요즘 세상에서 가시고기처럼 자식에게 온갖 사랑을 다 쏟아 붓는 아빠가 어디 있을까 싶지만, 본질적으로 자식에 대한 부모의 사랑이란 바로 이런 것이다. 작가가 말하고자 했던 것은 결국 진정한 모성과 부성의 회복이었을 것이다.

이에 반해 부부 간의 사랑은 매우 이성적이다. 분명한 목적을 가진다. 기대가 있고 대가가 따른다. 그것이 충족되지 않으면 한여름 땡볕처럼 이글거리던 사랑도 비 맞은 낙엽 속의 희미한 불씨처럼 흔적도 없이 꺼져버리고 만다. 땡전 한 푼 가진 것 없고, 천애의 고아나 다름없던 정호연을 사랑한다는 이유만으로 친정과 절연하며 자기가 가진 모든 것을 내던졌던 하애리가 어느 순간 자신의 기대와 대가가 채워지지 않자 남편과 아이를 버려두고 다른 남자와 프랑스로 훌쩍 떠나버렸던 것처럼. 한때 목숨처럼 사랑했던 남자의 말과 약속보다는 이혼 서류나 양육권 포기 각서와 같은 문서의 효력을 더 믿고 의지하려 했던 것처럼.

물이 위에서 아래로 흐르듯 사랑 또한 위에서 아래로 흘러가는 게 자연스럽다. 부모의 사랑을 제대로 받으며 자라난 사람이 다른 사람도 사랑하고, 배우자도 사랑하며, 자식도 사랑할 수 있는 법이다. 사랑도 학습이다. 배우는 것이다. 사랑도 유전이 되고 전염이 된다. 사랑이 가득한 집 아이가 사랑을 잘하는 아이로 자란다. 사랑이 메마른 집 아이가 사랑을 잘하는 아이로 자라는 건 쉬운 일이 아니다. 내 가정이 사랑이 흘러넘치는 가정이 되게 하는 것, 내 아이가 모든 사람들에게 사랑을 나눠주는 사람으로 자라게 하는 것, 내 자식이 가시고기처럼 자신의 아이를 온전히 사랑으로 품을 줄 아는 부모가 되게 하는 것은 아빠 자신이 먼저 가시고기가 되어 그 사랑을 보여주는 길밖에 없다.

세상에 널 남겨놓은 한 아빠는 네 속에 살아 있는 거란다

많은 아빠들이 자기 입장에서 아이를 사랑한다. 그러니 돈 벌어다 주고, 가끔 맛있는 거 사주고, 틈틈이 시간 내서 놀아주고, 대화 시간을 갖고 이런저런 이야기를 나누는 것으로 최선을 다했다고 생각한다. 하지만 아이는 어떨까. 아빠가 자기를 정말로 아끼고 사랑하며 귀하게 여기고 있다고 생각할까. 가시고기처럼 아빠가 자신을 보호하고 돌보며 헌신하고 있다고 느낄까. 다움은 속 깊은 아이였다. 비록 열 살밖에 되지 않는 꼬마지만 아빠의 지극한 사랑을 온전히 느끼며 아빠를 사랑하고 존경하고 의지하는 아들이었다.

호연은 자신이 갖고 있던 모든 재산과 자존심, 체면, 인간관계를 다 내려놓는다. 그리고 마지막에는 자신의 육신마저 아들을 위해 내놓는다. 그러고는 홀로 아들과의 작별을 맞는다. 한 인간의 삶이 어쩌면 이렇게까지 비극적일 수 있는지 참담할 정도다.

"잘 가라, 아들아. 잘 가라, 나의 아들아. 이젠 영영 너를 볼 날이 없겠지. 너의 목소리를 들을 길이 없겠지. 너의 따뜻한 손을 어루만질 수 없겠지. 다시는 너를 가슴 가득 안아볼 수 없겠지. 하지만 아들아. 아아, 나의 전부인 아들아. 아빠는 죽어도 아주 죽는 게 아니란다. 세상에 널 남겨놓은 한 아빠는 네 속에 살아 있는 거란다.

너는 이 아빠를 볼 수도, 들을 수도, 만질 수도 없겠지. 하지만 아빠는 언제까지나 너와 함께 앞으로 앞으로 걸어가는 거란다. 네가 지칠까 봐, 네가 쓰러질까 봐, 네가 가던 길 멈추고 돌아설까 봐 마음 졸이면서 너와 동행하는 거란다. 영원히, 영원히…….”

아이가 프랑스로 떠난 후 그는 사락골로 들어간다. 첫눈이 하염없이 내리고 있다. 그곳에서 그는 쓸쓸히 최후를 맞는다. 진희는 그의 머리를 북서쪽으로 향하게 한 채 매장한다. 그 방향에 마지막 순간까지 그리워하며, 눈물지으며, 고통을 참아가며 부르던 아이가 있다.

가시고기와 비슷한 동물이 황제펭귄이다. 남극에 사는 황제펭귄은 암컷이 알을 낳은 후 먹이를 몸에 비축하기 위해 바다로 떠나면 수컷이 발 위에 있는 주머니에 알을 넣고 품는다. 알을 품고 있는 몇 달 동안 수컷은 수분 섭취를 위해 먹는 눈 말고는 아무것도 먹지 않은 채 미동도 않고 그대로 서 있다. 남극에 몰아치는 눈보라는 허리케인에 맞먹을 정도로 위력적이지만 발등 위에 알을 올려놓은 아빠 황제펭귄은 꿈쩍도 하지 않는다.

갈매기들이 몸을 쪼아 먹어도, 바다표범이 다리를 물어뜯어도 피를 흘려가며 오직 알을 보호하기 위해 필사적으로 노력한다. 그러다가 드디어 새끼 황제펭귄이 알을 깨고 세상 밖으로 나오면 아빠 황제펭귄은 새끼에게 자신의 위 속에 있는 소화된 먹이를 토해서 먹인다. 수개월 동안 아무것도 먹지 못해 뼈만 앙상하게 남은 아빠 황제펭귄이 갓 태어난 새끼를 위해 자신의 몸을 내어주는 것이다. 새끼가 부화한 지 열흘 정도 지나면 암컷이 돌아와 같은 방식으로 먹이를 주고, 이후로는 아빠, 엄마가 번갈아 바다로 나가 먹이를 비축해 돌아온다.

참으로 놀라운 동물들의 자식 사랑이 아닐 수 없다. 물속에 사는 가시고기도, 남극에 사는 황제펭귄도 이렇듯 누가 시키지 않아도 아빠 노릇을 헌신적으로 척척 잘해 내는데 하물며 사람이 돼서 제 자식을 사랑하는 일에 무심하거나 소홀하다면 이는 그야말로 짐승만도 못한 인간 아니겠는가. 사랑은 사랑을 낳고, 사랑받은 자식이 제 자식을 사랑하는 게 자연의 이치다. 이 위대한 자연의 이치와 순리를 깨닫고 실천하는 게 아빠의 첫걸음이다.

가수 싸이는 '아버지'라는 곡에서 이렇게 노래했다. 노랫말처럼 오늘날 아빠들이란 거친 세상으로부터 내 자식을 지키기 위해 기꺼이 목숨을 거는 가시고기와도 같은 존재들이다.

…… 한평생 처자식 밥그릇에 청춘 걸고

새끼들 사진 보며 한 푼이라도 더 벌고

눈물 먹고 목숨 걸고 힘들어도 털고 일어나.

이러다 쓰러지면 어쩌나.

…… 무섭네. 세상. 도망가고 싶네.

젠장, 그래도 참고 있네, 맨날.

아무것도 모른 채 내 품에서 뒹굴거리는

새끼들의 장난 때문에 나는 산다.

힘들어도 간다. 여보. 애들아, 애들아. 아빠 출근한다.

207

힘들어도 웃는다,
나는
아빠니까

자녀와 함께
고된 추억을
만들어라

어느 날 갑자기 나타난
아홉 살 아들과 함께 떠난
국토 종단 길

-

오상훈 감독의 〈파 송송 계란 탁〉

"내가 세상에서 누굴 제일 싫어하는지 알아?
우리 아버지야. 왜? 우리 아버지는 나 낳아놓기만 했어.
내가 혼자 컸어. 너 내 월급 얼만지 알아? 정신 차려!"

소원을 빌고 국토 종단을 하면 소원이 이루어진댔어

이대규라는 사내는 혼자 살면서 불법으로 카세트테이프를 만드는 공장에 다닌다. 벌이도 신통치 않으면서 매일같이 술을 마시며 여자 꽁무니를 쫓아다니는 한량이다.

여느 때와 마찬가지로 술집에서 만난 여자를 꼬드겨 집에 데려온 그는 한밤중 초인종 소리에 잠을 깬다. 문을 열어줬더니 웬 꼬마 녀석이 뛰어 들어와 화장실로 달려간다.

"전미연 알지? 우리 엄마야. 고등학교 때 같이 밴드 했었다며? 이젠 여기서 살라고."

서인권이라는 아이는 자기가 대규의 아들이라고 선언한다. 아닌 밤중에 홍두깨다.

그때부터 인권은 대규에게서 떨어지지를 않는다. 갖은 수를 다 써보지만 허사다.

"아빠하고 딱 하나 하고 싶은 게 있는데……. 그것만 하면 간다니까."

도저히 빠져나갈 방법을 찾을 수 없게 된 대규는 결국 인권의 요구대로 여행을 떠난다.

기차 안에서 인권은 국토 종단을 하고 나면 그 즉시 엄마한테 가겠다는 각서를 쓴다.

배낭을 멘 아홉 살 소년과 밀짚모자를 쓴 총각 아빠의 국토 종단 여행은 그렇게 시작된다. 대규는 잘해야 사흘이면 아이가 나가떨어질 거라고 여겼다. 그러나 아이는 길바닥에 앉아 약을 먹어가면서도 잘만 걷는다. 그에 반해 여유 있게 떠들며 앞서 가던 대규는 시간이 지날수록 지쳐간다.

숙소에서 아이를 재운 대규는 다방 아가씨들과 술을 마시고 노래방에 간다.

대규는 같은 공장에 다니는 선배를 통해 전미연의 연락처를 알아내지만 통화가 되지 않는다. 밤에는 술에 몸을 맡기고 낮에는 두 발에 몸을 맡긴 지 어언 사흘째, 그는 백기를 든다.

"하나만 물어보자. 이걸 왜 하고 싶은 거야?"

"소원을 빌고 국토 종단을 하면 소원이 이루어진댔어."

그날 저녁 대규는 사장에게 전화를 걸어 사흘만 휴가를 달라고 하지만 사장은 이미 딴 사람을 구했다며 그만두라고 말한다. 졸지에 직장마저 잃게 된 것이다.

걱정 끝에 겨우 잠이 들었는데 새벽에 민박집 할머니가 잠을 깨운다. 며느리가 해산을 할 모양이니 병원까지 차를 운전해달라는 것이다.

트럭을 몰고 병원에 간 대규는 갓 태어난 아기를 바라보며 기쁨에 젖어 있는 아빠 모습에 가슴 뭉클한 무엇인가를 느낀다.

이때 인권이 갑자기 쓰러진다. 의사가 보호자인 대규에게 말한다.

"신경모세포종이라고, 애들한테 나타나는 일종의 소아암 중 하나입니다."

그 와중에 선배로부터 공장에 경찰이 들이닥쳐 사장은 중국으로 도망가고, 자기도 겨우 몸만 빠져나온 상태라는 전화를 받는다. 밀린 월급도 받지 못하게 된 것이다.

대규는 고기를 사주고, 생일 파티까지 해주며 설득하지만 인권은 국토 종단 계획을 포기하지 않는다. 소년의 고집을 꺾지 못한 대규는 대신 배낭을 메고 다시 길을 떠난다.

대규는 돈도 떨어지고 카드 결제마저 되지 않자 기차역 대합실 벤치에서 신문지를 덮고 잠을 청한다. 갑자기 비가 오는 바람에 여행 온 젊은이들이 대합실로 몰려들자 그는 재빨리 기타를 치면서 노래를 부른다. 그사이 인권은 사람들에게 밀짚모자를 돌리며 돈을 모은다.

그 돈으로 여관방에 들어간 인권은 아빠를 위해 라면을 끓이며 노래를 부른다.

"나는 파 송송, 아빠는 계란 탁!"

자신이 작곡한 노래라며 대규에게도 따라 하라고 한다. 그는 아이를 따라 노래를 부른다.

밤중에 다시 쓰러진 아이를 데리고 병원에 간 대규는 약을 좀 더 세게 지어달라고 요구하지만 의사는 인권의 생명이 길어야 두세 달밖에 남지 않았다고 일러준다.

대규는 서울로 올라가 공장 선배를 찾아간다. 경마장에서 만난 선배로부터 방 뺀 돈을 돌려받은 대규는 방송국에 가서 국토 종단 길에 알게 된 조 PD에게 사정을 한다. 자기랑 인권이 국토 종단 하는 모습을 찍어 텔레비전에 내보내달라고.

대규는 인권을 휠체어에 태워 뒤에서 밀며 본격적으로 국토 종단 길에 나선다. 밤에는 휠체어에 손전등을 단 채 불을 밝히며 걷고, 낮에는 밭에 앉아 떨어진 콩을 구워 먹는다.

텔레비전에 두 사람의 모습이 방영된다. 이들의 사연이 소개되면서 두 사람은 유명세를 치른다. 지나가던 차가 멈춰 서 누군가가 음료수를 건네주고, 길가에 몰려 나와 응원하는 사람들도 생겨난다.

추수 끝난 논에서 불을 피우고 앉아 있는 동안 미연의 후배가 보내온 휴대전화 음성 메시지를 확인한 대규는 미연이 지난여름 폐암 말기로 세상을 떠났다는 사실을 알게 된다.

"애 아빠 이야기도 하더군요. 음악을 좋아하던 사람이라고. 짐 지워주기 싫어서 혼자 키워왔다고요. 정말 큰일이 생기면 꼭 한 번 애 아빠한테 보여주라는 부탁을 했었습니다."

대규는 인권을 끌어안고 흐느낀다.

임진각이 멀지 않은 지점, 고장 난 휠체어를 버려둔 채 대규는 인권을 업고 걸어간다.

"너 도대체 소원이 뭐였니?"

"소원? 나 소원 벌써 이뤘는데?"

"그게 뭔데?"

"아빠랑 같이 이렇게 지냈던 거."

아빠와 아들의 진정한 화해

심각할 게 전혀 없는 코미디 영화다. 가벼운 마음으로 보면 그만 이다. 배우들의 연기 역시 그렇다. 성인 배우, 아역 배우 할 것 없이 싱거운 연기를 펼친다. 그런데 갈수록 분위기가 묘해진다. 점점 진 지해지는 것이다. 자꾸만 코끝이 찡해진다. 자세를 가다듬어보지만 이제는 눈물까지 나온다. 가슴이 뭉클해지면서 두 뺨 위로 뜨거운 것이 흘러내린다. 낯설고 어색한 상태에서 만난 아빠와 아들이 익 숙하고 자연스러운 관계로 발전해가는 모습 속에서 진정한 참회와 반성이 이루어지고 새로운 꿈과 희망을 만들어내고 있기 때문이다.

이대규라는 남자. 그는 혼자 살면서 마음껏 총각의 자유를 누린 다. 땅거미만 지면 술을 마시며 여자들을 찾아 나선다. 여자 홀리는 재주 하나만큼은 타고난 듯하다. 시골에서 고등학교 다닐 때 밴드 부로 활동하며 음악에 대한 꿈을 키웠지만 지금은 불법 음반을 만 들어 파는 일을 하며 간신히 끼니를 해결할 뿐이다. 꿈은 잊은 지 이미 오래다. 돈만 생기면 술집으로 달려가는 게 유일한 낙이다. 숱 한 여자들의 순정을 짓밟고 울린 나쁜 남자다.

그런 이대규에게 어느 날 날벼락 같은 일이 벌어진다. 웬 꼬마 녀 석이 나타나 자기를 아빠라 부르며 따라다니기 시작한 것이다. 아 빠라니, 있을 수 없는 일이다. 온갖 꾀를 다 짜내 녀석을 떼버리려 해도 찰거머리처럼 달라붙어 도저히 떨어져나가질 않는다. 악몽이 따로 없다. 하는 수 없이 그는 꼬마가 원하는 대로 국토 종단 길에 오른다. 도중에 아이가 지쳐서 나가떨어지면 좋고, 그게 아니더라도 국토 종단 후에는 두말없이 엄마에게 돌아가기로 각서를 받아두었기 때문이다. 그는 총각의 자유를 회복하기 위해 기꺼이 희생을 감수한다.

하지만 그는 국토 종단을 너무 얕잡아 봤다. 걸어서 여행하는 것 정도로만 여겼다. 막상 며칠 걸어보니 장난이 아니다. 전라남도 해남 땅끝마을에서 경기도 파주 임진각까지, 무려 6백 킬로미터가 넘는 길이다. 경험 많은 장정이 꾸준히 걸어도 한 달가량 걸리는 먼 길이다. 병약한 꼬마와 밤만 되면 술을 마셔대는 남자가 동행하기엔 애초부터 불가능해 보이는 길이다. 대규는 몇 번이나 포기하려고 하지만 일이 자꾸만 꼬여간다. 직장도 잃고 집도 잃고 돈도 다 떨어진 그에게 남은 거라곤 제 손을 잡고 있는 꼬마 아이뿐이다.

대규는 걷고 또 걸으며 생각한다. 이 아이가 정말 내 아들일까, 내가 왜 이 길을 걷고 있는 걸까, 나는 누구인가, 앞으로 어떻게 살아야 할 것인가……. 그러면서 그는 알게 된다. 아이가 왜 그토록 국토 종단을 하고 싶어 했는지, 아이가 어떤 치명적인 병을 앓고 있는지, 아이에게 얼마만큼의 시간이 더 남아 있는 것인지……. 억지로 따라나선 국토 종단 길, 갈수록 꺼져가는 아이의 생명, 그런 아이를 볼 때마다 점점 더 피부로 느껴지는 진한 부성애. 그는 비로소 자신이 아빠임을 자각한다. 국토 종단 길은 이제 그의 목적이 된다.

그는 마지막 남은 모든 돈을 국토 종단 경비와 인권의 치료비로 쏟아붓는다. 그러고 나서 휠체어를 밀며 하루 종일 쉬지 않고 걷는다. 온몸은 땀으로 범벅이 되고, 발은 잠자리 날개처럼 후들거린다. 그런데도 이상하게 기분이 좋고 머리가 맑아진다. 국토 종단 길은 그에게 참회와 반성의 길이다. 잘못 살아온 지난날들에 대해, 아무런 꿈도 희망도 없이 지내온 무지의 시간들에 대해, 어떤 책임감도 없이 술과 여자에 빠져 허비한 자신의 삶에 대해 회개하는 고행의 길이다. 이 모두가 아들 인권이 가져다준 선물이다.

아들을 등에 업고 걸어가면서 대규는 뜨거운 눈물을 흘리며 고백한다.

"미안하다."

아빠의 따뜻한 등에 업힌 인권이 대답한다. 파리한 얼굴에 미소를 머금은 채.

"괜찮아. 벌써 다 잊었어."

아빠와 아들의 진정한 화해가 이루어진 것이다. 함께 걷고 땀을 닦아주며, 먹을 것을 마련하고 휠체어를 밀며, 등을 내어주고 등에 업혀 가는 동안 지난 세월의 앙금이 다 녹아버린 것이다. 서로 아빠와 아들임을 확인하며 가슴 벅찬 사랑을 나눈 것이다.

추억의 맛은 진하면 진할수록 좋다

여행이나 힘들고 어려운 일을 함께 겪어낸 추억은 아빠와 아이들을 한층 더 성숙시키고, 다소 소원하고 서먹했던 관계를 다시 끈끈하고 긴밀하게 엮어주는 촉진제가 된다. 따라서 가까운 곳으로 가볍게 여행을 떠나는 것도 좋지만 좀 더 먼 곳으로 고생스러운 길을 떠나는 것도 좋은 일이다. 고통이 심할수록 이를 이겨낸 기쁨과 추

자녀와 함께 고된 추억을 만들어라

억의 깊이도 큰 법이다.

나는 아버지와 여행을 가본 일이 없다. 먼 곳은 고사하고 가까운 곳조차 함께 갔던 적이 없다. 그래서 추억도 없다. 나중에 장성한 자식들이 제주도로 효도 여행을 보내드린 일은 몇 번 있었지만 가족들이 다 함께 가거나 아버지와 아들만 따로 여행을 하지는 못했다. 아쉬운 일이지만 이제는 아버지가 세상에 계시지 않으니 하고 싶어도 할 수 없는 일이 돼버렸다. 아빠와 아이들 사이에 추억이 없다는 건 슬픈 일이다. 이걸 만들어주는 게 바로 아빠의 역할이다. 추억의 맛은 진하면 진할수록 좋다.

베스트셀러 작가 알랭 드 보통은 『여행의 기술』에서 이런 말을 했다.

"행복을 찾는 일이 우리 삶을 지배한다면, 여행은 그 일의 역동성을 그 열의에서부터 역설에 이르기까지 그 어떤 활동보다 풍부하게 드러내준다. 여행은 비록 모호한 방식이기는 하지만, 일과 생존 투쟁의 제약을 받지 않는 삶이 어떤 것인가를 보여준다."

그는 또 이런 말도 했다.

"여행은 생각의 산파다. 움직이는 비행기나 배나 기차보다 내적인 대화를 쉽게 이끌어내는 장소는 찾기 힘들다. 우리 눈앞에 보이는 것과 우리 머릿속에서 떠오르는 생각 사이에는 기묘하다고 말할 수 있는 상관관계가 있다. 때때로 큰 생각은 큰 광경을 요구하고, 새로운 생각은 새로운 장소를 요구한다. 다른 경우라면 멈칫거리기 일쑤인 내적인 사유도 흘러가는 풍경의 도움을 얻으면 술술 진행되어나간다."

여행은 치유다. 도시 속에서, 일상 속에서, 집 안에서 도무지 풀리지 않을 것 같은 생각이나 관계도 여행을 하다 보면 언제 그랬느냐는 듯 풀려버린다. 그런 의미에서 여행은 마법과 같다. 신기한 요술을 부려댄다.

많은 아빠들이 바쁘다는 이유로, 시간이 없다는 이유로, 비용이 많이 든다는 이유로 아이들과 여행을 떠나지 못한다. 추억을 쌓지 못한다. 그로 인한 부메랑은 노년의 아빠에게 치명적인 외로움과 쓸쓸함으로 되돌아올 것이다.

아들과 함께 떠난 국토 종단 길에서 대규는 잃어버린 꿈을 되찾는다.

"나는 파 송송, 아빠는 계란 탁!"

라면을 끓여 먹으며 인권과 같이 노래를 부르기도 하고, 기차역 대합실에서 기타를 치면서 즉석 공연을 벌이기도 한다. 돈을 구하기 위해 생각해낸 아이디어였지만 사람들이 기꺼이 만 원짜리 지폐를 내놓을 정도로 노래와 기타 연주 솜씨는 수준급이다.

"힘들지?"

"괜찮아."

이 짧은 대화 속에 아빠와 아들의 내밀한 정이 모두 숨겨져 있다. 남자들의 대화는 길지가 않다. 구구절절 설명하지 않아도 통하는 게 있다. 그게 남자들의 대화법이다.

인권의 소원은 거창한 게 아니었다. 목적지에 다다라야만 얻을 수 있는 것도 아니었다. 아빠와 함께 보낸 시간들, 아빠와 같이 나눈 추억들, 그걸 얻는 게 소원이었다.

우리 아이의 소원도 이와 다르지 않을는지 모른다. 나중에 돈 많이 벌면, 나중에 시간 많아지면, 나중에 좀 더 컸을 때, 그때 가서 다 해줄게, 그때 우리 멋진 곳으로 떠나자, 그때 우리 한번 근사하게 여행을 계획해보자, 라고 말하는 것은 실상 아무런 의미도 없다. 그때가 되면 아이는 이미 아빠와 함께 떠날 생각도, 마음도, 시간도 남아 있지 않을 테니까.

경솔한 이혼은
무책임의 극치다

집 나간 아내를 대신해
엄마 노릇까지 하며
힘겹게 아들을 키우는 아빠

-

로버트 벤턴 감독의 〈크레이머 대 크레이머〉

"지금 가장 중요한 건 무엇이 우리 아들을 위해
가장 이로우냐는 겁니다. 빌리에겐 제가 최선을 다해 꾸민
가정이 있어요. 우린 우리만의 삶을 만들었고
서로 사랑하고 있습니다."

자기 애를 버리려면 얼마만큼의 용기가 필요하죠?

테드 크레이머가 종일 회사에서 일하다 집에 돌아와보니 조안나가 가방을 꾸리고 있다.

그날은 테드가 오랫동안 공들여온 거래를 성사시킨 뒤 승진까지 한 최고의 날이었다.

"나 떠나."

조안나는 집 열쇠와 신용카드, 백화점 카드, 수표책 등을 내놓고 집을 나갈 채비를 한다.

"농담해? 늦어서 미안해. 하지만 다 먹고살자고 그런 거잖아?"

아내는 할 말 다 했다며 집을 나선다.

남편은 이해할 수 없는 상황에 어쩔 줄 몰라 하며 아내를 말려보지만 소용이 없다.

곧이어 이혼한 뒤 홀로 아래층에서 딸을 키우며 사는 아내 친구 마가렛이 올라온다.

"조안나는 아주 불행했어요. 떠나기까지 엄청난 용기가 필요했을 거예요."

집 나간 아내를 두둔하는 듯한 마가렛의 말에 테드는 분노를 금치 못한다.

"자기 애를 버리려면 얼마만큼의 용기가 필요하죠?"

다음 날 아침, 테드는 아들 빌리와 함께 프렌치토스트를 만들어 먹으려 하지만 어떻게 만드는지를 모른다. 프라이팬 위에서 토스트가 다 타버리고, 테드는 서두르다 손을 데고 만다.

그는 초등학교 1학년인 아들을 학교에 데려다준 다음 택시를 타고 출근한다.

얼마 뒤 조안나가 빌리에게 보낸 편지가 도착한다. 그는 아들에게 편지를 읽어준다.

"엄마는 멀리 떠났단다. 세상을 살다가 아빠가 멀리 떠나면 엄마가 애들을 키우지. 하지만 엄마도 떠날 수가 있거든. 그땐 아빠가 널 돌볼 거야. 엄마가 집을 떠난 이유는 엄마가 세상에서 해야 할 일을 찾기 위해서야. 모두에겐 자신만의 일이 있단다."

테드는 아내가 돌아오리라는 기대를 접고 집에 있는 그녀의 사진과 물건을 모두 치운다.

중요한 프로젝트를 맡고 있음에도 불구하고 테드는 아들을 돌보며 일을 하느라 정신없는 나날을 보낸다. 하지만 빌리는 엄마만큼 자신을 충분히 돌봐주지 못하는 아빠가 야속하기만 하다.

부사장에게 야단을 맞아 짜증이 솟구친 날, 테드는 아들이 차려준 음식은 먹지도 않고 냉장고를 뒤져 초콜릿 칩 아이스크림을 퍼먹자 아이를 불끈 들어 침대에 내동댕이친다. 술을 한 잔 마신 그는 조용해진 빌리의 방문을 연다. 울다 지친 아들이 인형을 껴안고 잠들어 있다.

"아빠도 떠날 거야?"

"아니. 난 네 옆에 꼭 붙어서 떨어지지 않을 거야."

"아빠, 사랑해."

그렇게 테드와 빌리가 좌충우돌하며 서로에게 적응해가던 무렵, 15개월 만에 조안나에게서 전화가 걸려 온다. 두 사람이 레스토랑에서 만난다. 이 자리에서 조안나는 좋은 직장을 구했다며 빌리를 데려가겠다고 선언한다. 테드는 변호사를 찾아가 소송을 준비한다.

그즈음 테드는 부사장에게서 느닷없이 해고를 통보받는다. 테드는 사정을 하며 매달려보지만 부사장은 돈을 주면서 그만두라고 종용한다. 변호사는 그가 해고를 당했다는 소식을 듣자 소송을 포기하라고 조언하지만 테드는 빠른 시간 안에 새 직장을 잡겠다고 말한다.

크리스마스 연휴 기간에 새 직장을 구한다는 건 하늘의 별 따기다. 그는 전 직장보다 연봉이 5천 달러나 적은 회사에 입사하기 위해 12월 22일 금요일 오후 4시에 면접을 본다. 나중에 연락하겠다는 면접관에게 당장 결정해달라고 떼를 쓴 끝에 결국 새 직장을 얻는다.

뉴욕 주 대법원에서 재판이 시작된다. 조안나가 먼저 증인으로 나온다.

"내가 느끼는 두려움과 감정에 대한 남편의 무관심한 태도 때문에 저는 삶의 정체성을 거의 잃어버렸죠. 전 겁이 났고 비참했어요. 떠나는 것 외에는 다른 수가 없었죠. 빌리는 겨우 일곱 살이고 그

애한테는 제가 필요해요. 전 아이 엄마예요. 엄마라고요."

두 번째 재판정에서는 테드가 증인으로 나선다.

"제가 이해심이 부족했고 후회도 많이 하고 있습니다. 하지만 이미 엎질러진 물이죠. 지금 가장 중요한 건 무엇이 우리 아들을 위해 가장 이로우냐는 겁니다. 빌리에겐 제가 최선을 다해 꾸민 가정이 있어요. 우린 우리만의 삶을 만들었고 서로 사랑하고 있습니다."

조안나의 변호사는 테드가 전 직장에서 해고를 당했으며, 새 직장으로 옮기면서 연봉도 줄어들었고, 아이를 잘 돌보지 못해 사고가 나서 시력을 잃을 뻔했다고 추궁한다.

며칠 후 변호사를 만난 테드는 재판에서 졌다는 소식을 듣는다. 그는 항소하겠다며 고집을 부리지만 그렇게 되면 빌리까지 증인석에 세워야 한다는 변호사 말에 어쩔 수 없이 항소를 포기한다.

테드는 빌리와 함께 집에서 마지막 식사를 만들어 먹는다. 메뉴는 프렌치토스트다. 둘의 호흡이 척척 맞는다. 아빠와 아들의 눈이 마주친다. 아빠가 살짝 웃으며 아들을 껴안는다.

인터폰이 울리고, 조안나가 테드를 로비로 불러 내린다.

"빌리를 집으로 데려가려고 왔는데, 그 애한테는 이미 집이 있더라고. 빌리를 너무 사랑해. ……데려가지 않을 거야. 올라가서 만나봐도 돼?"

흐느끼는 조안나를 테드가 끌어안는다. 엘리베이터를 탄 조안나가 눈물을 닦으며 묻는다.

"나 어때?"

"아름다워."

왜 어른들은 매사에 자기들 마음대로일까?

1979년에 만들어져 아카데미 작품상을 수상한 영화로 명배우 더스틴 호프만과 메릴 스트리프의 젊은 시절 모습을 감상할 수 있는 작품이다. 당시의 시대상을 반영하듯 여성의 사회 진출과 독립 그리고 여권 신장에 관한 강렬한 메시지를 던지고 있다.

"엄마가 집을 떠난 이유는 엄마가 세상에서 해야 할 일을 찾기 위해서야. 모두에겐 자신만의 일이 있단다."

"난 평생 누군가의 아내나 엄마, 딸로 지냈어. 우리가 같이 지낼때도 난 내가 누군지 몰랐고 그래서 떠나야 했었지."

조안나의 이 말에 많은 여성들이 공감하며 박수갈채를 보냈을 것이다.

그러나 나는 관객들이 테드의 손을 들어주든 조안나의 손을 들어주든 상관없이 순전히 빌리의 입장에서 문제를 들여다보고자 했다. 내게 영화의 주인공은 빌리 크레이머였다.

결혼 이후 다니던 직장을 그만두고 아들을 키우며 살아가던 조안나는 일에 빠져 바깥으로만 나도는 남편 때문에 정체성의 혼란을 겪는다. 자신의 삶이 비참하다고 느끼면서 두려움에 사로잡힌다. 결국 그녀는 떠나기로 결심하고, 마침내 잃어버린 자아를 발견한다. 번듯한 직장도 구하고 멋진 커리어 우먼으로 되돌아간 그녀는 남편에게 나타나 아들을 데려가기 위해 양육권 소송을 제기한다. 법정에서 그녀는 테드가 얼마나 나쁜 사람이었는지를 신랄하게 까발려 재판에 이긴다. 자기 정체성도, 아들 빌리도 모두 되찾는다.

그렇다면 조안나가 진정한 승리자인가? 모든 것을 다 얻은 그녀는 과연 행복할까?

어느 날 퇴근하고 집에 돌아오니 아내가 가출을 하겠다고 한다. 잠시 바람 좀 쐬고 오겠다는 게 아니라 아예 갈라서자는 것이다. 도대체 내가 뭘 얼마나 잘못했기에 이 사달을 벌이는지 이해가 되질 않는다. 반평생 가족을 위해 뼈 빠지게 일하며 살았는데 이게 무슨 꼴인가. 테드는 1년 반 동안이나 홀로 아들을 돌보며 사느라 직장에서도 해고를 당한다. 하지만 아들을 향한 사랑은 점점 더 깊어진다. 그런데 갑자기 나타난 아내가 아들을 빼앗아가려고 한다. 회사 사장도, 법원 판사도 모두 테드가 잘못했다고 한다. 그는 전부를 잃었다.

그렇다면 모든 것이 다 그의 잘못인가? 테드만이 유일한 패배자인가?

그렇지 않다. 두 사람 다 패배자다. 결혼 생활이 실패로 돌아간 데 대한 책임은 두 사람 모두에게 있다. 재판 결과와 상관없이 테드와 조안나는 많은 상처를 입었다. 이혼은 어느 한 사람만의 전적인 잘못으로 인해 발생하지 않는다. 마찬가지로 이혼은 어느 한 사람만의 일방적인 승리나 패배로 끝나지도 않는다. 양쪽 다 치명적인 아픔을 겪게 된다.

하지만 그 무엇보다 이혼으로 인해 가장 많은 상처를 받고, 아픔을 겪는 건 바로 아이들이다. 아빠와 엄마의 그릇된 판단과 행동, 실수와 잘못, 돌이킬 수 없는 다툼과 싸움의 결과는 아무 죄도 없는 자녀들에게 고스란히 돌아간다. 둘이 만나 사랑에 빠진 것도, 주위의 반대를 무릅쓰고 결혼에 이른 것도, 사랑의 결실로 아이를 낳은 것도 모두 두 사람만의 결정에 의한 것이었듯, 이혼 역시 순전히 두 사람만의 문제임에도 불구하고 그로 인한 피해와 부작용은 온전히 아이들의 몫으로 남게 된다는 말이다.

영화 속 빌리 크레이머에게 시선을 돌려보자. 그는 초등학교 1학년 어린아이다. 아빠는 회사에 잘 다니고, 엄마도 살림을 잘하고 있다. 뉴욕의 평범한 가정에서 별 탈 없이 자라던 그에게 어느 날 갑자기 이상한 일들이 벌어진다. 엄마가 집을 나간 것이다. 엄마도 아빠도 별다른 설명이 없다. 나중에 두 사람의 변명을 듣지만 무슨 말인지 이해가 가질 않는다.

아빠가 잘해본다고는 하지만 엄마의 빈자리는 크기만 하다. 엄마가 보고 싶어 죽을 지경이다. 그래도 아빠 앞에서 내색을 할 수는 없다. 아빠도 가까스로 견디고 있다는 걸 알기 때문이다. 힘들지만 그럭저럭 아빠와 둘이 사는 데 익숙해질 무렵, 불쑥 떠났던 엄마가 나타난다. 드디어 아빠와 엄마가 화해를 했나 싶었더니 서로 자기를 데려가겠다며 재판정에서 전쟁을 벌인다.

재판에서 엄마가 이긴다. 아빠는 이제 엄마랑 살아야 한다고 말한다. 저녁때 동화책은 누가 읽어주느냐고 물으니 엄마가 읽어줄 거란다. 잘 때 뽀뽀는 누가 해주느냐고 물으니 그것도 엄마가 해줄 거란다. 하나도 반갑지가 않다. 자꾸 눈물만 난다. 왜 어른들은 매사에 자기들 마음대로일까? 나에겐 언제나 아빠도 필요하고 엄마도 필요한데 말이다.

아이는 책임감의 결정체다

연애는 사랑만 있으면 된다. 그러나 결혼에는 책임이라는 떼려야 뗄 수 없는 특수 코팅된 꼬리표가 따라붙는다. 그게 싫으면 결혼을 보류하는 것이 낫다. 두 사람의 결혼, 그리고 사랑의 징표로 태어난 아이는 부부가 진 책임감의 결정체다. 세상 그 어떤 것으로도 지울 수 없는 피로 엮인 천륜의 관계가 생성되는 것이다. 자녀를 최선을 다해 양육하고, 돌보고, 교육시켜 독립된 인격체로 만들어낼 의무와 책임은 전적으로 부모에게 있다. 경솔한 이혼은 이를 저버리고 도망가는 것이다. 무책임의 극치다.

십 대 청소년 문제의 상당 부분은 결손가정으로 인해 생겨난다. 부부의 결혼 생활이 정상적이지 못하고 부모가 이혼한 가정의 자녀들은, 부부의 결혼 생활이 정상적이고 부모가 화목하게 살아가는 가정의 자녀들에 비해 비뚤어지거나 비행을 저지르는 등 문제를 일으킬 가능성이 훨씬 더 커진다. 이혼한 뒤 아무리 자녀에게 잘한다 해도 이혼하지 않고 정상적인 가정을 꾸리며 살아가는 것만 같지는 못하다. 아무리 훌륭한 남자나 여자도 홀로 자식을 키우는 것은 부족하고 모자란 아빠와 엄마가 정성스레 키우는 것만 못하다는 말이다.

예전에 내가 어린 시절에는 친구들 중에 이혼한 가정에서 자라는 아이가 아주 드물었는데, 요즘은 이혼이 보편화되어 주변에서 이혼한 가정을 흔히 볼 수 있다. 친구들 몇 명만 만나도 이혼한 친구가 으레 끼어 있게 마련이다. 음식점 예약을 한 뒤 일정이 바뀌면 취소를 하듯 이혼이 마음만 먹으면 쉽게 할 수 있는 것처럼 여겨지는 세상이 되었다.

　1997년 이후 이혼율이 점점 떨어지는 추세라고는 하지만 아직도 우리나라 이혼율은 OECD 국가 중 상위권에 속한다. 통계청에 따르면 2012년 우리나라 이혼 부부는 11만 4천3백여 쌍이었다. 인구 1천 명당 이혼 건수를 나타내는 조稙이혼율은 2.3건을 기록했다. 이혼 부부의 평균 혼인 지속 기간은 13.7년이었으며, 20년 이상 혼인 관계를 지속하다 이혼하는 부부가 26.4퍼센트로 꾸준히 증가하는 모습을 보이고 있다고 한다.

　다시 말하지만 문제는 아이들이다. 평균 13.7년을 살다가 이혼한다면 자녀들은 초등학생이나 중학생이 되었을 것이다. 이들의 장래는 누가 책임질 것인가?

　소년부 판사로 십 대 청소년 선도에 앞장서온 창원지방법원 천종호 부장판사는 『아니야, 우리가 미안하다』라는 책에서 무책임한 부모와 어른들을 향해 이렇게 경고하고 있다.

　"창원지방법원 소년부를 맡게 되면서 가정의 해체로 인한 소년비행이 생각보다 더 심각하다는 것을 알게 되었다. …… 비행소년들을 포함한 지금 우리 아이들은 삶의 성장기라는 시간변경선 위에 서 있다. 우리 사회가 어떤 선택을 하느냐에 따라 이들의 앞날 또한 바뀔 것이다. 꿈을 꿀 여유조차 없는 팍팍한 환경에서 몸부림치고 있는 아이들이 훗날 어른이 되어 자신들의 모습을 되돌아보면서 어떤 생각을 할까? 자신들에게 그러한 환경을 제공한 우리 어른들에게 어떠한 평가를 내릴까?"

　영화가 개봉됐던 1970년대에 비해 우리 사회는 남녀평등과 여권 신장 문제가 현저히 개선됐지만 아직도 이혼 문제에서 상당한 책임은 남편 쪽에 있다. 술, 도박, 외도, 폭력 등 많은 문제가 아빠 때문에 생겨난다. 좋은 아빠란 돈만 많이 벌어다 호강시켜주는 아빠가 아니다. 아이의 엄마를 끝까지 사랑하는 아빠, 아내의 정체성과 존재감을 지켜주는 아빠, 언제나 아이 곁에 함께하는 아빠, 감정을 앞세우기보다 책임감을 먼저 생각하는 아빠, 이런 아빠가 바로 좋은 아빠다.

돈 많고
잘난 아빠만
아빠인 건 아니다

해외 입양아인 아들과
사형수인 아빠의
22년 만의 만남

-

황동혁 감독의 〈마이 파더〉

"난 말이야. 먼저 간 네 엄마 생각이 나면
여기 이 가슴을 이렇게 두드려봐.
사랑하는 사람은 멀리 가는 게 아냐.
네 가슴속으로 가는 거야."

아빠가 보내준 빛바랜 사진 한 장

제임스 파커는 미국으로 입양되어 단란한 가정의 일원으로 살아가고 있다. 어느 날 그는 자원입대를 결정한다. 주한미군으로 한국에 건너가 자신의 친부모를 찾기 위해서다. 그의 의중을 파악한 양아버지는 입대하는 아들을 차에 태워 데려다준다.

한국에 도착한 제임스는 친부모를 찾는 일에 매달린다. 그가 낯선 이의 손에 넘겨져 미국으로 향하는 비행기를 탄 것은 다섯 살 때였다. 춘천 행복보육원을 찾은 그는 자신의 원래 이름이 공은철이라는 사실을 알게 된다. 그가 두 살일 때 보육원에 맡긴 사람은 공은주라는 여자였다. 그는 텔레비전 프로그램에 출연해 자신의 존재를 알린다.

그로부터 6개월쯤 지났을 무렵 낯선 전화 한 통이 걸려 온다. 친아버지를 알고 있다는 가톨릭 사제의 전화다. 제임스가 찾아간 곳은 군산교도소다. 많은 취재진이 들어선 가운데 다리를 절뚝거리며 죄수복을 입은 친아버지 황남철이 어색한 표정으로 들어선다.

"네 엄마 이름이 공은주다. 너는 엄마 성을 딴 거야. 엄마 이름에서 은, 아빠 이름에서 철, 한 자씩 따서 네 이름을 지었지. 엄마는 천식이 심해서 널 낳고 얼마 후에 죽었다. 난 그때 군대에 있었어. 엄마가 많이 아프다는 편지를 받고 가보려고 했지만 휴가를 받지 못해 탈영을 했어. 그러는 바람에 다리를 다쳤다. 서울로 가지도 못하고 붙잡혔어."

늙고 초췌한 사형수 아버지와 잘생긴 미군 아들의 어색한 만남은 이렇게 시작되었다.

"가리봉 여관에 살 때 하루는 술을 마셨는데, 주인 여자 방에서 싸우는 소리가 들리는 거야. 그래서 문을 열어보니 이미 주인 여자가 죽어 있었고, 그 아들이 나까지 죽이려고 칼을 들고 덤벼들었어. 그 아들은 도박에 미쳐 있었거든. 나는 실랑이를 벌이다가 그만 그를 칼로 찔러 죽이게 됐지. 그건 정당방위였어. 하지만 아무도 내 말을 믿으려 하지 않았다."

제임스는 황남철을 통해 엄마에 대한 기억을 하나씩 더듬어간다.

"춘천에 있는 미군 부대 캠프 페이지 근처에 파라다이스라는 클럽이 있었어. 나는 거기서 기타를 쳤지. 밴드 이름은 포 브라더스였어. 거기 놀러 온 아가씨들 중에 긴 머리 아가씨가 한 명 있었는데, 그게 바로 네 엄마야. 아주 예뻤지."

그즈음 미국에 있는 존 파커가 세상을 떠난다. 멋진 콧수염의 양아버지를 더 이상 볼 수 없게 된 것이다. 제임스는 미국으로 건너가 묘소에 참배를 하며 슬픔의 눈물을 흘린다.

황남철을 만난 제임스는 양아버지의 죽음을 알린다.

"난 말이야. 먼저 간 네 엄마 생각이 나면 여기 이 가슴을 이렇게 두드려봐. 그러면 네 엄마가 이 안에서 네, 라고 대답하는 게 들려와. 사랑하는 사람은 멀리 가는 게 아냐. 네 가슴속으로 가는 거야."

양아버지를 잃고 괴로워하는 아들을 황남철은 이렇게 위로한다.

제임스를 만난 기쁨에 황남철은 천국 같은 나날을 보낸다. 그러던 중 자신의 과거를 알고 있는 불한당 장민호가 같은 교도소에 들어온다. 황남철은 장민호에게 공은주의 사진을 구해달라며 돈과 귀중품을 건넨다. 엄마의 존재를 궁금해하는 아들에게 주려는 것이다.

제임스는 신부와 함께 황남철의 구명 운동을 벌인다. 그런데 이 과정에서 황남철이 죽인 여자의 동생으로부터 사건의 진상을 전해 듣게 된다. 황남철은 정당방위가 아니라 알코올중독자로, 술 살 돈을 주지 않는다고 집주인 여자를 살해했다는 것이다.

의문을 품게 된 제임스는 파라다이스 클럽을 찾아가 포 브라더스 밴드의 기타리스트는 황남철이 아니라 김영식으로, 이미 20년 전에 죽었다는 사실을 알게 된다. 황남철의 흰 머리카락을 가지고 친자 확인 검사를 한 결과 그는 자신의 친아버지가 아니라는 사실도 밝혀진다.

밤잠을 이루지 못하며 괴로워하던 제임스는 교도소로 가서 황남철을 만난다. 그는 황남철에게 살인 사건 기사가 났던 옛날 신문을 보여주며 울부짖는다.

눈 내리는 어느 겨울날, 사진을 구했으나 돈을 더 내놓지 않는다며 사진을 주지 않는 장민호에게 무릎을 꿇고 애원하던 황남철은 장민호가 공은주를 모욕하는 말을 쏟아내자 격분한 나머지 그를 칼로 찌르고 목을 조른다. 이 일로 그는 차디찬 독방에 갇히게 된다.

옛날 영등포 유흥가에서 심부름을 하며 살던 황남철은 술집 여자였던 공은주에게 반해 병들어 누워 있는 그녀를 데리고 춘천으로 가서 살았다. 그녀가 임신한 아이가 누구의 자식인지 알 수 없었지만 그는 그녀를 목숨처럼 사랑했기에 자신의 아이라고 믿고 있었다.

전역을 앞둔 제임스는 손수 만든 앨범을 들고 황남철을 찾아간다.

"나 아버지 사랑했어요. 거짓말 많이 해도 괜찮아요."

"나 같은 사람은 잊어버려. 살인자 자식이라고 소문나면 어디 가서 취직하기도 힘들다."

아버지와 아들은 유리창을 사이에 두고 서로 자기 가슴을 두드리며 흐느낀다.

한국 이름을 황은철로 고친 제임스는 전역 후 미국으로 돌아가 일상에 복귀한다. 그리고 어느 날 군산교도소로부터 한 통의 편지를 받는다. 편지 봉투 안에는 영등포 상가 번영회 야유회 때 찍은 긴 머리를 늘어뜨린 예쁜 엄마의 사진이 들어 있다.

가슴으로 아들을 낳고 키운 두 아빠 이야기

처절한 이야기를 다루고 있지만 영화는 눈물겹고 아름답다. 황남철 역을 맡은 김영철과 제임스 파커 역을 맡은 다니엘 헤니의 연기도 진지하고 신선하다. 이 영화는 한국인 입양아 애런 베이츠의 실화를 바탕으로 재구성한 이야기라고 한다. 황남철이라는 인물은 아직도 교도소에 있으며 애런 베이츠는 미국 애리조나 주에 살면서 아버지를 만나러 한국을 왕래한다고 한다. 파란 많은 우리네 삶은 이 애달픈 부자 이야기처럼 숱한 사연들을 만들어낸다.

이 영화에는 두 사람의 아빠가 등장한다. 한국 아이를 입양해서 반듯한 청년으로 키워낸 미국인 아빠와, 친아들이 아님에도 불구하고 사랑하는 여인이 낳은 아이이므로 자신의 아들이라 믿으며 삶의 마지막 희망을 쏟아붓는 한국인 사형수 아빠가 그들이다. 한 사람은 가슴으로 아들을 키운 아빠이고, 한 사람은 가슴으로 아들을 낳은 아빠다. 이 두 아빠의 미소와 눈물 속에서 우리는 부성애란 무엇인가를 끝없이 되묻게 된다.

우리 주위에는 의외로 불임 부부들이 많다. 정확한 통계는 없지만 대략 기혼 가정 일곱 쌍 중 한 쌍이 불임이라고 한다. 이런 부부에게 입양은 자식을 키울 수 있는 유일한 길이다. 하지만 한국인의 정서상 아직도 입양은 보편적이지가 않다. 그러다 보니 입양 기관에 맡겨진 아이들은 대부분 외국으로 보내지는 실정이다. 2011년 미국 국무부가 발표한 자료에 따르면 한국은 한 해 동안 미국으로 보내지는 입양아 순위에서 4위를 차지했다고 한다. 중국, 에티오피아, 러시아 다음이다. 보건복지부 통계에 의하면 6·25 전쟁 이후 지난 60여 년 동안 해외로 입양된 한국의 어린이들은 16만 명이 넘는다고 한다. 비공식적인 입양까지 포함하면 대략 20만 명이 넘을 거라는 게 일반적인 추측이다. 사실상 이들 20만 명에 달하는 사람들이 모두 이 영화의 주인공들인 셈이다.

친부모를 선택해서 태어날 수 없듯이 양부모 역시 입양아 스스로 선택할 수가 없다. 부모와 자식으로 인연이 맺어진다는 것은 그

것이 핏줄로 이어진 것이든 아니든 운명적일 수밖에 없다. 내 부모가 어떤 직업에 종사하든, 어떤 인품과 성격을 가지고 있든, 얼마만한 부와 능력을 소유한 사람이든 상관없이 있는 그대로를 인정하고 받아들이는 것이 자식으로서 부모를 대하는 바른 태도라고 할 수 있다. 운명이기 때문이다. 마찬가지로 내 자식이 어떤 자질을 타고났든, 어떤 분야에 취미와 특기를 가지고 있든, 어떤 품성과 태도를 보이며 자라나든 관계없이 있는 그대로를 인정하고 받아들이는 것이 부모로서 자식을 대하는 바른 태도라고 할 수 있다. 이 역시 사람의 힘으로 어찌할 수 없는 운명이기 때문이다.

그런 의미에서 영화 속의 존 파커와 제임스 파커, 황남철과 황은철은 참으로 건강한 부자 관계라고 할 수 있다. 미국인으로서 제임스 파커는 양아버지와 깊은 신뢰 관계를 맺고 있다. 아빠는 아들을 믿고 아들은 아빠를 존경한다. 그 어느 친자식과 친부모 못지않게 이들 관계는 견고하고 끈끈하다. 한국인으로서 황은철은 황남철이 생물학적으로 자신의 친아버지가 아니라는 사실을 확인하고 나서도 여전히 그를 아버지로 대하며 아버지라 부른다. 그가 엄마가 진심으로 사랑했던 유일한 남자였으며, 그 또한 엄마를 목숨처럼 사랑했던 단 한 명의 남자였던 까닭이다. 자신의 몸속에 실제로 황남철의 피가 흐르고 있느냐, 아니냐는 결코 중요한 문제가 아니었다. 이들의 관계도 여느 부자에 손색없이 따뜻하고 편안하다.

내가 만약 황은철이었다면 어떻게 했을까? 22년 만에 어렵사리 찾은 친아버지가 잔혹한 살인 범죄를 저지르고 교도소에 갇혀 있는 사형수였다면 어땠을까? 실망도 이만저만이 아니었을 것이다.

팬히 찾았다고 후회했을지도 모른다. 어차피 사형수는 밖으로 나올
수 없으니 한 번 만난 뒤로 다시는 찾아가지 않았을 수도 있다. 지
난 과거는 미련 없이 한강에 띄워 보내고 홀가분하게 미국으로 돌
아가 양부모와 더불어 미국인으로 편안하게 살아가는 길을 택했을
수도 있다. 친자 확인 검사까지 했다면 더더욱 그렇게 했을 것이다.

그러나 황은철은 그렇게 하지 않았다. 존 파커를 온전히 아버지
로 받아들였듯이 황남철도 친아버지로 온전히 받아들였다. 그가 나
중에 사랑하는 여인을 만나 결혼을 하고 가정을 이루게 된다면 틀
림없이 좋은 아빠가 될 것이다. 그가 두 아빠에게 보냈던 무한한 사
랑과 신뢰를 그의 자녀들 역시 그에게 보낼 게 거의 확실하기 때문
이다. 좋은 자식이 좋은 부모가 될 수 있고, 좋은 부모가 좋은 자식
을 길러내는 법이다.

나 당신을 말로 다 할 수 없을 만큼 사랑해요

부모가 많이 배우지 못하고, 경제적으로 넉넉하지 못하며, 딱히
내세울 만한 직업을 가진 사람이 아닐 경우 자식들이 그런 부모를
원망하고 한탄하거나 부끄러운 나머지 남들에게 거짓말을 한다든
가 아예 부모의 존재를 숨기는 경우가 있다.

어떤 잡지에서 읽은 글이다. 지금은 유명 인사가 된 사람이지만
옛날 찢어지게 가난했던 시절 그분의 엄마가 길거리에서 행상을 했
다고 한다. 일이 일찍 끝난 엄마는 아들이 보고 싶어 학교를 찾아

교문에서 아들이 나오기를 기다렸다. 멀리서 이 광경을 본 아들은 초라한 엄마의 행색이 부끄러워 몰래 뒷문으로 도망쳐 집으로 돌아왔다고 한다. 돌아가신 엄마를 생각하면 그때 일이 죄송스러워 하염없이 눈물이 난다고. 자신을 피해 뒷문으로 달아나는 아들을 엄마가 봤다면 그 심정이 어땠을까? 비슷한 이야기로 고물상을 하는 아빠가 부끄러워 친구들에게 아빠가 아닌 것처럼 딴전을 피우며 거짓말을 했던 아들의 고백도 한 매체를 통해 접했던 기억이 있다. 나 역시 어릴 적 아빠가 교수나 의사, 판검사나 국회의원쯤 되면 얼마나 좋을까 생각했던 적이 한두 번이 아니다.

많이 배우고, 부자이며, 남들이 우러러보는 번듯한 직업을 가진 아빠만 인정받고 존경받는다면 세상에 자식들에게 인정과 존경을 받을 수 있는 아빠가 얼마나 되겠는가. 그런 자식이 어른이 되고 아빠가 된다면 자기 자식들에게 인정받고 존경받는 아빠가 될 수 있을까? 잘난 아빠만 아빠가 아니다. 자신의 핏줄이든, 가슴으로 낳아 길렀든 세상의 모든 아빠들은 아빠로서 자식들에게 인정받고 존경받아야 한다. 그런 자식이라야 나중에 자신의 아이들로부터 아빠로서 인정과 존경을 받는 존재가 될 수 있을 것이다.

미국 아빠 존 파커는 22년 동안 애지중지 키운 아들이 친부모를 찾겠다며 한국으로 향할 때 이를 격려하며 흔쾌히 보내준다. 그는 이미 힘없는 노인으로 심장병을 앓고 있었다. 자신의 삶이 얼마 남지 않았음을 알고 있었을 것이다. 세상에서의 마지막 시간을 아들과 함께 보내고 싶었을 것이다. 내가 죽고 나면 가라고 할 수도 있었을 것이다. 그러나 그는 아들을 떠나보냈다. 그리고 홀로 미국에서 임종을 맞았다. 이것이 아빠의 마음이다.

한국 아빠 황남철은 감옥에 갇혀 있는 처지다. 아들이라 철석같이 믿고 있는 은철을 위해 달리 해줄 게 없는 현실이 야속하다. 그는 아들에게 좋은 기억을 남겨주기 위해 거짓말을 이어간다. 그리고 엄마 사진 한 장을 건네주기 위해 자존심을 내던지고 급기야 생명까지 걸고 만다. 어차피 죽을 목숨, 못 할 게 없다. 세상에 하나뿐인 내 아들을 위해서라면. 그런 다음 아들을 위해 다시는 면회를 오지 말라고 부탁한다. 이것이 바로 부성애다.

아빠와 아들은 밴드에서 함께 노래하는 꿈을 꾼다. 1961년 미국 가수 보비 비가 발표하고, 1980년 영국 가수 레오 세이어가 리메이크한 'More than I can say'라는 곡이었다.

나 당신을 말로 다 할 수 없을 만큼 사랑해요.
내일은 두 배로 사랑할 거예요.
나 당신을 매일매일 그리워할 거예요.
어째서 내 인생에는 슬픔만 가득한 거죠?
나 당신을 말로 다 할 수 없을 만큼 사랑해요.

자녀를 위해
요리하는
멋진 아빠

**세상없어도 일요일 만찬은
반드시 가족과 함께하는 아빠**

-

이안 감독의 〈음식남녀〉

"인생은 요리와는 달라. 모든 재료가 준비되고
다 될 때까지 기다릴 수가 없거든.
먹어봐야 신맛인지 단맛인지 매운맛인지 알 수가 있지."

잃어버린 아빠의 미각과 행복

물고기 배를 갈라 포를 뜬 다음 기름에 튀기면서 능숙한 솜씨로 요리에 몰두하는 초로의 남자. 그의 손을 거친 수많은 식재료들이 산해진미로 변신하며 화려한 모습을 드러낸다. 그는 국빈만을 상대하는 유명 호텔의 최고 요리사 주사부로, 세 딸을 혼자 키워낸 홀아비다.

큰딸 가진은 실연을 당한 후 남자에게 관심을 두지 않은 채 살아간다. 독실한 기독교 신자인 그녀는 고등학교 화학 교사로 일하고 있다. 일요일에도 회사에 나가 일할 정도로 자기 세계에 빠져 사는 둘째 가천은 승승장구하는 항공사 커리어 우먼이다. 셋째 가령은 아빠가 가장 싫어하는 패스트푸드점에서 아르바이트를 하는 대학생이다.

세 딸이 일요일 만찬을 위해 서둘러 집에 도착한다. 이들 부녀 사이에는 한 가지 불문율이 있다. 그것은 아무리 바빠도 일요일 저녁 식사만큼은 집에서 함께한다는 것이다.

큰딸의 기도로 식사가 시작된다. 그런데 탕을 한 숟가락 맛보던 가천의 표정이 좋지 않다. 아빠가 맛이 없느냐고 묻자 고기가 너무 익었다고 대답한다. 주사부는 나이가 들면서 미각을 잃어가고 있었던 것이다. 아빠가 뭔가 말을 하려는 순간 둘째 딸이 먼저 자기 얘기를 꺼낸다. 신축 아파트를 싸게 구입했으니 독립해 나가겠다는 것이다.

주사부는 금영의 딸 산산의 도시락을 싸서 학교로 찾아간다. 금영은 가진의 친구로, 이혼하고 딸아이와 살고 있었다. 산산의 책상 위에는 진수성찬이 펼쳐진다. 무석 갈비, 게살 야채 볶음, 청두 만두, 여주 갈비탕. 아이들이 산산의 책상으로 우르르 몰려든다.

미각을 잃은 주사부 대신 음식 맛을 보던 노온은 갑자기 쓰러져 병원으로 실려 간다. 가천이 병문안을 가자 노온이 반가워하며 말한다.

"만약 네가 요리사가 되었다면 최고가 되었을 거야."

가천은 어릴 때 주방에서 아빠와 아저씨를 따라다니며 요리를 배웠다. 영리해서 한 번 배우면 뭐든 잘 따라 했던 그녀는 아빠의 만류로 요리사의 꿈을 접어야 했다.

한편 친구와 애인의 사랑싸움에 끼어들어 중재를 하던 막내 가령은 친구의 애인인 국륜과 깊은 사이가 되고 만다. 그러던 어느 날 일요일 만찬에서 그녀는 폭탄선언을 한다.

"남자를 만났어요. 우린 서로 사랑해요. 함께 살 거예요. 그 사람 아이를 가졌어요."

막내는 택시에 짐을 싣고 아이를 갖게 만든 남자 국륜과 함께 집을 떠난다.

244

남자에 관심이 없던 가진은 학교에 새로 부임한 배구 팀 코치 주명도에게 마음이 끌린다. 그즈음부터 자신의 책상 위에 매일 연애편지 한 통씩이 날아든다. 그녀는 배구 코치가 보낸 편지일 거라고 생각한다. 하지만 아무리 기다려도 편지만 보내올 뿐 고백을 하지 않자 평소 입지 않던 정장 차림으로 등교해 운동장 단상 위에 있는 마이크를 잡고 소리친다.

"누가 연애편지를 갖다 놓는 거예요? 그럴 용기 있으면 나와봐요!"

그러나 범인은 배구 팀 코치가 아니라 어떤 남학생이다. 실망한 그녀를 위로해주던 배구 코치에게 가진은 느닷없이 키스 세례를 퍼붓는다.

이어진 일요일 만찬 자리. 가진이 말문을 연다.

"나도 가령처럼…… 우린 기다릴 수가 없었어요. 그 사람도 원하고……. 목사님 주례로 우린 오늘 아침에 결혼식을 올렸어요. 잠깐만요, 지금 밖에 있어요."

가죽점퍼를 입은 주명도는 넙죽 인사를 하고는 큰딸을 오토바이 뒤에 태워 사라진다.

집에는 가천과 주사부만 남게 된다. 사기꾼들에게 속아 아파트를 날리게 된 가천은 부사장으로 승진해 암스테르담으로 떠날 기회를 잡지만 이를 포기한다. 아빠 건강이 좋지 않은 데다 친구인 노온 아저씨마저 세상을 등지고 언니와 동생이 집을 떠나버렸기 때문이다.

주사부는 일요일 만찬에 가족들을 다 모이게 한다. 금영의 식구도 초대되었다. 원형 식탁에 둘러앉은 가족들 사이에서 연거푸 술잔을 비운 주사부가 갑자기 벌떡 일어선다.

"인생은 요리와는 달라. 모든 재료가 준비되고 다 될 때까지 기다릴 수가 없거든. 먹어봐야 신맛인지 단맛인지 매운맛인지 알 수가 있지."

이어서 그는 집을 팔기로 했다고 말한다. 그런 다음 양 부인의 딸 금영과 결혼하겠다고 선언한다. 깜짝 놀란 딸들이 이구동성으로 반대를 하고, 양 부인은 의식을 잃고 쓰러진다.

그러나 딸들의 결혼을 아빠가 말리지 않았듯 아빠의 결혼 또한 딸들이 어쩔 도리가 없다. 주사부는 금영과 결혼하고, 가천은 홀가분하게 암스테르담으로 떠날 준비를 한다.

팔려버린 집에서 갖는 마지막 일요일 만찬. 가천이 정성 들여 음식을 차리지만 다들 사정이 있어 참석하지 못하겠다는 연락이 온다. 가천과 주사부 두 사람만의 겸상 자리.

"맛이 없어요?"

"탕에 생강을 너무 많이 넣어서 제맛이 안 나."

주사부가 잃어버린 미각을 되찾은 것이다. 그는 가장 아끼던 둘째 딸의 손을 잡고 말한다.

"사랑하는 내 딸아!"

"아빠!"

밥상머리 대화의 힘

자식 농사만큼 어려운 게 없다고 한다. 논농사든 밭농사든 뿌린

대로 거두는 게 농사의 원리다. 땀 흘린 만큼 결실을 맺는 게 농사의 법칙이다. 그런데 자식 농사에는 이런 기본 원리와 법칙이 전혀 통하질 않는다. 그래서 어렵다. 아무리 씨를 잘 뿌리고 정성껏 가꾸며 땀을 흘려도 이상한 자식이 나올 수 있는 게 인생이다. 반면 제대로 가꾸지도, 땀을 흘리지도 않았는데도 불구하고 기라성 같은 인물이 나올 수 있는 것도 자식 농사다.

요리사가 미각을 잃었다는 것은 가히 치명적인 일이다. 직업적으로 그 생명은 다했다고 할 수 있다. 그러나 아내 없이 홀로 키운 딸 셋이 시집도 가지 못한 채 한집에 살고 있다. 아빠로서 애간장이 타 들어갈 일이다. 자신의 비밀을 털어놓을 수도, 마음 놓고 하소연을 할 수도 없는 형편이다. 이런 아빠의 마음을 알 길 없는 딸들은 정성껏 차려 놓은 음식 앞에서 맛이 변했다며 타박이다. 아빠의 고독은 여기서부터 시작된다.

사고는 막내가 먼저 친다. 위로 언니가 둘이나 있는데 갓 스무 살 먹은 아가씨가 덜컥 임신부터 한다. 그러더니 남자를 따라 집을 나간다. 그다음은 큰딸 차례다. 아빠에게 말도 안 하고 결혼식을 올린 다음 일방적으로 결과를 통보한다. 독실한 기독교 신자에 학교 선생이라는 사람이 벌일 만한 일 같지가 않다. 사위는 더 이상하다. 처음 방문한 처가에 가죽점퍼를 입고 나타나 인사 한 번 하고는 딸을 오토바이에 태운 뒤 유유히 자취를 감춘다.

주사부가 가장 기대를 많이 하고 자랑스러워했던 건 둘째 딸 가천이었다. 그랬기에 그는 가천이 요리사가 되기를 바라지 않았다. 자신보다 나은 직업을 가지고 더 멋진 인생을 살기 바랐을 것이다.

이게 바로 부모 마음이다. 맛있는 요리는 내가 다 만들어줄 테니 너는 열심히 공부해서 더 훌륭한 일을 하라는 것이다. 하지만 가천은 이런 아빠가 못마땅하다. 아빠가 가장 사랑한 딸이었지만 딸은 자신이 차별 대우를 받았다고 생각한다.

부모가 자식들의 마음을 세심하게 잘 살피고 이해할 수 있다면, 자식들이 부모 마음을 알뜰히 들여다보고 헤아리며 수긍할 수 있다면 행복하지 않을 가정이 어디 있겠는가. 상대방의 마음을 알 수 없으니 매사 대화가 꼬이고 관계가 어긋나는 것이다. 먼저 다가가 말을 걸어보고 손을 잡아보고 어깨를 감싸 안을 수는 없을까? 어렵지만 아빠가 먼저 나선다면 해결점은 의외로 쉽게 찾을 수도 있다.

주사부 가정은 언뜻 콩가루 집안처럼 보이기도 하지만 우리나라 텔레비전에 자주 등장하는 막장 가정은 아니다. 의견 차이가 있고 생각하는 게 다르기는 해도 최소한의 안전장치와 소통의 장은 마련되어 있기 때문이다. 그것은 다름 아닌 일요일 만찬이다. 아무리 바빠도, 어떠한 일이 있어도 일요일 저녁 식사만큼은 온 가족이 모여서 이야기를 나누며 함께하는 것이다. 이 만찬을 위해 주사부는 최선을 다해 사랑이 가득한 음식을 만든다.

둘째 딸이 독립하겠다고 선언한 것도, 막내가 자신의 임신 사실을 고백한 것도, 큰딸이 사랑하는 사람과 결혼식을 올렸다는 청천벽력 같은 소식을 전한 것도 모두 일요일 만찬 자리에서였다. 마지막에 딸들의 고백 시리즈에 종지부를 찍는 아빠의 폭탄선언도 마찬가지였다. 그리고 이들은 서로를 인정하고 이해하며 감싸 안는다. 밥상머리 대화의 힘이다. 애정이 담긴 요리의 힘이다. 어느 가정이

든 최소한 이런 자리쯤은 있어야 한다.

먹지 않는 시간은 시간이 아니다

요즘 〈아빠! 어디 가?〉라는 텔레비전 프로그램이 인기다. 다섯 명의 아빠가 자신의 아이를 데리고 여행을 떠나 이틀간 먹고 자면서 생활하는 코너다. 매일 일에 찌들어 사는 아빠들, 집에서는 늘 피곤에 지쳐 있는 아빠들, 아내가 없으면 아이들과 아무것도 할 수 없는 아빠들에게 잃어버린 자신만의 자리를 찾게 해주는 것이다. 시청자들은 아빠와 아이들의 일거수일투족을 함께하면서 '아빠란 무엇인가'에 대해 같이 고민하게 된다.

아빠들은 아이와 함께 시간을 보내는 일에 너무도 미숙하다. 놀이를 하고, 대화를 나누며, 요리를 만들어 먹는 일을 해본 적이 없기 때문이다. 아이들 역시 불편하기는 매한가지다. 엄마 없이 아빠와 놀고, 대화하고, 식사하는 일은 아이들에게도 쉽지 않은 일이다. 처음에는 어색해 어쩔 줄 모르던 아빠와 아들, 아빠와 딸은 시간이 지나면서 점점 깊은 대화를 나누게 되고, 함께 자고 함께 밥을 만들어 먹으며 비로소 서로를 알고 이해하게 된다.

이 프로그램에서는 요리 잘하는 아빠가 최고다. 같이 밭이나 갯벌에 나가 식재료를 구하고 이를 이용해 요리를 만들면서 이런저런 이야기를 나누는 동안 두 사람은 식구로서의 동질감, 끈끈한 가족애를 느낀다. 맛있는 밥상, 사연이 있는 요리가 가족에게 얼마나 절

자녀를 위해 요리하는 멋진 아빠

실히 필요한 요소인지는 집을 나가봐야 안다. 캠핑 문화가 다시 붐을 이루고 있는 요즘은 요리 잘하는 아빠가 대세다. 요리가 있어야 대화의 소재가 생기고, 대화의 끈이 끊기지 않고 이어질 수 있다. 가족을 위해 아빠도 요리 몇 가지쯤은 필히 배워둬야 한다.

예전에 우리가 자랄 때는 밥상머리 교육이란 게 있었다. 밥상 앞에서, 밥을 먹는 시간에 부모로부터 예절을 배우고, 대화법을 익히며, 살아가는 데 필요한 상식과 지혜를 전수받았다. 가족 간에 소식도 주고받고, 이웃집이나 동네 돌아가는 사정도 얻어들을 수 있었다. 아이들은 밥상 앞에서 할아버지, 할머니나 아빠, 엄마가 숟가락을 들기 전에는 먼저 밥을 먹을 수 없었다. 맛있는 반찬이나 귀한 음식에 젓가락을 먼저 들이대는 것도 있을 수 없는 일이었다. 어른이나 손님이 먼저 드신 후 남은 것을 아이들이 먹는 게 순서였다.

근래에는 가부장적인 문화라고 해서 밥상머리 교육을 없어져야 할 구시대적 유물로 취급하는 경향이 있지만 나는 그렇게 생각하지 않는다. 오히려 밥상머리 교육이 없어짐으로 해서 가족 간의 대화가 단절되고, 식구로서의 동질감이 없어지며, 끈끈한 가족애가 사라져가고 있다고 생각한다. 언제나 아빠 따로, 엄마 따로, 아이들 따로 제각각 밥을 먹는 가정이 과연 온전한 가정이라고 할 수 있을까? 밥상을 나눌 때 정과 사랑이 생겨나는 법이다.

소설가 황석영은 『황석영의 맛과 추억』에서 이렇게 말했다.

"먹지 않는 시간은 시간이 아니다. 맛있는 음식에는 노동의 땀과, 나누어 먹는 즐거움의 활기, 오래 살던 땅, 죽을 때까지 언제나 함께 사는 식구, 낯설고 이질적인 것과의 화해와 만남, 사랑하는 사람과 보낸 며칠, 그리고 가장 중요하게는 궁핍과 모자람이라는 조건이 들어 있으며, 그것이 맛의 기억을 최상으로 만든다. 무엇보다도 음식은 사람끼리의 관계이며, 시간에 얹힌 기억들의 촉매이다."

남의 집 밥상을 자주 들여다볼 일이 없으니 식당에 가서 밥을 먹을 때면 으레 다른 식탁에 앉아 있는 가족들을 쳐다보게 된다. 한식당, 중식당, 양식당 가릴 것 없이 요즘 밥상에서는 아이들이 상전이다. 숟가락 들고 식당 안을 휘젓고 다녀도 아빠 엄마는 희희낙락이다. 밥을 잔뜩 남기고 반찬을 마구 뒤섞어놓고 엎지르고 흘리고 그릇을 깨도 나무라지를 않는다. 아이가 울고불고 떼를 써도 다른 좌석에서 식사하는 사람들에게 미안해하지도 않는다. 이렇게 자라난 아이가 다른 사람을 배려하고 공동체를 생각하며 이타적 선행을 베풀면서 살아갈 수 있을까? 어릴 적 밥상 앞에서의 교육이 아이의 평생을 좌우할 수도 있다.

팽팽한 긴장감 속에 이어지던 아빠와 둘째 딸의 화해 또한 일요일 만찬에서 이루어진다.

"사랑하는 내 딸아!"

"아빠!"

서로를 인정하고 불러주었을 때 그제야 피붙이임을 실감한다. 오늘 아침 밥상에 자녀들과 마주 앉아 눈을 맞추며 밥을 먹었는가? 그렇지 못했다면 저녁때 앞치마를 두르고 음식을 만들어 자녀들을 밥상으로 불러보라. 아이들의 눈에 아빠가 완전히 새롭게 보일 것이다.

아빠의 폭력은
아들에게
대물림된다

폭력 앞에 굴하지 않고
끝까지 비폭력으로 맞서는
아빠의 진정한 용기

-

수잔 비에르 감독의 〈인 어 베러 월드〉

"그 사람은 그저 바보일 뿐이야.
그를 때리면 아빠도 똑같은 바보가 되는 거란다.
아빤 감옥에 가고 넌 아빠를 잃겠지.
그러면 그 사람이 이기는 거야."

그를 때리면 아빠도 똑같은 바보가 되는 거란다

　돌과 모래와 바람이 전부인 아프리카 허허벌판. 스웨덴 의사 안톤은 열악한 텐트촌에서 환자 한 사람, 한 사람을 헌신적으로 돌본다. 난민들에게 그는 하늘 같은 존재이지만 봉사를 마치고 덴마크로 돌아오면 아내 마리안느와 별거 중인 쓸쓸한 중년 남자일 뿐이다. 게다가 그의 열 살 난 아들 엘리아스는 소푸스라는 덩치 큰 아이로부터 폭력에 시달리고 있다.

　또 한 명의 소년 크리스찬은 엄마가 암으로 죽은 뒤 장례식장에서 의젓하게 조사를 읽는다. 아빠와 함께 덴마크에 있는 할머니 집으로 이사하지만 엄마를 잃은 슬픔으로 인해 알 수 없는 증오심과 복수심에 사로잡힌다. 아내가 세상을 떠난 뒤 클라우스는 아들 크리스찬에게 각별히 신경을 쓰지만 매일 회사 일로 늦기 때문에 별다른 대화를 나누지 못한다.

　전학을 간 학교에서 크리스찬은 소푸스로부터 쥐새끼, 스웨덴 새끼라고 놀림을 당하는 엘리아스를 보게 된다. 그는 생일이 같은 엘리아스 옆자리에 앉으며 친구가 된다.

어느 날 수업을 마치고 돌아가다 엘리아스의 자전거에 펌프가 없어진 걸 발견한 크리스찬은 친구를 도와주려다가 소푸스에게 봉변을 당해 코피를 흘리게 된다.

이튿날 아침 등굣길에 또다시 엘리아스를 놀리는 소푸스를 목격한 크리스찬은 그가 지하실로 내려가자 몰래 뒤따라가 자전거펌프로 마구 때리고 나서 앞으로 절대 건드리지 말라며 칼로 위협한다. 엘리아스는 이를 말리고는 칼을 몰래 숨겨준다. 학교에 경찰이 출동해서 엘리아스와 크리스찬을 조사하지만 둘은 칼을 본 적이 없다고 입을 맞춘다.

이후 둘은 단짝이 되어 부둣가에 있는 곡물 창고 옥상에 올라가 노는 것을 즐긴다.

하루는 집에 돌아온 안톤이 두 아들과 크리스찬을 데리고 부둣가에 가서 카약을 옮기는 일을 한다. 그러던 중 둘째 아들 몰텐이 놀이터에서 다른 아이와 다투는 걸 보고 달려가 이를 말린다. 그런데 이때 그 아이의 아빠가 와서 안톤의 멱살을 잡고 다짜고짜 뺨을 때린다.

안톤은 두 아들과 아들 친구 앞에서 낯선 사내에게 따귀를 맞는 수모를 당했지만 맞대응하지 않고 아이들을 다독여 집으로 돌아온다. 그러고는 바다로 뛰어들어 분노를 삭인다.

얼마 뒤 그 남자의 차에 적힌 주소를 알아낸 엘리아스는 이를 아빠에게 건네며 말한다.

"어떻게 할 거야? 가서 때려줄 거야?"

안톤은 웃는 얼굴로 아들에게 대답한다.

"덮어놓고 사람들을 두들겨 패는 건 아무에게도 도움이 될 게 없어. 그럼 도대체 세상이 어떻게 되겠니? 그 사람은 그저 바보일 뿐이야. 그를 때리면 아빠도 똑같은 바보가 되는 거란다. 아빤 감옥에 가고 넌 아빠를 잃겠지. 그러면 그 사람이 이기는 거야."

며칠 지나 안톤은 아이들을 데리고 라스라는 남자가 일하는 자동차 정비소를 찾아간다. 안톤은 진심 어린 사과를 바랐지만 돌아온 건 또 한 번의 폭력일 뿐이다. 라스는 다시 한 번 안톤의 뺨을 거세게 후려치면서 거친 욕설을 퍼붓는다. 그런 라스를 안톤은 측은한 듯 바라본다.

그 일이 있고 난 뒤 크리스찬은 엘리아스와 자기 집 창고에서 놀다가 우연히 커다란 폭죽을 발견한다. 그는 이를 폭탄으로 만들어 라스의 차를 폭파시켜버리자고 제안한다.

이 무렵 안톤의 진료실에 무장 트럭 한 대가 난입한다. 주민들을 공포에 몰아넣은 악당들의 괴수 빅맨이 다리를 다쳐 치료를 받기 위해 온 것이다. 그는 임신부의 배를 갈라 태아의 성별을 맞히는 게임을 즐겼으며 이로 인해 많은 여성들이 희생되어야 했다.

안톤은 빅맨의 위협 앞에 단호하게 맞선다. 그런 다음 마을 사람들의 반대에도 불구하고 그를 치료한다.

그사이 빅맨이 배를 가른 여자 한 명이 사망한다. 이때 빅맨이 목발을 짚고 나타나 죽은 여자를 입에 담지 못할 말로 모욕한다. 안톤은 빅맨을 밀쳐버린다.

목발을 놓친 빅맨은 그 자리에 쓰러지고 그를 경호하던 사내들은 놀라 도망을 친다. 마을 사람들이 하나둘 빅맨 주위로 모여든다. 빅맨은 비명을 지르며 마을 사람들에게 끌려간다.

한편 크리스찬의 강경한 태도에 결국 엘리아스는 굴복하고 만다. 라스의 차를 폭파하기로 한 것이다. 일요일 아침, 두 소년은 차에 폭탄을 설치하고 심지에 불을 붙인 다음 자전거가 있는 곳으로 돌아온다. 그런데 주변에서 달리기를 하는 엄마와 딸이 차가 있는 곳으로 오고 있다. 엘리아스는 돌아가라고 소리 지르며 달려간다. 순간 차가 폭발한다.

중상을 입은 엘리아스는 병원으로 실려 가고 크리스찬은 경찰의 조사를 받는다. 이 자리에서 크리스찬은 자기 혼자 한 일이라고 우긴다. 경찰은 이 사건을 단순한 기물 파손으로 마무리한다. 그리고 병실을 지키고 있는 마리안느를 찾아와 이렇게 말하고 돌아간다.

"잊지 마세요. 아드님이 사람들을 구한 겁니다."

자기 잘못으로 엘리아스가 죽었다고 생각한 크리스찬은 곡물 창고 옥상에 올라가 자살을 시도한다. 클라우스는 경찰에 신고한 다음 아들을 찾아 나선다. 안톤은 혹시나 하는 생각에 곡물 창고로 달려가 난간에 선 크리스찬을 발견하고 조심스럽게 다가가 붙잡는다.

안톤이 크리스찬을 데리고 곡물 창고를 내려오자 클라우스는 크리스찬을 부둥켜안고 흐느낀다.

다시 병실을 찾은 크리스찬은 엘리아스에게 이렇게 고백한다.

"미안하단 말 하고 싶었어. 난 멍청이였어."

아들과 관련된 일련의 사건을 겪으면서 안톤과 마리안느는 화해에 성공한다. 장면은 다시 아프리카. 빅맨이 사라진 마을에서 자유롭게 뛰노는 아이들의 해맑은 얼굴이 클로즈업된다.

강한 아빠, 정의로운 아빠

세상의 모든 아빠들은 아들에게 강한 아빠, 정의로운 아빠로 비치길 원한다. 그 누구도 비겁한 아빠, 졸장부 아빠, 불의한 아빠로 취급되길 원하지 않는다. 그렇다면 강한 아빠, 정의로운 아빠란 어떤 아빠일까? 힘이 센 아빠, 운동선수처럼 근육이 발달한 아빠, 깡패 몇 명쯤은 거뜬히 물리칠 수 있을 만큼 무술에 능한 아빠일까? 그렇지 못한 아빠들은 강하고 정의로운 아빠가 될 수 없는 걸까?

시도 때도 없이 욕설을 내뱉고 주먹을 휘두르는 아빠, 조그만 일에도 앞뒤 분간하지 못하고 화를 내거나 분노를 표출하는 아빠는 결코 강한 아빠도, 정의로운 아빠도 될 수 없다. 무슨 일이 있어도 아빠는 아이들 앞에서 폭력을 써서는 안 된다. 불의한 폭력 앞에서 냉정을 잃지 않고 합리적인 대화와 타협으로 끝까지 비폭력 노선을 유지할 수 있는 아빠야말로 세상에서 가장 강한 아빠이며 정의로운 아빠다.

폭력은 전염되며 유전된다. 의학적으로 이 가설이 성립되는지, 안 되는지는 알 수 없으나 나는 경험적으로 이렇게 믿는다. 어렸을 때부터 폭력을 보면서 자라난 아이는 어른이 되었을 때 폭력적인 사람이 되기 쉽다. 아빠로부터 욕설을 듣고 매를 맞으며 성장한 자녀는 나중에 본인도 알지 못하는 사이에 자신이 폭력을 휘두르고 있을 가능성이 크다. 부정적인 것은 긍정적인 것보다 전염성이 더욱 강한 법이다.

'아버지학교'라는 곳이 있다. 1995년 서울에 있는 한 교회에서 시작되어 지금까지 38개국에서 25만 명가량이 이 학교에서 좋은 아버지가 되는 교육을 받았다. '아버지가 살아야 가정이 산다'라는 캐치프레이즈 아래 기업체, 관공서, 학교, 교도소를 가리지 않고 남자들이 모인 곳을 찾아 다양한 교육을 실시하는 프로그램이다. 2003년 나는 일산에 있는 아버지학교에서 교육을 받았다. 교육 중에 한 강사가 자신의 경험담을 이야기했다.

"저는 이름만 대면 누구나 다 아는 유명한 깡패였습니다. 어느 날내가 왜 깡패가 되었을까 곰곰이 생각해본 적이 있습니다. 아버지 때문이었습니다. 저는 어릴 때부터 아버지에게 툭하면 매를 맞으며 자랐습니다. 때리고 맞는 일이 일상이었습니다. 그게 죽도록 싫었지만 어른이 되고 보니 제 자신이 폭력을 휘두르며 살아가고 있었습니다. 폭력은 대물림됩니다. 제 아들이 깡패가 되지 않도록 하기 위해서는 제가 먼저 폭력으로부터 손을 씻고 완전히 단절되어야만 한다는 걸 깨달았습니다. 그래야만 제 대에서 폭력이 끝날 겁니다."

일산에 가면 호수공원이 있다. 이 공원 때문에 일산에 산다는 사람이 있을 정도로 잘 조성된 시민들의 쉼터다. 이곳은 산책로와 자전거 도로가 구분되어 있다. 사람과 개는 산책로로, 자전거는 자전거 도로로 다녀야 안전하고 편리하다.

어느 여름 아내와 함께 산책로를 걷고 있을 때였다. 맞은편에서 자전거를 탄 아들과 아빠가 자전거 도로를 달리고 있었다. 이때 분수대 쪽에서 웬 덩치 큰 사내들과 여인들이 떼를 지어 자전거 도로로 쏟아져 나왔다. 아이가 미처 이를 보지 못하고 그중 한 사내와 충돌하고 말았다.

다른 어른들 같았으면 먼저 사과를 하거나 아이를 일으켜 세운 뒤 산책로로 접어들었을 것이다. 그런데 이 사내는 아이에게 화를 내며 욕을 퍼부었다. 적반하장도 이만저만 아닌 데다 전혀 어른답지 못한 행동이었다. 낮술을 한 것 같았다. 뒤따라오던 아이 아빠가 급하게 자전거를 세운 뒤 아이를 추스르며 그 사내에게 항의하자, 사내는 아이 아빠에게 상욕을 퍼부으며 주먹질을 하려고 덤벼들었다. 아이는 겁에 질려 목 놓아 울어댔다. 그 사내의 다른 일행들이 뜯어말려 그쯤에서 일이 마무리되었지만 졸지에 봉변을 당한 아이나 아빠 모두 허탈한 표정으로 한동안 자리를 뜨지 못했다.

우리나라 사람들은 분노를 다스리는 데 참 약하다. 좀처럼 화를 참지 못한다. 영화나 드라마, 소설 속에서도 폭력은 일상화되어 있다. 이를 가장 실감할 수 있는 곳이 도로 위다. 차를 몰고 길에 나서면 정글 속으로 들어온 기분이다. 조금만 잘못해도 사방에서 경적이 울리고 욕설이 날아든다. 잘못한 게 아무것도 없음에도 요령이 부족하고 융통성이 없다는 이유로 한참 나이 어린 운전자로부터 된통 욕을 얻어먹어야 하는 게 현실이다. 새파란 대학생이 머리가 하얀 노인에게 수모를 주는 일도 다반사다. 무법천지가 따로 없다.

어떠한 폭력으로도 이 세상은 변화되지 않는다

'남자는 강해야 한다', '사내아이는 강하게 키워야 한다'. 이는 신념이나 의지 같은 정신적 측면에서의 이야기지 물리적·신체적 측면을 강조한 말이 아니다. 하지만 우리나라 대부분의 가정에서는 이 말을 후자의 의미로 받아들이고 있다. 그러다 보니 남자아이들은 어려서부터 폭력에 관대한 문화 속에서 자라게 된다. 친구끼리 놀다가 한 대 맞은 걸 가지고 부모까지 나서 싸움을 벌이는 일이 흔하다. '어디 가서 절대 맞고 다니지 마라', '한 대를 맞으면 두 대로 갚아줘라'라는 말을 아빠가 아들에게 교육이랍시고 예사로 내뱉는다.

아침에 자리에서 일어나 신문이나 텔레비전을 보면 우리 사회에 만연한 폭력의 실상을 낱낱이 목격할 수 있다. 국회에서, 학교에서, 법정에서, 거리에서, 심지어 교회나 절에서도 폭력은 비일비재하다. 삼사십 년 전만 해도 학교에서 선생님께 매를 맞고 집에 가면 오죽 잘못했으면 선생님께서 매를 들었겠느냐며 부모님께 이중삼중으로 꾸중을 듣곤 했다. 그런데 요즘은 일부 아빠들이 학교를 찾아가 자기 아이를 때린 교사의 뺨을 때리거나 몽둥이를 휘두르는 일이 벌어진다. 우리가 어쩌다 이렇게 폭력적인 세상 속에서 살게 된 것일까?

〈인 어 베러 월드〉는 이런 문제에 대해 깊은 성찰과 해답을 제시하는 덴마크 영화다. 아프리카 난민촌에서 무고한 주민들을 잔인하게 학살하는 악당 빅맨, 놀이터에서 아이들끼리 티격태격하는 걸 가지고 막무가내로 주먹부터 휘두르고 보는 남자 라스, 눈에는 눈, 이에는 이로 맞서며 무감각하게 복수의 일상 속으로 빠져드는 소년 크리스찬. 이들의 무자비한 폭력 앞에서 안톤은 얼음처럼 차가운 이성과 모든 것을 포용하는 따뜻한 감성으로 끝까지 비폭력 노선을 지켜나간다. 이는 제어할 수 없을 만큼 치밀어 오르는 분노를 스스로 달래가며 마지막까지 인내를 유지했기 때문에 가능한 일이었다.

그 결과 마을 주민들은 자신들의 힘과 의지에 의해 평화를 만들어냈다. 세상에 대한 적개심과 분노로 가득 찼던 크리스찬도 자신의 생각과 행동이 어리석고 멍청한 짓이었음을 깨닫게 되었다. 남편을 원망하고 미워하기만 했던 마리안느 역시 사랑과 평화에 눈뜨고 마음을 열기 시작했다. 엄마의 죽음 이후 꽉 막혀 있던 클라우스와 크리스찬 사이의 벽도 허물어졌다. 아마 라스 또한 안톤을 보며 많은 것을 느꼈을 것이다. 이것이 바로 여성 감독 수잔 비에르가 꿈꾸는 좀 더 나은 세상, 좀 더 좋은 세상으로 나아가는 모습이 아닐까.

어떠한 폭력으로도 이 세상은 변화되지 않는다. 폭력으로 바꿀 수 있는 것은 아무것도 없다. 대화와 타협, 설득과 이해, 사랑과 평화만이 세상을 바꿀 수 있다. 강한 아빠라면, 정의로운 아빠라면, 내 아이가 강하고 정의로운 아이로 자라기를 바라는 아빠라면 바로 이것을 가르쳐야 한다. 그리고 삶을 통해 아이에게 본을 보여야 한다.

마셜 로젠버그 박사는 그의 저서 『비폭력 대화』에서 이렇게 권면하고 있다.

"다른 사람을 탓하고 처벌하는 것은 분노의 껍데기만 표현하는 것이다. 만약 우리의 분노를 온전히 표현하고 싶다면, 그 첫 번째 단계는 다른 사람에게 내 분노의 책임을 돌리지 않는 것이다. 대신 우리의 느낌과 욕구에 의식의 불을 밝힌다. 다른 사람을 비판하고 비난하고 혹은 처벌하는 것보다, 우리 욕구를 표현하는 편이 훨씬 더 욕구 충족에 이를 가능성이 높다."

분노를 폭력으로 확산시키기보다는 분노를 유발하는 느낌과 욕구를 찾아내 비폭력 대화로 발전시켜나간다면 머지않아 우리 사회는 강한 아빠, 정의로운 아빠들로 넘쳐날 것이다.

아이들의 가슴속에
꺼지지 않는
불씨 하나를 남겨줘라

대재앙으로 아무것도 남아 있지 않은
지구 위를 걸어가는 아빠와 아들

-

코맥 매카시의 『로드』

"길을 따라가다 보면 뭐가 나올지 몰라.
그렇지만 우리는 늘 운이 좋았어. 너도 운이 좋을 거야.
가보면 알아. 그냥 가. 괜찮을 거야."

가보면 알아. 그냥 가. 괜찮을 거야

남자는 깜깜한 숲에서 잠이 깬다. 밤의 한기를 느끼자 손을 뻗어 옆에서 자는 아이를 더듬는다. 밤은 어둠 이상으로 어둡고, 낮도 하루가 다르게 잿빛이 짙어져 있다. 차가운 녹내장이 시작되어 세상을 침침하게 지워가는 것 같다. 그들은 남쪽으로 이동하는 중이다. 이곳에서 한 번 더 겨울을 난다는 것은 죽음을 뜻한다.

대재앙이 일어났다. 도시는 대부분 타버렸다. 생명의 흔적은 없다. 모든 것이 재와 먼지로 덮여 있다. 늘 먹을 것이 문제다. 볼록한 판자로 덮인 낡은 훈제소의 천장 구석에서 그들은 쇠갈고리에 매단 햄을 발견한다. 너무 마르고 일그러져 마치 무덤에서 가져온 것처럼 보인다. 남자는 칼로 그것을 자른다. 안은 아주 빨갛고 짭짜름한 고기다. 푸짐하고 먹음직스럽다. 그날 밤 그들은 고기를 두툼하게 잘라 불에 굽는다.

할 일의 목록은 없었다. 그 자체로 섭리가 되는 날. 시간. 나중은 없다. 지금이 나중이다. 우아하고 아름다운 모든 것들. 너무 우아하고 아름다워 마음에 꼭 간직하고 있는 것들은 고통에서 나온 것이기도 하다. 슬픔과 재 속에서의 탄생. 남자는 잠든 소년에게 작은 소리로 말했다. 그래서, 나한테는 네가 있는 거야.

남자와 아이를 지켜줄 수 있는 건 총알 두 발이 든 권총 한 자루가 유일했다. 그나마 그건 만약의 경우를 대비해서 자살용으로 남겨둔 것이었다. 어느 날 트럭을 몰고 가던 난폭한 사내에게 잡힐 위기에 처하자 남자는 아껴둔 총알 하나를 사용한다. 총에 맞아 죽은 사내는 나중에 껍질과 뼈만 남은 채 발견된다. 그와 함께했던 사람들이 삶아 먹은 것이다.

굶주림과 추위가 가져다주는 고통은 처절했다. 닷새 동안 아무것도 먹지 못하고 잠도 거의 자지 못한 남자와 아이는 작은 도시의 변두리에 이르러 먹을 것을 찾아 어떤 집에 들어간다. 그곳 지하실에는 벌거벗은 사람들이 웅크리고 있다. 사냥꾼들에 의해 잡혀온 저장된 식량인 것이다. 그들은 살려달라고 애원하지만 남자에게는 그럴 능력이 없다. 남자는 허겁지겁 소년을 데리고 집을 빠져나온다. 남자는 소년에게 사람들에게 발각되었을 때 자살하는 방법을 가르쳐준다. 그날 밤 집에서는 무시무시한 비명 소리가 이어진다.

남자는 마침내 죽음이 다가왔다고, 남들 눈에 띄지 않고 숨을 수 있는 곳을 찾아야 한다고 생각한다. 남자는 소년이 자는 모습을 지켜보고 있다가 걷잡을 수 없이 흐느끼곤 한다. 죽음 때문이 아니었다. 남자는 무엇 때문인지 잘 몰랐지만 아마 아름다움이나 선善 때문일 거라고 생각한다. 깨어 있는 세계에서는 견딜 수 있는 것도 밤에는 견딜 수가 없다. 남자는 다시 꿈이 찾아올까 두려워 잠을 자지 않고 앉아 있다.

절망의 끝에 서 있다고 느꼈을 때 한줄기 희망의 빛이 찾아든다. 들판에 홀로 선 집 지하 벙커에서 잔뜩 쌓여 있는 통조림 상자를 찾아낸 것이다. 토마토, 복숭아, 콩, 살구 등이 든 통조림이 종류별로 가득하다. 물과 화장지, 담요도 있다. 사막에서 오아시스를 만난 것보다 더한 감격이다. 두 사람은 배가 터지도록 먹고 자면서 오랜만에 최고의 호사를 누린다. 대재앙 이후 처음으로 목욕도 하고, 이발도 하고 면도도 한다. 비로소 사람 같다.

천국 같은 곳에 더 머물고 싶지만 그럴 수가 없다. 이들은 먹을 걸 잔뜩 싣고 다시 길을 나선다.

이따금 길가에서 작은 돌무덤 같은 이정표와 마주쳤다. 집시 언어로 적어놓은 신호였다. 사라지거나 죽어버린 사랑하는 사람들에게 남기는 희망 없는 메시지. 그 무렵 비축해두었던 식량은 모두 바닥이 났고 온 땅에 살인이 만연했다. 세상은 곧 부모 눈앞에서 자식을 잡아먹는 사람들로 가득 차게 되었다. 도시 전체를 시커먼 약탈자들이 장악하고 있었다. 약탈자들은 폐허에서 굴을 뚫고 돌아다니다 잡석 더미에서 눈과 이만 새하얗게 빛나는 모습으로 나타났다. 수의에 덮인 황량한 지구는 태양을 지나 굴러갔다가 다시 돌아왔다.

해안가를 거쳐 내륙으로 향하던 남자는 야영지에 누워 이제 더는 갈 수 없다는 것을, 이곳이 바로 자기가 죽을 곳임을 깨닫는다. 소년은 남자를 지켜보며 앉아 있다. 눈에 눈물이 그렁그렁하다.

"아, 아빠."

남자가 소년의 손을 잡으며 씨근거린다.

"넌 계속 가야 돼. 나는 같이 못 가. 하지만 넌 계속 가야 돼. 길을 따라가다 보면 뭐가 나올지 몰라. 그렇지만 우리는 늘 운이 좋았어. 너도 운이 좋을 거야. 가보면 알아. 그냥 가. 괜찮을 거야."

"못 가요. 함께 있고 싶어요."

"안 돼. 너는 불을 운반해야 돼."

"그게 진짠가요. 불이? 어디 있죠? 어디 있는지도 몰라요."

"왜 몰라. 네 안에 있어. 늘 거기 있었어. 내 눈에는 보이는데."

소년은 최대한 용기를 내어 길을 따라 내려갔다가 다시 돌아온다. 아빠는 자고 있다. 눈을 감고 아빠한테 이야기를 하고, 눈을 감고 이야기를 듣는다. 아침에 일어났을 때 아빠는 차갑고 뻣뻣하다. 소년은 앉아서 오랫동안 울다가 숲을 헤치고 길로 걸어 나간다. 그러고는 돌아와서 아빠 옆에 무릎을 꿇더니 차가운 손을 잡고 아빠 이름을 연거푸 부른다.

살고 죽는 게 한순간의 차이일 뿐

하루아침에 세상이 멸망한다면? 구약 성경에 나오는 노아의 홍수 때처럼 온 세상이 폭우 속에 잠겨버린다면? 외국에서처럼 우리나라에도 대지진이나 쓰나미 같은 천재지변이 발생한다면? 어느 날 갑자기 북한이 핵무기를 앞세워 대한민국을 상대로 전면전을 감행한다면? 누구나 한 번쯤은 이런 상상을 해봤을 것이다. 어렸을 때는 이런 일이 벌어진다면 아버지가 나를 구해줄 수 있을 거라고 믿었을지도 모른다. 그런데 어른이 되어 아빠가 된 지금 이런 경우에 처하게 된다면 내가 정말 가족과 자식들을 안전하게 지켜낼 수 있을까?

이 소설은 대재앙으로 아무것도 남아 있지 않은 지구, 폐허가 된 그곳에서 아빠와 아들이 남쪽을 향해 끝없이 걸어가는 이야기다. 그들에게는 생존에 필요한 얼마 되지 않는 물품을 담은 카트와, 불시에 약탈자들을 만났을 경우를 대비해 자살용으로 남겨둔 총알 두 발이 든 권총 한 자루가 전부다. 이들은 밤마다 추위에 떨고, 매일 같이 굶주림에 시달린다. 먹을 것은 부족하고 잠자리는 불안하다. 그런데도 이들 부자는 하염없이 걷고 또 걷는다.

죽음보다 더 잔인한 생존의 처참한 현실 속에서 이들이 온갖 고난을 무릅쓰고 찾아가고자 했던 남쪽에는 무엇이 있었을까? 그곳에서 갈망하던 구원을 찾을 수 있었을까? 그들이 옮긴다는 불은 무엇이었을까? 코맥 매카시는 아무런 해답도 주지 않는다. 힌트도 없다. 심지어 주인공의 이름도 없다. 그저 남자와 소년으로 묘사되고 있는 두 사람이 아빠와 아들 사이라는 게 유일한 단서일 뿐이다. 이들에게 최고의 선善은 살아남는 것이다. 대재앙으로 멸망한 지구 위에서, 인간성이 철저하게 파괴되어버린 세상 속에서, 희망은 존재조차 사라지고 없는 황폐한 잿빛 도시 위에서, 이들에게 남은 유일한 삶의 목적은 생존 그 자체다.

그 고독한 길 위에서 아빠와 아들이 이런 대화를 나눈다.

"우리가 사는 게 아주 안 좋니?"

"아빠는 어떻게 생각하세요?"

"글쎄, 나는 그래도 우리가 아직 여기 있다는 게 중요한 것 같아. 안 좋은 일들이 많이 일어났지만 우린 아직 여기 있잖아."

소설이 발표된 뒤, 많은 비평가와 독자들이 다양한 해석을 내놓았다. 하지만 매카시는 이 작품을 아빠와 아들이 길을 떠나는 이야기라고만 말했다. 일흔이 넘은 매카시에게는 아홉 살 난 어린 아들이 있었다. 그는 이 작품을 어린 아들과 함께 여행을 떠났을 때 구상하게 되었다고 한다. 낡은 호텔에 머물던 어느 날 밤, 잠들어 있는 아들을 보며 그는 많은 생각을 하게 된다. 그가 50년 혹은 100년 후 아들이 살아갈 이 마을이 어떻게 변해 있을지를 상상하다가 써 내려간 글이 이 한 권의 소설로 완성된 것이다.

나는 어릴 적 두 번이나 죽을 뻔한 일이 있었다. 한번은 고향인 부여에 살 때였다. 다섯 살 무렵 형을 따라 논으로 우렁이를 잡으러 갔다가 미끄러져 물속에 꼴깍 잠겨버린 것이다. 논흙은 개펄에 있는 개흙처럼 거무스름하고 미끌미끌한 고운 흙이라 발을 헛디디면 넘어지기 십상이었다. 어린 내가 미처 중심을 잡지 못해 나동그라졌는데, 키가 작다 보니 머리까지 잠겨 논바닥에 대자로 누워버린 것이었다. 일촉즉발의 순간이었다.

식겁한 형이 나를 논바닥에서 끌어내 등에 업고 집까지 내달렸다고 한다. 눈, 귀, 콧구멍 등에는 개흙이 단단히 자리를 잡고 있었다. 뜨거운 물로 씻기고 몸에 들어가 있는 개흙을 일일이 파내고서야 겨우 숨을 쉴 수 있었다. 이 일로 형과 누나들이 아버지, 어머니께 혼찌검이 난 것은 물론, 나는 두 번 다시 논 근처에 얼씬도 할 수가 없었다. 어렸을 때라 정확한 기억은 없지만 그것이 내 첫 구사일생의 이력이었다.

두 번째는 서울로 이사 와 살 때였다. 일곱 살쯤 먹었을 즈음 밤중에 잠을 자다가 연탄가스를 마셨다. 밥 잘 먹고 잠자리에 곤히 누웠던 기억은 있는데, 아침에 자리에서 일어날 수가 없었다. 몽롱한 의식만 있을 뿐 몸이 말을 듣지 않았다. 아무리 일어나려고 용을 써도 몸이 꿈쩍도 하지 않았다. 그 당시는 겨울이면 연탄가스 중독사고가 비일비재했다. 나뿐만이 아니었다. 함께 잠을 자던 식구들이 전부 연탄가스를 마셨던 것이다.

이웃 주민에 의해 구출이 되었는지, 외삼촌의 방문으로 발견이 되었는지는 명확지 않지만 어쨌든 우리 가족은 일찍 구조가 되어 한 사람도 불상사가 일어나지 않았다. 어머니 증세가 가장 심각했고, 나는 그보다 조금 덜한 상태였다. 시원한 동치미 국물 한 사발을 마시고 차가운 물에 적신 수건을 이마에 댄 채 따뜻한 아랫목에 누워 있으려니 행복하기까지 했던 기억이 난다. 어린 마음에도 살고 죽는 게 한순간임을 어렴풋이나마 느낄 수 있었다.

지금 우리는 어디로 가고 있는가?

따지고 보면 우리 앞에는 언제나 생사의 갈림길이 놓여 있다. 언제 어디서 무슨 일이 일어날지 아무도 알지 못한다. 사람 사는 곳에 완벽한 안전이란 사실상 있을 수 없다.

2001년 9월 11일 미국에서는 뉴욕의 110층짜리 세계무역센터 쌍둥이 빌딩과 워싱턴의 국방부 건물에 대한 항공기 동시 다발 테러 사건이 발생했다. 이 일로 월스트리트를 상징하던 세계무역센터 건물이 완전히 붕괴되었고, 90여 개국에서 온 2천8백에서 3천5백여 명의 무고한 사람들이 생명을 잃었다. 미국의 심장인 뉴욕은 공포의 도가니로 변하고 말았다.

2008년 5월 12일 오후 2시 28분, 중국 쓰촨 성四川省 지방에서는 리히터 규모 8.0의 엄청난 지진이 발생했다. 사망자만 6만 9천여 명, 부상자가 37만 4천여 명, 행방불명자는 약 1만 8천여 명에 달하는 대참사였다. 무너져 내린 가옥이 무려 21만 6천여 동에 달했다.

2011년 3월 11일에는 일본 도호쿠東北 지방에서 일본 관측 사상 최대인 리히터 규모 9.0의 지진이 일어났다. 강진 발생 이후 초대형 쓰나미가 센다이 시 등 해변 도시들을 덮쳤고, 지상으로 밀려든 대규모 쓰나미로 인해 전원 공급이 중단되어 후쿠시마 현에 위치한 원전의 가동이 중지되면서 가공할 만한 방사능 누출 사고가 발생했다.

이런 자연재해와 사건, 사고들에 우리라고 해서 노출되지 않는다는 법은 없다. 하늘이 무너지고 땅이 꺼질 것을 지레 짐작하며 근심을 머리에 이고 살아갈 필요는 없겠지만 살고 죽는 게 이렇듯 가까운 일이라면 어떤 극한의 상황이 닥쳤을 때, 아빠 없는 세상에서 각자 생존의 길을 걸어가야 할 내 아이들에게 나는 무엇을 남겨줄 수 있을 것인가.

아빠와 아들이 죽음을 무릅쓰고 나아가고자 했던 남쪽, 가슴속에 간직한 채 죽는 순간까지도 꺼뜨릴 수 없었던 불은 무엇일까? 아마도 그것은 어떠한 고난과 시련 앞에서도 결코 포기해서는 안 되는 아름다움과 선善에 대한 사랑과 의지가 아니었을까.

메마른 잿더미 위에서 초연한 태도로, 그러나 날카로운 눈으로 세상을 응시하면서 매카시는 묻고 있다. '지금 우리는 어디로 가고 있는가' 혹은 '우리는 어디로 가야 하는가'라고.

아빠가 아들에게 대답한다.

"나는 같이 못 가. 하지만 넌 계속 가야 돼. 길을 따라가다 보면 뭐가 나올지 몰라. 그렇지만 우리는 늘 운이 좋았어. 너도 운이 좋을 거야. 가보면 알아. 그냥 가. 괜찮을 거야."

아빠의 주검 앞에서 사흘을 머물던 소년은 턱수염을 기르고 뺨에 상처 자국이 있는 낯선 남자를 따라간다. 소년은 그가 좋은 남자일 거라고 믿는다. 소년은 더 이상 울지 않는다. 그의 가슴속엔 활활 타오르는 불이, 언제나 대화를 나눌 수 있는 아빠가 있기 때문이다.

아빠가 자신이 존재하지 않는 세상 가운데 남아 있을 아이들에게 해줄 수 있는 마지막 선물은 아이들의 가슴속에 영원히 꺼지지 않는 불씨 하나를 남겨주는 것이다. 그 불씨를 간직한 채 아름다움과 선을 찾아 의연하게 남쪽으로 행진할 수 있는 용기를 주는 것이다. 암흑 같은 세상 속에서도 찬연히 빛나는 아름다움과 선에 대한 기억들을 만들어주는 것이다. 그리고 언제나 대화를 나눌 수 있도록 마음 한편에 아빠만의 자리를 남겨두는 것이다.

아이들에게 필요한 건
시간과 추억이다

한동안 소설과 영화 속에 파묻혀 살았다. 매일 소설을 읽고 영화를 보는 일은 오랜만에 누려본 호사였다. 이 일을 밤낮 직업으로 삼는 사람들은 과연 즐거울까? 그런 생각을 했다. 문학 평론가나 영화 평론가 말이다. 즐겁지 않을지도 모른다. 일이니까, 살아야 하니까, 그래서 하는 사람도 있을 것이다. 하지만 그들은 일반 독자나 영화 관객들보다 더 예리하게 작품을 분석하고 비교하며 평가한다. 전문가들이기 때문이다.

인생에도 전문가가 있을까? 슬쩍 보고도 예리하게 분석하고 비교하고 평가해서 정답을 찾아내거나 지름길을 알려주는 사람이 있을까? 신부나 목사, 스님 등 종교 지도자들이 그런 사람들일까? 정신과 의사나 가정 문제 전문 변호사 혹은 심리학자가 그런 사람들일까? 조금 낫기야 하겠지만 그들도 연약한 인간이기는 매한가지일 것이다. 인생에는 전문가가 없다. 내가 직접 겪어보고 살아보지 않으면 한 치 앞도 알 수 없는 게 인생이다.

부모도 마찬가지다. 대부분의 사람들이 성인이 되면 사랑을 하고 결혼을 하고, 엄마가 되고 아빠가 된다. 아마 한 인간의 일생에서 이보다 더 중요한 일은 없을 것이다. 그런데도 좋은 엄마, 좋은 아빠가 되어 자녀들에게 전문가가 되고자 노력하는 부모는 찾아보기 힘들다. 이런 까닭에 도처에서 초보 엄마와 무면허 아빠들이 사고를 치고 실수를 연발한다. 그 피해는 자녀들에게 그대로 전달된다.

좋은 부모는 거저 되는 게 아니다. 자녀들의 눈에 부모들이 자신의 삶을 올바로 인도하고 밝게 비춰줄 스승이자 전문가로 보이게 하려면 대단히 많은 노력을 해야만 한다. 인간은 세상에 태어나 죽을 때까지 수많은 일을 하게 되지만 그중에서도 가장 숭고한 것은 자녀를 낳아 기르는 일, 즉 부모가 되는 것이다. 되는대로 결혼해서 아이를 낳아 아무렇게나 키우는 것은 세렝게티 초원의 동물들이나 아마존 밀림 속의 식물들도 다 하는 일이다.

판사는 수많은 판례를 참조하여 판결을 내린다. 투수는 타자에 대한 엄청난 데이터를 분석해서 공을 던진다. 바둑 기사는 헤아릴 수 없이 많은 복기를 통해 실전 감각을 익힌다. 부모들도 다른 사람은 자식을 어떻게 키웠을까 참조하고 분석하고 복기하면서 자신만의 방식으로 좋은 부모가 되는 길을 찾아가야만 한다. 이럴 때 소설과 영화는 좋은 인생 교과서가 될 수 있다. 다른 사람의 일생을 단 몇 시간 만에 들여다볼 수 있다는 건 큰 행운이다.

이반 투르게네프의 『아버지와 아들』에서 대학을 졸업하고 고향으로 돌아온 장성한 아들 아르카디를 보며 아버지 니콜라이 페트로비치는 자신의 희망을 이야기한다.

"이 언덕만 올라가면 집이 보일 거야. 이제 함께 행복하게 사는 거야. 괜찮다면 영지 관리 일을 도와다오. 지금부터는 우리가 가깝게 지내면서 서로를 잘 이해해야 하지 않겠니?"

하지만 아들의 생각은 전혀 달랐다. 그는 새로운 변화를 꿈꾸고 있었던 것이다.

'그래, 여긴 척박한 땅이야. 만족이나 근면을 낳을 수 없는 곳. 이런 꼴로 놓아두어서는 안 돼. 그건 안 될 일이야. 변화가 필요한데…… 어떻게 변화시키면 될까?'

아빠와 자녀가 생각하는 것, 바라보는 시선은 이렇듯 차이가 난다. 다르다는 것, 이게 정상이다. 이 다른 것을 조율하고 맞춰나가는 것이 아빠가 해야 할 일이다.

니힐리스트였던 바자로프가 부모의 기대와 달리 자꾸 엇나가자 그의 아버지는 깊은 시름에 잠기고 만다. 이때 그의 아내가 남편을 위로하며 건네는 말이 참으로 의미심장하다.

"여보! 자식이란 잘라낸 조각이에요. 날아다니는 매지요. 원하면 날아왔다가 또 원하면 가버려요. 하지만 우리 둘은 나무 구멍에 난 버섯처럼 나란히 앉아 꼼짝하지 않지요. 난 언제까지나 당신 옆에 변함없이 남아 있을 거예요. 당신도 내 옆에 남아 있을 테고요."

투르게네프는 자식이란 잘라낸 조각이요 날아다니는 매라고 했다. 한 번 잘라낸 조각은 원래의 천에 다시 붙일 수가 없다. 아무리 정교하게 작업을 해도 티가 남게 마련이다. 매가 주인 품을 떠났다가 다시 돌아오는 건 순전히 매의 의중에 달린 일이다. 야생의 매를 언제까지 집에 가둬둘 수만은 없는 법이다. 자식이란 그런 존재다. 좋은 부모가 된다는 건 자식을 온전히 이해하는 것이다. 그런 의미에서 투르게네프는 우리에게 많은 교훈을 준다.

김주영은 『홍어』에서 아버지와 처음 대면하게 된 세영의 심정을 이렇게 표현하고 있다.

276

"이상한 것은 아버지가 집으로 돌아오게 되었다는 어른들의 은밀한 예고에도 불구하고 내 마음은 담담하기 그지없다는 사실이었다. 홀로서기에 익숙해 있던 나에겐 아버지가 돌아온다는 사실이 오히려 풀리지 않는 거대한 수수께끼와 같아서 기대나 흥분보다는 착란과 환멸을 더 가깝게 느끼고 있는 때문인지도 몰랐다. 내겐 황량한 초토의 기억으로만 남아 있을 뿐인 아버지의 출현을 두고, 어른들은 무슨 장중한 의식이라도 치를 것처럼 흥분되어 있었지만, 내겐 그처럼 착란만 유발시키는 것이었다."

아빠의 부재로 인해 어린 아들이 받은 상처는 하루아침에 치유될 수 있는 게 아니었다. 세영에게 아빠란 막연한 그리움의 대상이면서도 원망과 증오의 대상이기도 했다. 가장이 가정을 버렸을 때 아이들이 얼마나 많은 고통을 당하고 외로움에 몸부림치는지를 적나라하게 묘사한 이 소설을 읽다 보면 아빠라는 자리가 가지는 무게를 실감할 수 있다. 도망가는 것, 떠나는 것, 없어지는 것은 쉬운 일이다. 끝까지 함께 살아내는 게 힘든 일이다.

열두 권의 소설과 열두 편의 영화에서 작가와 감독들이 공통적으로 이야기하고 있는 것은 무엇일까? 그것은 가족의 진정한 의미와 아빠의 올바른 역할에 대한 진지한 탐구와 모색이다.

　가족이란 시간을 나누는 관계다. 시간이란 곧 생명이다. 시간을 나누는 것은 피를 나누는 것과 같다. 같이 먹고 마시고 잠을 자고 웃고 울고 떠들고 부대끼며 살아가는 것이 가족이고 그렇게 함께한 시간들이 모여 인생이 된다. 가족이란 그런 것이다.

　가족을 한데 묶어주는 것은 이렇게 보낸 시간 속에서 켜켜이 쌓여 만들어진 추억이다. 추억은 식량이나 땔감과 같다. 넉넉할 때는 한 끼 밥의 소중함을 잊고 살기 쉽지만 어려울 때는 쌀 한 톨도 더없이 귀하다. 공유할 추억이 없는 가족은 쌀독이 텅 비어 있는 집과 같다. 먹을 게 부족하면 아껴서 조금씩 꺼내 먹고, 풍족하면 마음껏 나눠 먹듯이 즐거운 추억은 여럿이 나누고, 괴로운 추억은 가족끼리 보듬는 것이다. 추억이라는 이름의 땔감을 여유 있게 쌓아둬야 모진 추위가 닥치고 매서운 바람이 불어와도 훈훈한 온기를 유지할 수 있다.

　아빠란 무엇인가? 아빠란 어떤 존재인가? 가족들이 서로 충분한 시간을 나누고 아름다운 추억을 많이 쌓을 수 있도록 독려하며 돕는 역할을 하는 사람이 바로 아빠다. 아이들에게 정말 필요한 건 아빠와 함께 나누는 시간과 추억이다. 인생의 시계는 모두에게 공평하다. 시간은 기다려주지 않고, 추억은 시간 없이 만들어지지 않는다.

책에 소개된 영화 〈파 송송 계란 탁〉의 마지막 장면에서 살날이 얼마 남지 않은 아들 인권과 그런 아들을 바라보며 애처롭게 눈물 짓는 아빠 대규는 이런 대화를 나눈다.

"너 도대체 소원이 뭐였니?"

"소원? 나 소원 벌써 이뤘는데?"

"그게 뭔데?"

"아빠랑 같이 이렇게 지냈던 거."

아홉 살 소년의 유일한 소원은 아빠와 함께 시간을 보내고 추억을 쌓는 일이었다.

모래성은 작은 파도에도 쉽게 무너지지만 단단한 돌로 만든 성은 어지간한 파도나 태풍 앞에서도 결코 간단히 무너지지 않는다. 가정이라는 이름의 성을 건축할 때 시간과 추억을 가로세로로 잘 쌓아 올려 누구도 넘보지 못할 튼튼한 성으로 만들어내는 일, 이게 바로 가장으로서 아빠가 해야 할 가장 중요한 일이다.